MULHERZINHAS
PRIMEIRA PARTE

Louisa May Alcott

MULHERZINHAS
— PRIMEIRA PARTE —

Tradução
Maryanne Linz

4ª edição

Rio de Janeiro | 2023

EDITORA-EXECUTIVA
Renata Pettengill

SUBGERENTE EDITORIAL
Marcelo Vieira

ASSISTENTE EDITORIAL
Samuel Lima

PREPARAÇÃO DE TEXTO
Jaciara Lima

REVISÃO
Renato Carvalho
Nathalia Barbosa

DIAGRAMAÇÃO
Juliana Brandt

TÍTULO ORIGINAL
Little Women

CIP-BRASIL. CATALOGAÇÃO NA PUBLICAÇÃO
SINDICATO NACIONAL DOS EDITORES DE LIVROS, RJ

Alcott, Louisa May, 1832-1888

A332m   Mulherzinhas / Louisa May Alcott; tradução Maryanne Linz. – 4ª ed. –
4ª ed.   Rio de Janeiro: José Olympio, 2023.

Tradução de: Little women
ISBN 978-85-03-01374-1

1. Romance americano. I. Linz, Maryanne. II. Título.

CDD: 813
19-61557   CDU: 82-31(73)

Leandra Felix da Cruz – Bibliotecária – CRB-7/6135

Copyright © Editora José Olympio, 2020.
Copyright de tradução © Maryanne Linz, 2017.

Reprodução da tradução publicada pela Editora José Olympio autorizada por
Maryanne Linz. Editora José Olympio é uma empresa do Grupo Editorial Record.

Texto revisado segundo o novo Acordo Ortográfico da Língua Portuguesa.

2023
Impresso no Brasil
Printed in Brazil

Todos os direitos reservados. Não é permitida a reprodução total ou parcial desta
obra, por quaisquer meios, sem a prévia autorização por escrito da Editora.

Direitos exclusivos de publicação em língua portuguesa somente para o Brasil
adquiridos pela:
EDITORA JOSÉ OLYMPIO LTDA.
Rua Argentina, 171 – 3º andar – São Cristóvão
20921-380 – Rio de Janeiro – RJ
Tel.: (21) 2585-2000 – Fax: (21) 2585-2084

Atendimento e venda direta ao leitor:
sac@record.com.br

SUMÁRIO

1   Brincando de peregrinos   7
2   Um feliz Natal   21
3   O menino Laurence   35
4   Fardos   49
5   Sendo hospitaleiras   64
6   Beth descobre o Palácio Belo   79
7   O Vale da Humilhação de Amy   88
8   Jo conhece Apolião   97
9   Meg vai à Feira das Vaidades   111
10   O C. P. e a A. C.   132
11   Experiências   144
12   Acampamento Laurence   158
13   Castelos no ar   183
14   Segredos   195
15   Um telegrama   207

16   Cartas   218

17   Pequenina dedicada   229

18   Dias sombrios   238

19   O testamento de Amy   249

20   Confidencial   260

21   Laurie faz uma travessura, e Jo faz as pazes   269

22   Prados agradáveis   284

23   Tia March resolve a questão   293

1

BRINCANDO DE PEREGRINOS

— O Natal não vai ser Natal sem presentes — resmungou Jo, deitada no tapete.

— É horrível ser pobre! — suspirou Meg, olhando para seu vestido velho.

— Não acho justo algumas meninas terem tantas coisas bonitas e outras não terem absolutamente nada — acrescentou a pequena Amy, fungando, aborrecida.

— Nós temos pai e mãe, e umas às outras, pelo menos — disse Beth, com satisfação, do canto dela.

Os quatro rostos jovens sobre os quais brilhava a luz da lareira se iluminaram com as palavras otimistas, mas ficaram sombrios de novo quando Jo falou de um jeito triste:

— Não temos pai por perto, e não devemos tê-lo por um bom tempo. — Ela não disse "talvez nunca mais", mas todas acrescentaram aquilo silenciosamente, pensando no pai bem longe, onde estava a luta.

Ninguém falou por um minuto; então Meg declarou, em um tom alterado:

— Vocês sabem que a mamãe propôs que não houvesse presentes neste Natal porque este vai ser um inverno difícil para todos; e ela acha que não devemos gastar dinheiro por prazer quando os homens estão sofrendo tanto na guerra. Não podemos fazer muito, mas podemos realizar nossos pequenos sacrifícios, e devemos fazer isso de um jeito feliz. Mas temo não ser capaz... — E Meg balançou a cabeça quando pensou com pesar em todas as coisas bonitas que queria.

— Mas não acho que o pouco que poderíamos gastar faria algum bem. Cada uma de nós tem um dólar, e o exército não se beneficiaria muito com essa doação. Concordo em não esperar nada da mamãe ou de vocês, mas quero comprar *Undine e Sintram* para mim. Já faz *tanto* tempo que o desejo — comentou Jo, que era louca por livros.

— Planejei gastar o meu dinheiro com música nova — declarou Beth, com um pequeno suspiro que ninguém escutou, a não ser a escova do piso da lareira e o cabo da chaleira.

— Devo comprar uma bela caixa de lápis Faber para desenhar, preciso muito deles — observou Amy decididamente.

— A mamãe não falou nada sobre o nosso dinheiro, e não vai querer que doemos tudo. Vamos comprar o que queremos e nos divertir um pouco; tenho certeza de que damos duro o bastante para merecer — exclamou Jo, examinando os saltos dos seus sapatos de um jeito bem-educado.

— Eu sei que *eu* dou, ensinando àquelas crianças terríveis quase o dia inteiro, quando gostaria de estar aproveitando o meu tempo em casa — começou Meg, novamente em tom de reclamação.

— Você não sofre nem metade do que eu sofro — disse Jo. — Como se sentiria trancada por horas com uma senhorinha nervosa e exigente apressando você o tempo todo, sem nunca estar satisfeita e atormentando você até desejar sair voando pela janela ou chorar?

— Sei que não é educado me queixar, mas de fato acho que lavar pratos e manter as coisas arrumadas é o pior trabalho do mundo.

Fico tão mal-humorada, e minhas mãos ficam tão tensas que não consigo tocar de jeito nenhum. — Beth olhou para as mãos ásperas, dessa vez com um suspiro que qualquer um conseguiria ouvir.

— Não acredito que alguma de vocês sofra como eu — exclamou Amy —, já que não têm de ir à escola com meninas insolentes que as atormentam se não souberem fazer as lições, riem dos seus vestidos, defumam seu pai se ele não for rico e as insultam se seu nariz não for bonito.

— Se você quis dizer *difamar*, eu diria que sim, mas não fale de *defumar* como se o papai fosse um salame — advertiu Jo, gargalhando.

— Você entende o que quero dizer, não precisa ser *sastírica*. Usar palavras bonitas é ótimo e melhora o *volcabulário* — devolveu Amy, com dignidade.

— Não impliquem umas com as outras, crianças. Você não gostaria que tivéssemos o dinheiro que o papai perdeu quando éramos pequenas, Jo? Quem me dera! Como estaríamos felizes e satisfeitas se não tivéssemos preocupações! — disse Meg, que conseguia se lembrar de tempos melhores.

— Outro dia você disse que achava que éramos bem mais felizes do que os filhos dos King, porque eles brigavam e se queixavam o tempo todo, apesar do dinheiro deles.

— Disse mesmo, Beth. Bem, acho que somos. Embora tenhamos de fato que trabalhar, nós nos divertimos e somos uma turminha bem gaiata, como diria a Jo.

— Jo usa mesmo essas gírias! — observou Amy, com um olhar de reprovação para a figura longilínea estirada no tapete.

Imediatamente, Jo se sentou, colocou as mãos nos bolsos do avental e começou a assobiar.

— Não faça isso, Jo. É coisa de menino!

— É por isso que faço.

— Detesto meninas rudes que não sabem se comportar como mocinhas!

— Odeio fedelhas afetadas e cheias de frescuras!

— *Pássaros em ninhos pequenos chegam a um acordo* — cantarolou Beth, a apaziguadora, com uma expressão tão engraçada que ambas as vozes afiadas se suavizaram até virarem uma risada, e a "implicância" estava temporariamente encerrada.

— Na verdade, meninas, vocês duas têm culpa — comentou Meg, começando a passar sermão com seu jeito de irmã mais velha. — Você tem idade suficiente para deixar os modos de menino para trás e se comportar melhor, Josephine. Não importava tanto quando você era uma menininha, mas agora está tão alta e prende o seu cabelo para cima... Deveria lembrar que é uma mocinha.

— Não sou! E, se prender o cabelo para cima faz de mim uma mocinha, vou usar duas marias-chiquinhas até os vinte anos — reclamou Jo, tirando a redinha e soltando os longos cabelos castanhos. — Odeio pensar que terei de crescer e ser uma senhorita March, usar vestidos compridos e parecer tão empertigada quanto uma planta ornamental! De qualquer forma, já é ruim o bastante ser uma menina quando gosto de jogos, trabalhos e modos de meninos! Não consigo me conformar em não ser um menino. E agora está pior do que nunca, já que estou louca para ir lutar com o papai e só posso ficar em casa tricotando como uma velhinha limitada!

Jo balançou a meia azul até as agulhas chacoalharem como castanholas e sua bola de lã rolar pela sala.

— Pobre Jo! É muito ruim, mas não podemos evitar. Então você deve tentar se contentar com o seu apelido de menino e brincar de irmão com a gente — aconselhou Beth, afagando a cabeça próxima ao seu joelho com uma mão cujo toque nenhuma lavada de louça ou espanada jamais tornara indelicado.

— E quanto a você, Amy — continuou Meg —, é muito certinha, muito decorosa. Tem um ar divertido agora, mas, se não tomar cuidado, vai se tornar uma fedelha tola e afetada. Gosto das suas boas maneiras e do modo refinado de falar quando você não

• 10 •

tenta ser elegante. Suas palavras absurdas são tão ruins quanto as gírias da Jo.

— Se a Jo é uma moleca, e a Amy, uma afetada, o que eu sou, por favor? — perguntou Beth, pronta para dividir o sermão.

— Uma querida, e nada mais — respondeu Meg calorosamente. Ninguém a contradisse, já que a "ratinha" era a mascote da família.

Como jovens leitores gostam de saber "qual é a aparência das pessoas", vamos tirar este instante para dar a eles uma pequena descrição das quatro irmãs, que estavam sentadas tricotando no crepúsculo enquanto a neve de dezembro caía em silêncio do lado de fora, e o fogo crepitava alegremente do lado de dentro. Era um aposento confortável, embora o tapete estivesse desbotado e a mobília fosse muito modesta, com um ou dois bons quadros pendurados nas paredes, livros preenchendo os nichos, crisântemos e rosas de Natal florescendo nas janelas, e ali reinava uma atmosfera agradável de paz doméstica.

Margaret, a mais velha das quatro, tinha dezesseis anos e era muito bonita, rechonchuda e de pele clara, com olhos grandes, cabelos castanhos cheios e macios, uma boca doce e mãos brancas, com as quais era muito vaidosa. Jo, com quinze anos, era muita alta, magra e morena, e lembrava um potro, já que nunca sabia o que fazer com os braços compridos e as pernas longas, que ficavam sempre em seu caminho. Tinha uma boca decidida, um nariz cômico e olhos penetrantes e cinzentos que pareciam tudo ver e, às vezes, eram impetuosos, divertidos ou pensativos. Seu cabelo comprido e grosso era sua única beleza, mas quase sempre estava preso em uma rede, para não atrapalhar. Jo tinha ombros largos, mãos e pés grandes, roupas despojadas e a aparência desconfortável de uma menina que estava se transformando rapidamente em uma mulher e não gostava daquilo. Elizabeth, ou Beth, como todos a chamavam, era uma menina corada, de cabelos sedosos e olhos vivos de treze anos, com um jeito encabulado, uma voz tímida e uma expressão tranquila que raramente era perturbada.

• 11 •

O pai a chamava de "Senhorita tranquilidade", e o apelido era perfeito para ela, já que parecia viver em um mundo próprio de felicidade, só se aventurando a sair para encontrar os poucos em quem confiava e a quem amava. Amy, apesar de ser a mais nova, era a mais importante, pelo menos na opinião dela. Branca como a neve, de olhos azuis e cabelos loiros ondulados na altura dos ombros, pálida e esguia, sempre se comportava como uma jovem dama ciente dos seus modos. Sobre a personalidade das quatro irmãs, deixemos que sejam descobertas.

O relógio marcou seis horas e, tendo limpado o piso da lareira, Beth colocou ali um par de chinelos para aquecer. De alguma forma, a visão dos velhos sapatos teve um efeito positivo sobre as meninas, já que a mãe estava chegando, e todas se animaram para recebê-la. Meg parou com as repreensões e acendeu o lampião, Amy saiu da poltrona sem que ninguém precisasse pedir, e Jo percebeu o quanto estava cansada quando se levantou para segurar os chinelos mais perto das chamas.

— Eles já estão bem gastos. Mamãe precisa de um novo par.

— Pensei em comprar um para ela com o meu dólar — declarou Beth.

— Não. Eu vou comprar! — exclamou Amy.

— Sou a mais velha — começou Meg, mas Jo a interrompeu com um decidido:

— Sou o homem da família agora que papai está longe e devo providenciar os chinelos, já que ele me disse para ter um cuidado especial com a mamãe enquanto ele estivesse fora.

— Vou dizer o que vamos fazer — comentou Beth. — Vamos, cada uma de nós, comprar algo de Natal para ela, e nada para nós mesmas.

— Isso é bem você, querida! O que vamos comprar? — exclamou Jo.

Todas pensaram seriamente por um minuto, e então Meg anunciou, como se a ideia lhe tivesse sido sugerida ao apreciar a beleza das próprias mãos:

— Vou dar a ela um belo par de luvas.

— Coturnos são a melhor coisa que alguém pode ter — gritou Jo.

— Alguns lenços, todos bordados — disse Beth.

— Vou comprar um pequeno frasco de água-de-colônia. Ela gosta e não vai custar muito caro, então vai sobrar algo para mim — acrescentou Amy.

— Como entregaremos os presentes? — indagou Meg.

— Colocaremos tudo na mesa, traremos mamãe aqui e a observaremos abrir os pacotes. Não se lembra de como fazíamos nos nossos aniversários? — respondeu Jo.

— Eu ficava tão assustada quando era a minha vez de sentar na cadeira com a coroa e ver todas vocês marchando em volta para me dar os presentes com um beijo. Eu gostava das coisas e dos beijos, mas era aterrorizante ver vocês todas sentadas olhando para mim enquanto eu abria os pacotes — contou Beth, que torrava o rosto e o pão para o chá ao mesmo tempo.

— Deixemos mamãe achar que estamos comprando coisas para nós e então a surpreenderemos. Temos de ir às compras amanhã à tarde, Meg. Há tanto a fazer para a peça na noite de Natal — disse Jo, andando para lá e para cá com as mãos atrás das costas e o nariz para cima.

— Não pretendo mais atuar depois dessa peça. Estou ficando muito velha para essas coisas — observou Meg, que continuava a mesma criança de sempre quando o assunto era se fantasiar.

— Você não vai parar, eu sei, contanto que possa desfilar em um vestido branco com os cabelos soltos e usar joias de papel dourado. Você é a melhor atriz que temos e vai estar tudo acabado se abandonar o palco — afirmou Jo. — Precisamos ensaiar hoje à noite. Venha aqui, Amy, e faça a cena do desmaio; você fica tão dura quanto uma tábua nela.

— Não sei fazer de outro jeito. Nunca vi ninguém desmaiar, e não quero ficar toda roxa, caindo como você faz. Se puder ser devagarzinho, posso me jogar. Se não, vou desmaiar graciosamente em uma cadeira. Não me importo se Hugo vier até mim com uma pistola — devolveu Amy, que não era dotada de força dramática, mas fora escolhida porque era pequena o bastante para ser carregada aos gritos pelo herói da peça.

— Faça assim. Feche as mãos desse jeito e cambaleie pela sala, gritando freneticamente, "Roderigo! Salve-me! Salve-me!". — E assim fez Jo, com um berro melodramático que era verdadeiramente penetrante.

Amy a seguiu, mas esticou as mãos rijamente diante de si e se lançou como se fosse movida por um maquinário, e seu "Oh!" dava a impressão de que estavam enfiando alfinetes nela em vez de soar como medo e angústia. Jo soltou um gemido desesperador e Meg deu uma risada sincera, e Beth deixou o pão queimar enquanto assistia à brincadeira com interesse.

— Não adianta! — declarou Jo. — Faça o melhor que puder quando chegar a hora e, se o público rir de você, não me culpe. Vamos lá, Meg.

E os ensaios correram de modo tranquilo, com Don Pedro desafiando o mundo em um discurso de duas páginas sem uma única pausa. Hagar, a bruxa, pronunciou um terrível encantamento enquanto cozinhava sapos lentamente em seu caldeirão, com uma expressão esquisita. Roderigo quebrou suas correntes de forma viril, e Hugo morreu em angústias de remorso e arsênico, com um "Há! Há!" selvagem.

— Foi o melhor ensaio até agora — disse Meg, enquanto o vilão morto se sentava e esfregava os cotovelos.

— Não entendo como você consegue escrever e encenar algo tão esplêndido, Jo. É uma verdadeira Shakespeare! — exclamou Beth, que acreditava piamente que as irmãs eram dotadas de talentos maravilhosos em todas as esferas.

— Nem tanto — respondeu Jo, de forma modesta. — De fato acho que *A maldição da bruxa, uma tragédia lírica* é mesmo uma boa peça, mas gostaria de tentar *Macbeth*, se tivéssemos um alçapão para Banquo. Sempre quis fazer a parte da morte. "Será um punhal que vejo em minha frente?" — murmurou Jo, revirando os olhos e agarrando o ar, como vira um famoso ator de tragédias fazer.

— Não, é o garfo de tostar, espetando o sapato da mamãe em vez do pão. Beth é obcecada por teatro! — gritou Meg, e o ensaio acabou em uma explosão generalizada de risadas.

— Fico feliz de encontrá-las tão animadas, meninas — comentou uma voz alegre à porta, e atores e plateia se viraram para receber uma senhora alta e maternal com um olhar de "posso ajudar?" verdadeiramente encantador. Ela não era uma pessoa particularmente bela, mas as mães sempre parecem adoráveis aos filhos, e as meninas achavam que a capa cinza e o chapéu-boneca fora de moda envolviam a mãe mais esplêndida em todo o mundo.

— Bem, queridas, como passaram o dia? Havia tanto a fazer, aprontando as caixas para seguirem amanhã, que não vim para casa na hora do jantar. Alguém telefonou, Beth? Como está seu resfriado, Meg? Jo, você parece extremamente cansada. Venha e me dê um beijo, meu amor.

Enquanto fazia essas perguntas maternais, a sra. March tirou suas coisas molhadas, calçou os chinelos aquecidos, sentou-se na poltrona, colocou Amy no colo, preparando-se para aproveitar a hora mais feliz de seu dia corrido. As meninas se puseram em volta, tentando trazer conforto, cada uma do seu próprio jeito. Meg preparou a mesa do chá, Jo trouxe lenha e arrumou as cadeiras, derrubando, virando e batendo em tudo que tocava. Beth andou rápido de um lado para o outro, entre a sala de estar e a cozinha, quieta e atarefada, enquanto Amy dava ordens a todas, sentada com as mãos entrelaçadas.

Quando se reuniram ao redor da mesa, a sra. March falou, com uma expressão particularmente alegre:

— Tenho um agrado para vocês depois da ceia.

Sorrisos rápidos e luminosos circularam como um raio de sol. Beth bateu palmas, a despeito do biscoito que segurava, e Jo jogou o guardanapo para cima, gritando:

— Uma carta! Uma carta! Três vivas para o papai!

— Sim, uma bela e longa carta. Ele está bem e acha que vai passar pela estação fria melhor do que temia. Ele manda todos os tipos de votos amorosos de Natal e uma mensagem especial a vocês, meninas — contou a sra. March, dando uma batidinha no bolso como se tivesse um tesouro ali.

— Ande logo e termine seu prato! Deixe de enrolação e pare de ficar remexendo a comida, Amy — gritou Jo, engasgando com o chá e deixando o pão com manteiga cair virado para baixo no tapete, em sua pressa para ganhar o agrado.

Beth não comeu mais, em vez disso saiu de fininho e sentou-se num cantinho à penumbra para fantasiar o deleite por vir depois que as outras terminassem.

— Achei tão admirável da parte do papai ir como capelão, depois de ter sido considerado velho demais para ser convocado e não ter força o suficiente para servir de soldado — declarou Meg, carinhosamente.

— Como eu gostaria de poder ir como alguém que toca os tambores, uma vivandeira, é esse mesmo o nome? Ou como enfermeira, para poder ficar perto dele e ajudá-lo — exclamou Jo, com um gemido.

— Deve ser muito desagradável dormir em uma barraca e comer todo tipo de coisas com gosto ruim e beber de uma caneca de lata — suspirou Amy.

— Quando ele vai voltar para casa, mamãe? — perguntou Beth, com um pequeno tremor na voz.

— Vai demorar muitos meses, querida, a não ser que ele fique doente. Ele vai permanecer lá e trabalhar lealmente pelo tempo que for possível, e não vamos pedir que volte nem um minuto antes de ser dispensado. Agora venham escutar a carta.

Todas se aproximaram do fogo: a mãe na espreguiçadeira, com Beth aos seus pés, Meg e Amy empoleiradas em cada braço da cadeira, e Jo apoiada atrás, onde ninguém veria qualquer sinal de emoção se por acaso a carta fosse emocionante.

• 16 •

Naqueles tempos difíceis, eram escritas poucas cartas que não fossem capazes de emocionar, especialmente aquelas que os pais enviavam para casa. Naquela, pouco foi dito a respeito das privações toleradas, dos perigos encarados ou da saudade sufocada de casa. Era uma carta encorajadora e esperançosa, cheia de descrições vívidas da vida no acampamento, de marchas e novidades militares, e apenas no fim o coração de quem escrevia transbordou de amor paterno e saudades pelas meninas.

Mande a elas todo o meu amor e um beijo. Diga-lhes que penso nelas de dia, rezo por elas à noite e encontro meu maior conforto em suas afeições. Um ano parece muito longo para que eu as veja, mas lembre-as de que, enquanto esperamos, todos podemos trabalhar para que esses dias difíceis não sejam desperdiçados. Sei que se lembrarão de tudo que disse a elas, que serão crianças amáveis com você, cumprirão seus deveres fielmente, lutarão contra seus inimigos bravamente e se superarão tão belamente que, quando eu voltar para elas, gostarei e terei ainda mais orgulho do que nunca das minhas mocinhas.

Todas fungaram quando chegaram àquela parte. Jo não ficou envergonhada da grande lágrima que caiu da ponta de seu nariz, e Amy não se importou com a desordem nos cachos quando escondeu o rosto no ombro da mãe e soluçou:

— Sou uma menina egoísta! Mas vou tentar ser melhor, de verdade, para que ele não fique decepcionado comigo depois.

— Todas vamos — choramingou Meg. — Eu me preocupo muito com a minha aparência e detesto trabalhar, mas não vou mais ser assim, se puder evitar.

— Vou me esforçar e ser o que ele adora me chamar, "uma mocinha", e não ser bruta e arredia, mas cumprir o meu dever aqui em vez de querer estar em outro lugar — afirmou Jo, pensando que controlar seu temperamento em casa era uma tarefa bem mais difícil do que encarar um rebelde ou dois lá no Sul.

Beth não disse nada, mas enxugou as lágrimas com a meia azul e começou a tricotar com toda a sua força, não perdendo tempo em fazer a tarefa que estava mais perto dela, enquanto decidia, em sua pequena alma silenciosa, ser tudo o que o pai esperava encontrar quando o ano trouxesse sua feliz volta para casa.

A sra. March quebrou o silêncio que se seguiu às palavras de Jo com sua voz animada:

— Vocês se lembram das suas encenações de *O peregrino* quando eram pequenininhas? Nada as alegrava mais do que quando eu amarrava minhas bolsas nas costas de vocês para servir de fardo, dava chapéus, bastões e rolos de papel, e as deixava viajar pela casa, do porão, que era a Cidade da Destruição, para cima, para cima, até o sótão, onde colocavam todas as coisas lindas que conseguiam juntar para criar a Cidade Celestial.

— Como era divertido, principalmente passando pelos leões, lutando com Apolião e atravessando o vale onde ficavam os duendes — disse Jo.

— Eu gostava do lugar onde os fardos caíam e rolavam escada abaixo — acrescentou Meg.

— Minha parte favorita era quando chegávamos ao sótão, onde ficavam nossas flores e árvores e lindos pertences, e ficávamos todas ali, cantando de alegria sob a luz do sol — disse Beth, sorrindo, como se aquele momento de prazer tivesse voltado.

— Não me lembro muito daquilo. Lembro apenas que tinha medo do porão e da entrada escura, e que amava o bolo e o leite que tínhamos no alto. Se eu não fosse tão velha para essas coisas, ia gostar muito de brincar de novo — afirmou Amy, que começava a falar em renunciar hábitos infantis na idade madura de doze anos.

— Nunca somos velhas demais para isso, querida, porque, de um jeito ou de outro, estamos encenando uma peça o tempo todo. Nossos fardos estão aqui, nossa estrada está diante de nós, e o desejo pela bondade e pela felicidade é o que nos guia pelos muitos problemas e erros a caminho da paz, que é a verdadeira Cidade Celestial. Então, minhas pequenas peregrinas, comecem de novo, não de brincadeira, mas de verdade, e vejam até onde conseguem chegar antes do papai voltar para casa.

— Sério, mamãe? Onde estão nossos fardos? — indagou Amy, que era uma mocinha muito literal.

— Cada uma de vocês acabou de dizer qual era seu fardo, exceto Beth. Acho que ela não tem nenhum — observou a mãe.

— Tenho, sim. O meu é a louça e a poeira, invejar meninas com belos pianos e ter medo das pessoas.

O fardo de Beth era tão engraçado que todas tiveram vontade de rir, mas não o fizeram porque a teriam magoado bastante.

— Vamos fazer isso — observou Meg, pensativamente. — É apenas uma maneira diferente de fazer o bem. A história nos ajudará, porque, embora desejemos ser boas, é um trabalho duro, e nos esquecemos disso, não fazendo o nosso melhor.

— Estávamos no Pântano da Desconfiança esta noite, e a mamãe chegou e nos tirou como Auxílio fez no livro. Precisamos ter nossa lista de instruções, como Cristão. O que devemos fazer a respeito? — perguntou Jo, maravilhada com a fantasia que emprestava um pouco de romance à tarefa muito maçante de cumprir seus deveres.

— Olhem debaixo dos seus travesseiros na manhã de Natal e encontrarão seu guia de viagem — respondeu a sra. March.

Elas conversaram sobre o novo plano enquanto a velha Hannah tirava a mesa, e então surgiram quatro pequenas cestas de trabalho e agulhas voaram enquanto as meninas faziam lençóis para a Tia March. Era uma costura desinteressante, mas naquela noite ninguém reclamou. Elas adotaram o plano de Jo e dividiram as longas junções em quatro partes, chamando os quadrantes de Europa, Ásia, África e América. E assim progrediram magnificamente, em especial enquanto falavam sobre os diferentes países à medida que cerziam por eles.

Às nove, pararam de trabalhar e cantaram, como de costume, antes de ir para a cama. Ninguém, a não ser Beth, conseguia extrair muita música do velho piano, mas ela dava um jeito de tocar as teclas amareladas e fazer um acompanhamento agradável às canções simples entoadas pelas meninas. Meg tinha uma voz de flauta, ela e a mãe puxavam o pequeno coral. Amy trinava como um grilo, e Jo vagueava pelas árias a seu bel-prazer, sempre entrando no momento errado, com um grasnido ou um estremecimento que estragavam a melodia mais abstrata. Elas sempre faziam aquilo, desde os tempos em que começaram a falar e a cantar melodias de criança,

"Brilha, brilha, estelinha",

e tinha virado um costume da família, já que a mãe era uma cantora nata. O primeiro som da manhã era a voz dela, enquanto ia pela casa cantando como uma cotovia. E o último som, à noite, era o mesmo barulho animado, já que as meninas nunca ficaram muito velhas para aquela canção de ninar familiar.

UM FELIZ NATAL

Jo foi a primeira a acordar no alvorecer cinzento da manhã de Natal. Nenhuma meia pendurada na lareira. Por um momento, ela se sentiu tão desapontada quanto tinha se sentido muito tempo atrás, quando sua meinha caíra porque estava muito estufada de guloseimas. Então se lembrou da promessa da mãe e, passando a mão debaixo do travesseiro, tirou um pequeno livro de capa vermelha. Ela o conhecia muito bem, já que aquela era a linda história da melhor vida já vivida, e Jo sentiu que era um verdadeiro guia de viagem para qualquer peregrino partindo em uma longa jornada. Ela acordou Meg com um "Feliz Natal" e a convidou a olhar o que havia debaixo do travesseiro. Um livro de capa verde apareceu, com a mesma foto dentro e algumas palavras escritas pela mãe, o que deixou o presente muito especial aos olhos delas. Logo Beth e Amy também acordaram para procurar e encontrar seus livrinhos, um cinza-claro e outro azul, e todas se sentaram olhando e conversando sobre eles, enquanto o leste ficava rosado com o dia que chegava.

Apesar das pequenas vaidades, Margareth tinha uma natureza doce e piedosa que influenciava inconscientemente as irmãs, em especial Jo, que a amava com muito carinho e lhe obedecia porque seus conselhos eram dados de forma gentil.

— Meninas — disse Meg seriamente, olhando da cabeça enterrada ao seu lado às duas cabecinhas de touca de dormir no quarto à frente —, a mamãe quer que leiamos, amemos e prestemos atenção a esses livros, então devemos começar de imediato. Costumávamos ter fé, mas, desde que o papai partiu e toda essa inquietação da guerra nos desestabilizou, negligenciamos muitos assuntos. Podem fazer como preferirem, mas vou deixar meu livro aqui na mesa e ler um pouquinho toda manhã logo que acordar, já que sei que me fará bem e me ajudará ao longo do dia.

Então ela abriu seu livro novo e começou a ler. Jo passou o braço ao redor dela e, de rosto colado, também leu, com a expressão tranquila que era tão raramente vista em sua face impaciente.

— Como Meg é boa! Venha, Amy, vamos fazer como ela. Vou ajudar você com as palavras difíceis e elas vão nos explicar as passagens que não entendermos — sussurrou Beth, bastante impressionada com os belos livros e com o exemplo das irmãs.

— Estou feliz que o meu seja azul — declarou Amy, e então os quartos ficaram muito silenciosos enquanto as páginas eram suavemente viradas, e o sol de inverno entrava para tocar as cabeças reluzentes e os rostos sérios com uma saudação de Natal.

— Onde está a mamãe? — perguntou Meg, e ela e Jo correram para o andar de baixo a fim de agradecer-lhe os presentes, meia hora depois.

— Só Deus sabe. Um menininho pobre veio *mindingar* e a mãe d'*ocês* logo foi ver qual era a necessidade. Nunca existiu uma *muié* como ela para doar comida e *bibida*, roupa e lenha — respondeu Hannah, que morava com a família desde que Meg nascera e era considerada por todos mais uma amiga do que uma criada.

— Acho que ela vai voltar logo, então preparem os bolinhos e deixem tudo pronto — aconselhou Meg, dando uma olhada nos presentes que estavam reunidos em uma cesta e escondidos debaixo do sofá, prontos para serem entregues na hora certa. — Ora, onde está o frasco de água-de-colônia da Amy? — acrescentou ela, já que a garrafinha não estava ali.

— Ela o pegou um minuto atrás e foi colocar um laço nele ou algo assim — respondeu Jo, dançando pela sala para tirar a rigidez do novo par de chinelos.

— Estão lindos os meus lenços, hein? Eu mesma bordei todos, e a Hannah os lavou e passou para mim — disse Beth, olhando de maneira orgulhosa para as letras um pouco tortas que lhe tinham dado tanto trabalho.

— Valha-me essa criança! Ela bordou "mamãe" nos lenços em vez de "sra. March". Que engraçado! — exclamou Jo, pegando um deles.

— E não está certo? Achei melhor fazer assim, porque as iniciais da Meg são iguais e não quero ninguém usando os lenços a não ser a mamãezinha — explicou Beth, parecendo perturbada.

— Está tudo bem, querida, é uma ideia muito boa, e sensível também, já que agora ninguém jamais poderá confundi-los. Sei que ela vai ficar muito feliz com eles — comentou Meg, com uma carranca para Jo e um sorriso para Beth.

— Mamãe chegou. Escondam a cesta, rápido! — gritou Jo quando uma porta bateu e passos foram ouvidos no corredor.

Foi Amy quem entrou apressadamente e pareceu bastante envergonhada quando viu todas as irmãs esperando por ela.

— Onde você esteve e o que está escondendo aí atrás? — perguntou Meg, surpresa por ver, pelo capuz e pelo manto, que a preguiçosa Amy tinha saído tão cedo.

— Não ria de mim, Jo! Eu não queria que ninguém soubesse até chegar a hora. Só troquei o frasquinho por um grande, e usei todo o meu dinheiro para isso. Eu realmente estou tentando não ser mais egoísta.

• 23 •

Enquanto falava, Amy mostrou o lindo frasco que substituíra o barato e parecia tão sincera e humilde em seu pequeno esforço de esquecer a si mesma que Meg a abraçou na mesma hora, e Jo a nomeou "uma pessoa exemplar", enquanto Beth correu até a janela e colheu a rosa mais bonita para enfeitar o majestoso frasco.

— Sabem, tive vergonha do meu presente depois de ler e falar sobre ser uma boa pessoa essa manhã, então corri até a esquina e fiz a troca no minuto em que me levantei, e estou tão feliz pelo meu ser o mais bonito agora.

Outra batida na porta da rua mandou a cesta para baixo do sofá e as meninas à mesa, ansiosas pelo café da manhã.

— Feliz Natal, mamãezinha! O melhor deles! Obrigada pelos livros. Lemos uma parte e pretendemos ler um pouco todos os dias — exclamaram todas em coro.

— Feliz Natal, filhinhas! Fico satisfeita que tenham começado de imediato e espero que continuem. Mas quero dizer uma palavra antes de nos sentarmos. Não muito longe daqui, há uma mulher pobre com um pequeno bebê recém-nascido. Há mais seis crianças amontoadas em uma cama para não congelarem, pois eles não têm fogo. Não há nada para comer por lá e o menino mais velho veio me contar que estão passando fome e frio. Minhas meninas, vocês dariam seu café da manhã como um presente de Natal?

Todas estavam com uma fome fora do normal, porque tinham esperado quase uma hora e, por um instante, ninguém falou nada, apenas por um instante, já que Jo exclamou impetuosamente:

— Que bom que a senhora chegou antes de começarmos!

— Posso ajudar a carregar os alimentos para as criancinhas pobres? — indagou Beth, ansiosamente.

— *Eu* vou levar o creme e os bolinhos — acrescentou Amy, abrindo mão heroicamente do que ela mais gostava.

Meg já estava cobrindo os mingaus e empilhando os pães em um prato grande.

— Sabia que vocês concordariam — declarou a sra. March, sorrindo com ares de satisfação. — Todas devem ir comigo e me ajudar, e, quando voltarmos, vamos comer pão e tomar leite no café da manhã, e compensar no jantar.

Logo estavam prontas e a procissão partiu. Felizmente estava cedo e elas foram por ruas transversais, então poucas pessoas as viram e ninguém deu risada da esquisitice do grupo.

Era um cômodo pobre, vazio, miserável, com janelas quebradas, sem fogo, roupa de cama esfarrapada, uma mãe doente, um bebê choroso e um grupo de crianças pálidas e famintas abraçadas debaixo de uma colcha velha, tentando se manter aquecidas. Como os olhos grandes encararam e os lábios azuis sorriram quando as meninas entraram!

— *Ach, mein Gott!* Anjos bons vieram até nós! — disse a pobre mulher, chorando de alegria.

— Anjos esquisitos de capuzes e luvas — comentou Jo, fazendo-os gargalhar.

Em poucos minutos realmente pareceu como se espíritos generosos estivessem atuando ali. Hannah, que tinha levado lenha, fez uma fogueira e fechou as vidraças quebradas com chapéus velhos e sua própria manta. A sra. March deu chá e mingau de aveia à mãe, e a confortou com promessas de ajuda enquanto vestia o bebezinho tão carinhosamente como se fosse dela. Ao mesmo tempo, as meninas puseram a mesa, arrumaram as crianças ao redor do fogo e as alimentaram como se estivessem diante de muitos passarinhos famintos, rindo, conversando e tentando entender o inglês errado e engraçado.

— *Das ist gute! Der angel-kinder!* — gritavam os pobres coitados enquanto comiam e aqueciam as mãos roxas nas chamas confortáveis. As meninas nunca tinham sido chamadas de anjos e gostaram bastante daquilo, especialmente Jo, que fora considerada um "Sancho" desde que tinha nascido. Foi um café da manhã muito feliz, embora não tivessem comido nada. E, quando foram embora, deixando conforto para trás, acho que não havia, em toda a cidade, quatro pessoas mais alegres do que as menininhas famintas que doaram seus cafés da manhã e se contentaram com pão e leite na manhã de Natal.

— Isso é amar ao próximo mais que a si mesmo, e gosto disso — observou Meg, enquanto pegavam seus presentes e a mãe estava no andar de cima juntando roupas para a pobre família Hummel.

Não era um espetáculo esplêndido, mas havia uma grande porção de amor naqueles poucos pacotinhos, e o vaso comprido de rosas vermelhas, crisântemos brancos e ramos de videiras, no centro, dava um ar elegante à mesa.

— Ela está vindo! Comece a tocar, Beth! Abra a porta, Amy! Três vivas para a mamãezinha! — gritou Jo, saltitando, enquanto Meg conduzia a mãe ao lugar de honra.

Beth tocou sua marcha mais alegre, Amy escancarou a porta e Meg representou a escolta com grande dignidade. A sra. March ficou surpresa e emocionada, e sorriu com os olhos cheios de lágrimas enquanto examinava os presentes, lendo os bilhetinhos que os acompanhavam. Os chinelos foram calçados na hora, um lenço novo foi enfiado no bolso, perfumado com a água-de-colônia de Amy, a rosa foi presa ao peito, e declarou-se que as belas luvas eram do tamanho perfeito.

Houve muitas risadas, beijos e explicações, do jeito simples e amoroso que faz desses festejos domésticos tão agradáveis no momento e tão doces um bom tempo depois; então todas se puseram a trabalhar.

As caridades e cerimônias da manhã levaram tanto tempo que o restante do dia foi dedicado às preparações para as festividades da noite. Sendo ainda muito jovens para ir com frequência ao teatro e insuficientemente ricas para bancar qualquer grande despesa com apresentações privadas, as meninas colocavam a imaginação para funcionar e, sendo a necessidade a mãe da invenção, faziam tudo que era necessário. Algumas das produções eram muito inteligentes: violões de papelão, lampiões antigos feitos de manteigueiras fora de moda cobertos de papel prateado, lindos vestidos de algodão velho com lantejoulas de latão brilhantes de uma fábrica de picles, e armaduras revestidas com o mesmo material útil em forma de diamante, deixado em chapas quando as tampas dos potes de conserva eram cortadas. A mobília era revirada e o grande cômodo servia como cenário para muitas festanças inocentes.

Não era permitida a entrada de cavalheiros, por isso Jo, para sua grande satisfação, encenava papéis masculinos e com grande alegria calçava um par de botas de couro castanhas dadas a ela por uma amiga que conhecia uma senhora que conhecia um ator. Essas botas, um velho florete e um gibão cortado, usado em certa ocasião por um ator para uma pintura, eram os grandes tesouros de Jo e apareciam em todas as oportunidades. O tamanho diminuto da companhia obrigava as duas atrizes principais a encenar vários personagens cada uma, e elas certamente mereciam algum crédito pelo trabalho duro que empreendiam produzindo três ou quatro papéis diferentes, entrando e saindo de vários figurinos e, além disso, dirigindo o palco. Era um treino excelente para suas memórias, um divertimento inofensivo, e empregavam muitas horas que, de outra forma, teriam sido solitárias ou gastas em companhia menos proveitosa.

Na noite de Natal, uma dúzia de meninas se amontoou na cama que era o balcão do teatro e se sentou de frente para as cortinas de algodão grosso azul e amarelo em um estado bastante lisonjeiro de expectativa. Houve muitos ruídos e sussurros atrás da cortina, um pouquinho de fumaça de lampião e uma risadinha ocasional de Amy, que beirava a histeria no calor do momento. Logo soou um sino, as cortinas se abriram e a *Tragédia lírica* começou.

A "floresta escura", de acordo com o programa da peça de teatro, era representada por alguns arbustos em panelas, tecido grosso de lã verde no chão e uma caverna a distância. A caverna era feita com um varal de chão como telhado, escrivaninhas como paredes, e dentro havia um pequeno forno a todo vapor, com uma panela preta em cima e uma velha bruxa inclinada sobre ela. O palco estava escuro e a luz do forno tinha um belo efeito, em especial quando fumaça de verdade saiu do caldeirão no momento em que a bruxa tirou a tampa. Houve uma pausa para aplacar a emoção inicial, e então Hugo, o vilão, aproximou-se silenciosamente com uma espada tinindo ao seu lado, um chapéu de aba larga, barba negra, capa misteriosa e botas. Depois de andar para lá e para cá com muita agitação, ele bateu na testa e explodiu em uma canção selvagem a respeito do ódio por Roderigo, do amor por Zara e da decisão, que o agradava, de matar um e conquistar a outra. Os tons bruscos da voz de Hugo, com um ocasional grito quando seus sentimentos o dominavam, foram muito impressionantes, e a plateia aplaudiu no instante em que ele fez uma pausa para respirar. Curvando-se com ar de quem está acostumado aos elogios do público, ele foi, na ponta dos pés, até a caverna e ordenou que Hagar saísse com uma exclamação imponente, "Ei, subordinada! Preciso de ti!".

E assim veio Meg, com uma crina de cavalo cinzenta caindo no rosto, um robe vermelho e preto, uma bengala e símbolos cabalísticos no manto. Hugo exigiu uma poção para fazer Zara adorá-lo e outra para destruir Roderigo. Hagar, com uma melodia bem dramática, prometeu as duas, e começou invocando o espírito que traria a poção mágica do amor:

> *Ó espírito aéreo, vem em meu auxílio;*
> *Acá, para bem longe do teu lar!*
> *Nascido das rosas, fornido do rocio,*
> *Poções e amuletos, tu podes preparar?*
> *Traze-me aqui, com rapidez de elfo,*
> *O preparado fragrante que a ti peço;*
> *Que seja doce, eficaz e poderoso;*
> *Espírito, atende agora a este rogo!*

Soou uma melodia suave, e então, no fundo da caverna, apareceu uma pequena figura em uma neblina branca, com asas reluzentes, cabelos dourados e uma grinalda de flores na cabeça. Agitando uma varinha, ela cantou:

Cá estou eu, em tua terra
Vim de minha morada etérea,
Lá longe, na lua prateada.
Pegue o feitiço encantado,
E use-o bem, este que lhe foi dado,
Ou seu poder logo será dissipado!

E, deixando uma pequena garrafa dourada aos pés da bruxa, o espírito desapareceu. O canto seguinte de Hagar produziu outra aparição, mas não era agradável, já que, com um estrondo, surgiu um diabinho feio e preto que, depois de responder em voz baixa e áspera, jogou uma garrafa escura para Hugo e desapareceu com uma gargalhada zombeteira. Tendo trinado seus agradecimentos e colocado as poções nas botas, Hugo partiu, e Hagar informou à plateia que, como ele havia matado alguns dos seus amigos em tempos passados, ela o amaldiçoara e pretendia frustrar os planos dele como vingança. Então a cortina se fechou e o público descansou e comeu doces enquanto discutia os méritos da peça.

Umas boas marteladas foram ouvidas antes que a cortina se levantasse de novo, mas, quando se tornou evidente a obra-prima de carpintaria do palco que tinha se erguido, ninguém reclamou da demora. Era realmente soberbo. Uma torre se erguia até o teto, na metade havia uma janela com um lampião queimando do lado de dentro e, por trás da cortina branca, apareceu Zara em um lindo vestido azul e prateado, esperando por Roderigo. Ele surgiu em um traje belíssimo, com chapéu de pluma, capa vermelha, um pega-rapaz castanho, um violão e as botas, é claro. Ajoelhando-se aos pés da torre, cantou uma serenata em tons comoventes. Zara respondeu e, depois de um diálogo musical, concordou em fugir. Então veio o grande efeito da peça. Roderigo preparou uma escada de corda, com cinco degraus, jogou uma das pontas e convidou Zara a descer. Timidamente, ela se arrastou pela treliça, colocou a mão no ombro de Roderigo e estava prestes a saltar graciosamente quando "Ai de mim! Ai de mim!", ela esqueceu a cauda do vestido. Prendeu-se na janela, e a torre cambaleou, envergou-se para a frente e caiu com um estrondo, e suas ruínas soterraram os infelizes namorados.

Houve uma gritaria generalizada quando as botas avermelhadas se agitaram selvagemente nos escombros e uma cabeça dourada emergiu, exclamando, "Eu avisei! Eu avisei!" Com maravilhosa presença de espírito, Don Pedro, o pai cruel, correu até lá e arrastou a filha para fora com um aparte apressado:

— Não riam! Ajam como se estivesse tudo bem!

E, mandando Roderigo se levantar, baniu-o do seu reino com ira e desdém. Embora decididamente abalado pela queda da torre, Roderigo desafiou o velho cavalheiro e se recusou a se mexer. O exemplo corajoso animou Zara. Ela também desafiou o pai, e ele mandou os dois para as masmorras mais profundas do castelo. Um robusto e pequeno criado entrou com correntes e os levou embora, parecendo muito assustado e, evidentemente, esquecendo sua fala.

O terceiro ato era no salão do castelo, e ali Hagar apareceu para libertar os namorados e acabar com Hugo. Ela o escuta vindo e se esconde. Depois o observa servindo as poções em duas taças de vinho e ordenando ao criadinho tímido:

— Leve isso aos prisioneiros nas celas e diga a eles que logo estarei por lá.

O servo chama Hugo de lado para lhe dizer algo, e Hagar troca as taças por outras duas inofensivas. Ferdinando, o "subordinado", leva-as embora, e Hagar repõe a taça envenenada destinada a Roderigo. Hugo, com sede após um longo gorjeio, bebe o conteúdo, perde os sentidos e, depois de um bom tempo agonizando e sufocando, cai duro e morre, enquanto Hagar informa a ele o que fizera em uma música de poder e melodia extraordinários.

Foi uma cena verdadeiramente emocionante, embora algumas pessoas possam ter pensado que a súbita queda de uma quantidade de cabelos longos estragou o efeito da morte do vilão. Ele foi chamado ao palco e reapareceu com grande propriedade, trazendo Hagar, cujo canto foi considerado mais belo que toda a apresentação junta.

O quarto ato mostrou o desespero de Roderigo a ponto de se esfaquear porque fora informado de que Zara o havia abandonado. Quando a adaga está bem próxima de seu coração, uma canção de amor é entoada à sua janela, avisando-lhe que Zara era fiel e estava em perigo, mas que, se quisesse, ele a podia salvar. Uma porta é aberta e uma chave é jogada lá dentro, e em um espasmo de arrebatamento ele solta as correntes e corre para encontrar e salvar sua amada.

O quinto ato começou com uma cena tempestuosa entre Zara e Don Pedro. Ele quer mandá-la para um convento, mas ela não quer ouvir falar no assunto e, depois de um apelo comovente, está prestes a desmaiar, quando Roderigo entra em cena e pede sua mão. Don Pedro recusa, porque ele não é rico. Eles gritam e gesticulam tremendamente, mas não conseguem chegar a um acordo, e Roderigo está a ponto de levar embora a exausta Zara quando o tímido servo entra com uma carta e uma bolsa de Hagar, desaparecida misteriosamente. Ela informa ao grupo que deixa como herança uma riqueza incalculável ao jovem casal e um destino terrível a Don Pedro se ele não permitir que sejam felizes. A bolsa é aberta e várias moedas de estanho inundam o palco até que ele fique completamente iluminado. Isso tranquiliza por completo o implacável patriarca. Ele dá seu consentimento em um murmúrio, todos se juntam em um coro alegre e a cortina cai sobre os namorados de joelhos para receber a bênção de Don Pedro em um gesto da mais romântica beleza.

Seguiram-se muitos aplausos, mas terminaram de forma inesperada, já que a cama portátil, sobre a qual se montou a galeria, se fechou de repente e acabou com o entusiasmo da plateia. Roderigo e Don Pedro saíram correndo para o resgate, e todas as meninas foram retiradas sem ferimentos, embora muitas estivessem sem ar de tanto rir. A euforia ainda estava longe de passar quando Hannah apareceu trazendo os cumprimentos da sra. March e perguntando se as senhoritas poderiam descer para o jantar.

Aquilo foi uma surpresa até para as atrizes, e olharam umas para as outras arrebatadas de assombro quando viram a mesa. Era bem a cara da mamãe fazer um pequeno agrado para elas, mas algo assim tão bom não acontecia desde os tempos idos de fartura. Havia sorvete, na verdade, dois potes, um rosa e outro branco, e bolo e frutas e bombons franceses e, no centro da mesa, quatro grandes buquês de flores de estufa!

As meninas quase ficaram sem fôlego e primeiro olharam para a mesa, depois para a mãe, que parecia ter gostado imensamente de suas reações.

— Será que foram as fadas? — perguntou Amy.

— Foi o Papai Noel — disse Beth.

— Foi a mamãe. — E Meg sorriu da forma mais doce, apesar da barba grisalha e das sobrancelhas brancas.

— A Tia March teve um acesso de bondade e nos mandou um banquete — gritou Jo, com súbita inspiração.

— Todas erraram. Foi o velho sr. Laurence — respondeu a sra. March.

— O avô do menino Laurence! Mas o que deu na cabeça dele? Nós nem o conhecemos! — exclamou Meg.

— Hannah contou a um dos empregados dele sobre o café da manhã de vocês. Ele é um senhorzinho esquisito, mas ficou encantado com a ação. Sr. Laurence conheceu meu pai anos atrás e hoje à tarde me enviou um bilhete simpático dizendo que esperava expressar seu carinho pelas minhas filhas mandando alguns agrados para vocês em homenagem ao dia de Natal. Não pude recusar, por isso aí está um pequeno banquete de jantar para compensar o café da manhã de pão e leite.

— Foi o menino que colocou isso na cabeça dele, tenho certeza! É um ótimo sujeito e eu gostaria de ser amiga dele. Ele parece querer nos conhecer, mas é tímido e Meg é tão cheia de frescuras que não me deixa falar com ele quando nos cruzamos — comentou Jo, com *ohs* e *ahs* de satisfação, conforme os pratos circulavam e o sorvete derretia fora de vista.

— Você se refere às pessoas que moram na casa enorme ao lado, não é? — perguntou uma das meninas. — A minha mãe conhece o velho sr. Laurence, mas diz que ele é muito orgulhoso e não gosta de se misturar com a vizinhança. Ele mantém o neto trancafiado quando não está andando a cavalo ou passeando com o professor particular e o faz estudar muito. Nós o convidamos para a nossa festa, mas ele não foi. A mamãe diz que ele é um bom menino, apesar de nunca falar com as meninas.

— Uma vez a nossa gata fugiu e ele a trouxe de volta, e nós conversamos por cima da cerca. Estávamos nos dando muito bem, falando sobre críquete e tal... então ele viu a Meg chegando e foi embora. Espero conhecê-lo melhor um dia, porque ele também precisa se divertir, tenho certeza de que precisa — declarou Jo, decidida.

— Gosto dos modos dele, parece ser um rapazinho muito decente, por isso não me oporia à ideia de conhecê-lo, na ocasião adequada. Ele mesmo trouxe as flores, e eu deveria tê-lo convidado a entrar se soubesse o que estava acontecendo lá em cima. Ele parecia tão tristonho quando foi embora, escutando a folia. Evidentemente queria participar.

— Ainda bem que a senhora não o convidou, mamãe! — gargalhou Jo, olhando para suas botas. — Mas teremos outra peça em breve, à qual ele *poderá* assistir. Talvez possa ajudar atuando. Não seria divertido?

— Jamais ganhei um buquê tão lindo! Como é bonito! — Meg examinou suas flores com grande interesse.

— Elas são *mesmo* encantadoras. Mas, para mim, as flores da Beth são mais bonitas — observou a sra. March, cheirando o ramalhete meio murcho que estava em sua cintura.

Beth se aninhou no colo dela e sussurrou de um jeito meigo:

— Queria poder mandar meu ramo de flores para o papai. Acho que ele não está passando um Natal tão feliz como o nosso.

O MENINO LAURENCE

— Jo! Jo! Onde você está? — berrou Meg ao pé da escada do sótão.

— Aqui! — respondeu uma voz rouca vinda de cima e, correndo para lá, Meg encontrou a irmã comendo maçãs e chorando por causa de *O herdeiro de Redclyffe*, enrolada em uma manta de lã no sofá velho de três pernas perto da janela ensolarada. Esse era o refúgio preferido de Jo, e ali ela gostava de se isolar com meia dúzia de maçãs e um bom livro para aproveitar o silêncio e a companhia de um rato de estimação que morava por perto, sem se incomodar nem um pouco com ela. Quando Meg apareceu, Patinhas chispou para o seu buraco. Jo enxugou as lágrimas das bochechas e esperou para ouvir a novidade.

— Que divertido! Veja só! Um bilhete formal com um convite da sra. Gardiner para a noite de amanhã! — berrou Meg, sacudindo o papel precioso e então começando a lê-lo com prazer de menina.

— "A sra. Gardiner ficaria feliz em receber a srta. March e a srta. Josephine em um pequeno baile de Ano-Novo." Mamãe acha que devemos ir, mas o que vestiremos?

— De que adianta fazer essa pergunta se sabe que teremos de usar nossos vestidos de popelina porque não temos nenhum outro? — respondeu Jo, de boca cheia.

— Se pelo menos eu tivesse um vestido de seda! — suspirou Meg. — Mamãe diz que talvez, quando eu tiver dezoito anos... mas dois anos são uma eternidade para esperar.

— Tenho certeza de que nossos vestidos de popelina parecem seda e estão ótimos para nós. O seu está praticamente novo, mas tinha esquecido a mancha de queimado e o rasgo no meu. O que devo fazer? A mancha é bastante aparente, não dá para disfarçar.

— Você precisa ficar sentada, o mais imóvel que conseguir, e manter a parte de trás fora de vista. A parte da frente está boa. Vou ganhar uma fita nova para o cabelo, e a mamãezinha vai me emprestar o pequeno broche de pérolas dela. Meus sapatos novos são lindos e as luvas vão servir, embora não sejam tão chiques quanto eu gostaria.

— As minhas estão manchadas de limonada e não vou conseguir luvas novas, então terei de ir sem elas — comentou Jo, que nunca se incomodava muito com o que vestir.

— Você tem de usar luvas, ou eu não vou — exclamou Meg, decidida. — As luvas são mais importantes que tudo. Você não pode dançar sem elas e, se não dançar, vou ficar muito chateada.

— Então vou ficar quieta. Não ligo muito para dançar acompanhada. Não tem graça ficar rodopiando. Gosto de circular pelo salão e aprontar umas travessuras.

— Você não pode pedir luvas novas para a mamãe, elas são muito caras e você é muito descuidada. Quando você estragou as outras, ela disse que não compraria outro par para você nesse inverno. Não consegue ajeitá-las para que sirvam?

— Posso segurá-las amassadas nas mãos para que ninguém saiba o quanto estão manchadas. É tudo que posso fazer. Não! Vou contar como podemos resolver, cada uma de nós usa uma luva boa e carrega a ruim. Entendeu?

— Suas mãos são maiores do que as minhas e você vai alargar demais a minha luva — começou Meg, cujas luvas eram tratadas com carinho por ela.

— Então vou sem. Não me importo com o que as pessoas dizem! — bradou Jo, levantando seu livro.

— Pode usá-las, tudo bem! Só não as manche, e se comporte bem. Não coloque as mãos para trás, não encare as pessoas nem diga "Minha nossa senhora!", certo?

— Não se preocupe comigo. Serei o mais formal possível e não me colocarei em situações constrangedoras, no que depender de mim. Agora vá responder ao convite e me deixe terminar essa história magnífica.

Então Meg saiu para "aceitar e agradecer o convite", dar uma olhada no vestido e cantar alegremente ao preparar seu único enfeite de babado verdadeiro, enquanto Jo terminava sua história, suas quatro maçãs e a brincadeira com o Patinhas.

Na noite da véspera de Ano-Novo, a sala estava deserta, já que as duas meninas mais novas brincavam de domésticas, e as duas mais velhas estavam absortas na mais importante tarefa de "se aprontar para a festa". Mesmo tratando-se de uma simples toalete, houve uma boa dose de correria para cima e para baixo, risadas e falatório, e a certa altura um cheiro forte de cabelo queimado impregnou a casa. Meg queria alguns cachos caindo sobre o rosto e Jo se incumbiu de apertar os tufos de cabelo enrolados em papelotes com um ferro quente.

— Isso devia soltar fumaça assim? — perguntou Beth, do seu poleiro na cama.

— É a umidade secando — respondeu Jo.

— Que cheiro esquisito! Parecem penas queimadas — observou Amy, alisando os próprios cachos bonitos com um ar de superioridade.

— Pronto, agora vou tirar os papelotes e vocês vão ver uma nuvem de cachinhos — disse Jo, baixando o ferro.

Ela de fato tirou os papelotes, mas não apareceu nenhuma nuvem de cachinhos, já que eles se foram junto com os papelotes. A cabeleireira, horrorizada, exibiu uma fileira de pequenos embrulhos de cabelo chamuscado na escrivaninha diante da vítima.

— Ai, ai, ai! *O que* você fez? Estou horrorosa! Não posso mais ir! Meu cabelo, ah, meu cabelo! — lamentou-se Meg, olhando com desespero para o frisado desigual na testa.

— Culpa minha! Você não deveria ter me pedido para fazer isso. Sempre estrago tudo. Sinto muito, mas o ferro estava muito quente e aí fiz besteira — gemeu a pobre Jo, olhando para as panquequinhas pretas com lágrimas de arrependimento.

— Você não está horrorosa. É só fazer um cacheado e amarrar com uma fita para que as pontas caiam na testa. Vai parecer a última moda. Já vi muitas meninas fazerem isso — informou Amy, de um jeito consolador.

— É bem feito para mim, por querer ser bonita. Quem me dera ter deixado meu cabelo do jeito que estava — exclamou Meg, mal-humorada.

— Também acho, ele estava tão bonito e macio. Mas logo vai crescer de novo — comentou Beth, indo beijar e confortar a ovelha tosquiada.

Depois de vários infortúnios menores, Meg enfim estava pronta e, com os esforços unidos de toda a família, o cabelo de Jo foi arrumado, e o vestido, colocado. Elas estavam muito bonitas em seus vestidos simples. Meg, de lã prateada com um laço azul de veludo, babados de renda e o broche de pérola. Jo, de marrom, com um colarinho engomado e distinto de linho e um ou dois crisântemos como seu único enfeite. Cada uma vestiu uma bela luva imaculada e carregou a outra manchada, e todas disseram que dava um efeito "bem descontraído e elegante". Os sapatos de salto de Meg estavam muito apertados e a machucavam, embora ela não admitisse, e os dezenove grampos de cabelo de Jo pareciam todos grudados direto na cabeça, o que não era exatamente confortável, mas, bem, antes morta do que feia.

— Divirtam-se, minhas queridas! — desejou a sra. March enquanto as irmãs desciam a calçada graciosamente. — Não comam muito no jantar e voltem às onze, quando eu mandar Hannah buscar vocês. — Quando o portão bateu atrás delas, uma voz gritou da janela:

— Meninas, meninas! Vocês *estão levando* lenços bonitos no bolso?

— Sim, sim, muito bonitos, e Meg passou água-de-colônia no dela — berrou Jo, acrescentando uma gargalhada enquanto andavam: — Acho que a mamãezinha perguntaria isso mesmo se estivéssemos fugindo de um terremoto.

— É um dos gostos aristocráticos dela, e bem apropriado, já que uma verdadeira dama é sempre reconhecida por suas botas impecáveis, luvas e lenço — respondeu Meg, que também tinha seus "gostos aristocráticos", e não eram poucos.

— Não se esqueça de manter a parte manchada do vestido escondida, Jo. Minha faixa está no lugar? E o meu cabelo está com uma aparência muito ruim? — quis saber Meg, depois de se virar do espelho no toucador da sra. Gardiner, após um demorado retoque.

— Sei que vou esquecer. Se me vir fazendo algo errado, por favor, me lembre com uma piscada, está bem? — devolveu Jo, esticando seu colarinho e penteando rapidamente os cabelos.

— Não, uma dama não piscaria. Vou erguer as sobrancelhas se algo estiver errado e assentir se estiver tudo bem. Mantenha a postura ereta e dê passos curtos, e não aperte a mão se for apresentada a alguém. Não é o certo.

— Como você aprendeu todas essas boas maneiras? Eu não consigo. Essa música é tão alegre, não acha?

E lá foram elas, sentindo-se um pouquinho tímidas, já que raramente iam a festas e, mesmo que essa pequena reunião fosse informal, era um evento para elas. A sra. Gardiner, uma majestosa senhora de idade , cumprimentou-as de forma gentil e as levou até a mais velha das suas seis filhas. Meg conhecia Sallie e logo ficou à vontade, mas Jo, que não ligava muito para meninas ou para fofocas de meninas, manteve-se afastada, com as costas apoiadas cuidadosamente contra a parede, e se sentiu tão deslocada quanto um potro em um jardim florido. Meia dúzia de rapazes joviais conversava sobre patins em outra parte do salão, e ela queria muito se juntar a eles, já que patinar era uma das alegrias de sua vida. Jo telegrafou seu desejo para Meg, mas as sobrancelhas se ergueram de forma tão alarmante que ela não se atreveu a se mexer. Ninguém foi falar com ela e, um a um, o grupo foi desaparecendo até que fosse deixada sozinha. Também não podia circular e se divertir, pois o tecido queimado apareceria, então encarou tristemente as pessoas até que a dança começou. Meg foi convidada a dançar de imediato e sapateou tão vivamente que ninguém adivinhou a dor dos calçados apertados, que ela suportava com um sorriso permanente no rosto. Jo viu um jovem ruivo e alto se aproximar do canto onde estava e, com medo de que fosse convidá-la para dançar, disfarçou e entrou em um nicho com cortina, pretendendo espiar e se divertir em paz. Infelizmente, outra pessoa tímida escolhera o mesmo refúgio, porque, quando a cortina caiu atrás dela, Jo se viu cara a cara com o "menino Laurence".

— Meu Deus, eu não sabia que havia alguém aqui! — gaguejou Jo, preparando-se para sair tão rapidamente quanto tinha entrado.

Mas o menino riu e falou, de forma simpática, embora parecesse um pouco espantado:

— Não se incomode comigo, fique se quiser.

— Não seria incômodo?

— Nem um pouco. Só vim para cá porque não conheço muitas pessoas e me senti deslocado, sabe?

— Eu também. Não vá embora, por favor, a não ser que prefira.

Ele se sentou de novo e olhou para os sapatos, até que Jo falou, tentando ser educada e natural:

— Acho que já tive o prazer de vê-lo antes. Você mora próximo a nós, não é?

— Na casa ao lado. — Ele olhou para cima e gargalhou, lembrando-se do modo afetado como Jo falara com ele quando levou a gata dela de volta para casa e conversaram sobre críquete.

Aquilo deixou Jo à vontade e ela também gargalhou antes de falar, da maneira mais calorosa:

— Nós ficamos muito felizes com o seu belo presente de Natal.

— Foi o vovô.

— Mas foi você quem deu a ideia, não foi?

— Como vai a sua gata, srta. March? — perguntou o menino, tentando parecer sério enquanto seus olhos negros brilhavam de divertimento.

— Vai bem, obrigada, sr. Laurence. Mas eu não sou srta. March, sou apenas Jo — devolveu a jovem.

— Eu não sou sr. Laurence, sou apenas Laurie.

— Laurie Laurence, que nome estranho.

— Meu primeiro nome é Theodore, mas eu não gosto dele porque os colegas me chamavam de Dora, então os convenci a me chamar de Laurie.

— Também detesto o meu nome, é tão sentimental! Gostaria que todos me chamassem de Jo em vez de Josephine. Como você fez para os meninos pararem de chamá-lo de Dora?

— Bati neles.

— Não posso bater na Tia March, então imagino que eu vá ter de aturar. — E Jo se resignou, com um suspiro.

— Você não gosta de dançar, srta. Jo? — indagou Laurie, parecendo achar que o nome combinava com ela.

— Gosto bastante se houver muito espaço e todos estiverem animados. Em um lugar como este, tenho certeza de que vou fazer alguma besteira, pisar nos pés das pessoas ou fazer algo horrível, então me mantenho fora de encrenca e deixo Meg bailar. Você não dança?

— Às vezes. Sabe, fiquei fora do país por uns bons anos e ainda não tive muita companhia para me mostrar como vocês fazem as coisas por aqui.

— Fora do país! — exclamou Jo. — Ah, me fale a respeito! Adoro de verdade escutar as pessoas contando suas viagens.

Laurie não parecia saber por onde começar, mas as perguntas ansiosas de Jo logo o fizeram deslanchar, e ele contou a ela como estudara em Vevay, onde os meninos nunca usavam chapéus e tinham uma frota de barcos no lago. Nas férias, a diversão eram as excursões pela Suíça com os professores.

— Como eu gostaria de ir até lá! — proclamou Jo. — Você foi a Paris?

— Passamos o último inverno lá.

— Você sabe falar francês?

— Não era permitido falar nenhum outro idioma em Vevay.

— Então fale algo em francês! Eu consigo ler, mas não sei pronunciar.

— *Quel nom a cette jeune demoiselle en les pantoufles jolis?*

— Como você fala bem! Deixe-me ver, você perguntou "Qual é o nome da jovem dama com sapatos bonitos?", não foi?

— *Oui, mademoiselle.*

— É a minha irmã Margaret, e você sabia! Você acha a Meg bonita?

— Sim, ela lembra as meninas alemãs. Parece tão distinta e plena, e dança como uma dama.

Jo ficou ruborizada de deleite com esse elogio de um menino à irmã e o guardou para repetir a Meg. Os dois espiaram o salão, fizeram críticas e conversaram até se sentirem velhos conhecidos. Logo a timidez de Laurie desapareceu, já que o comportamento cavalheiresco de Jo o divertiu e o deixou à vontade, e a própria Jo estava novamente animada, porque o vestido foi esquecido e

• 42 •

ninguém erguia as sobrancelhas para ela. Gostou mais do que nunca do "menino Laurence" e deu várias olhadas nele para que pudesse descrevê-lo às meninas, já que elas não tinham irmãos, apenas uns poucos primos homens, e os meninos eram criaturas quase desconhecidas para elas.

"Cabelos pretos encaracolados, pele morena, grandes olhos escuros, nariz bonito, belos dentes, pés e mãos pequenos, da minha altura, muito educado para um menino e, de modo geral, divertido. Quantos anos ele tem?"

A pergunta estava na ponta da língua de Jo, mas ela se conteve a tempo e, com tato fora do comum, tentou descobrir de maneira indireta.

— Imagino que logo você vá para a universidade. Já vejo você estudando às pencas, não, quer dizer, estudando bastante. — E Jo corou com o terrível "às pencas" que tinha escapado.

Laurie sorriu, mas não pareceu chocado, e respondeu com um dar de ombros:

— Ainda vai levar um ano ou dois. Não vou antes dos dezessete, de qualquer forma.

— Você só tem quinze anos? — perguntou Jo, olhando para o rapaz alto, que ela supusera já ter dezessete.

— Dezesseis no mês que vem.

— Quem me dera ir para a universidade! Você não parece gostar da ideia.

— Detesto! Ou é trabalho duro, ou bagunça. E não gosto da forma como as pessoas fazem nenhum dos dois neste país.

— Do que você gosta?

— Gostaria de morar na Itália e me divertir do meu próprio jeito.

Jo queria muito perguntar que jeito seria esse, mas suas sobrancelhas negras pareceram bem ameaçadoras quando ele enrugou a testa, então ela mudou de assunto dizendo, enquanto seus pés marcavam o compasso da música:

— Essa polca é maravilhosa! Por que não vai dançar?

— Se você vier também — respondeu ele, com uma pequena reverência galante francesa.

— Não posso, falei para Meg que não ia porque... — E, naquele instante, Jo parou e pareceu indecisa entre contar ou rir.

— Porque o quê?

— Não conta para ninguém?

— Jamais!

— Bem, tenho o mau costume de ficar em frente à lareira, e por isso queimo meus vestidos, e chamusquei esse aqui. Apesar de estar remendado com esmero, dá para perceber, e Meg mandou eu ficar quieta para que ninguém note. Você pode rir, se quiser. É engraçado, eu sei.

Mas Laurie não riu. Só olhou para baixo por um instante, e a expressão em seu rosto intrigou Jo quando ele disse de maneira muito gentil:

— Não se incomode com isso. Vou dizer o que podemos fazer. Tem um corredor comprido ali fora, e podemos dançar à vontade sem que ninguém nos veja. Por favor, venha.

Jo agradeceu e foi, feliz da vida, desejando que tivesse duas luvas decentes quando viu o belo par de cor perolada que seu parceiro usava. O corredor estava vazio e eles se divertiram com uma polca magnífica, já que Laurie dançava bem e ensinou a ela os passos alemães, que encantaram Jo, cheios de ritmo e pulos. Quando a música parou, sentaram-se na escada para recuperar o fôlego. Laurie estava no meio de um relato sobre um festival de estudantes em Heidelberg quando Meg apareceu procurando pela irmã. Ela fez um sinal com a mão e Jo a seguiu relutantemente a uma sala lateral, onde a encontrou em um sofá, segurando um dos pés, e com uma aparência pálida.

— Torci meu tornozelo. Aquele salto idiota virou e sofri uma distensão terrível no pé. Dói tanto que mal consigo ficar de pé e não sei como vou para casa — declarou ela, embalando para a frente e para trás de dor.

• 44 •

— Eu sabia que você ia machucar os pés com esses sapatos idiotas. Sinto muito. Mas não sei o que pode fazer além de pegar uma carruagem ou ficar aqui a noite inteira — respondeu Jo, esfregando o pobre tornozelo com delicadeza enquanto falava.

— Não vou conseguir uma carruagem que não custe muito caro. Ouso dizer que não vou conseguir nenhuma, aliás, já que a maioria das pessoas vem em suas próprias e é um longo caminho até o estábulo, e não há ninguém para ir até lá.

— Eu vou.

— Não, de jeito nenhum! Já passa das nove e está um breu. Não posso ficar aqui, a casa está lotada. Algumas meninas vão passar a noite com Sallie. Vou descansar até Hannah chegar e então penso no que fazer.

— Vou pedir ao Laurie, ele vai — informou Jo, parecendo aliviada quando a ideia lhe ocorreu.

— Misericórdia, não! Não peça ou conte a ninguém. Pegue as minhas galochas e coloque esses sapatos com as nossas coisas. Não consigo mais dançar, mas, logo que o jantar acabar, fique de olho em Hannah e me avise assim que ela chegar.

— Eles estão indo para o jantar agora. Vou ficar com você, prefiro.

— Não, querida, vá também, e me traga um pouco de café. Estou tão cansada que não consigo me mexer.

Meg então se reclinou, com as galochas bem escondidas, e Jo saiu desajeitada para a sala de jantar, que encontrou depois de entrar em um armário de porcelanas e abrir a porta para um cômodo onde o velho sr. Gardiner fazia uma pequena refeição particular. Voando para a mesa, ela garantiu o café, que imediatamente derramou, deixando assim a parte de frente do vestido tão prejudicada quanto a de trás.

— Ah, meu Deus, como sou desastrada! — exclamou Jo, acabando com a luva de Meg ao esfregá-la no vestido.

— Posso ajudá-la? — disse uma voz amigável. E lá estava Laurie, com uma xícara cheia em uma das mãos e uma bandeja de gelo na outra.

— Eu estava tentando pegar algo para a Meg, que está muito cansada, mas alguém me empurrou e agora estou nesse estado — respondeu Jo, olhando tristemente para a saia manchada e a luva suja de café.

— Que pena! Estava procurando alguém para dar isso aqui. Posso levar à sua irmã?

— Ah, obrigada! Vou mostrar onde ela está. Não me ofereço para levar eu mesma pois posso me meter em outra encrenca.

Jo foi à frente e, como se estivesse acostumado a servir a damas, Laurie puxou uma mesinha, levou outra porção de café e gelo para Jo, e foi tão prestativo que até mesmo a reservada Meg considerou-o um "bom rapaz". Eles se divertiram com bombons e jogos, e estavam no meio de uma partida tranquila de perguntas e respostas, com mais dois ou três jovens que tinham entrado, quando Hannah apareceu. Meg se esqueceu do pé e se levantou tão rápido que foi forçada a se apoiar em Jo com uma exclamação de dor.

— Psiu! Não diga nada — cochichou ela, acrescentando em voz alta — Não foi nada. Torci um pouquinho o pé, só isso. — E mancou para o andar de cima para juntar suas coisas.

Hannah deu uma bronca, Meg gritou, e Jo estava perdendo as estribeiras, até que decidiu tomar as rédeas da situação. Saindo de fininho, correu para o andar de baixo e, ao encontrar um criado, perguntou se ele podia arranjar uma carruagem para ela. Mas ele era um garçom contratado que não conhecia nada da vizinhança, e Jo estava procurando ajuda quando Laurie, que escutou o que ela disse, ofereceu a carruagem do avô, que tinha acabado de chegar para buscá-lo.

— Mas está tão cedo! Você não devia estar pensando em ir embora. — começou Jo, parecendo aliviada, mas hesitante em aceitar a oferta.

— Sempre vou embora cedo, vou mesmo, juro! Por favor, permita que eu as leve para casa. É caminho, sabe, e parece que está chovendo.

Aquilo encerrou a questão e, contando a ele a respeito do infortúnio de Meg, Jo aceitou, agradecida, e correu para chamar o restante do grupo no andar de cima. Hannah odiava chuva tanto quanto um gato, por isso não criou caso, e lá foram elas na luxuosa carruagem fechada, sentindo-se muito alegres e elegantes. Laurie foi na boleia, para que Meg pudesse colocar o pé para cima, e as meninas conversaram à vontade sobre a festa.

— Eu me diverti muito. E você? — indagou Jo, desarrumando os cabelos para ficar mais confortável.

— Eu também, até me machucar. A amiga da Sallie, Annie Moffat, gostou de mim e me convidou para passar uma semana com ela quando Sallie for na primavera, época da ópera, e será maravilhoso se mamãe me deixar ir — respondeu Meg, alegrando-se com o pensamento.

— Vi você dançando com o rapaz ruivo de quem fugi. Ele era simpático?

— Ah, muito! O cabelo dele é castanho avermelhado, não ruivo, e ele era muito educado, e dancei uma ótima *redowa* com ele.

— Ele parecia um gafanhoto com espasmos quando fez o passo novo. Laurie e eu não conseguimos conter o riso. Você nos escutou?

— Não, mas isso foi muito mal-educado. O que ficaram fazendo escondidos lá aquele tempo todo?

Jo contou suas aventuras e, quando terminou, já haviam chegado. Com muitos agradecimentos, despediram-se e entraram em casa em silêncio, esperando não incomodar ninguém, mas, no momento em que a porta rangeu, duas touquinhas surgiram, e duas vozes sonolentas, mas ansiosas, exclamaram:

— Contem como foi a festa! Contem como foi a festa!

Jo tinha surrupiado alguns bombons para as pequenas, o que Meg considerou "uma grande falta de boas maneiras", e elas logo se contentaram depois de ouvir os acontecimentos mais emocionantes da noite.

— Sabe que realmente me sinto uma dama jovem e elegante depois de voltar para casa em uma carruagem e me sentar de roupão com uma empregada para me servir — declarou Meg, enquanto Jo massageava seu pé com arnica e escovava seus cabelos.

— Não acredito que damas jovens e elegantes se divirtam mais do que nós, apesar do nosso cabelo queimado, dos vestidos velhos, de uma luva de cada par e sapatos apertados que torcem o tornozelo quando somos tolas o bastante para calçá-los.

E creio que Jo estava de fato certa.

FARDOS

— Meu Deus, como é difícil cumprir nossas responsabilidades e tocar a vida — suspirou Meg na manhã após a festa, já que os feriados haviam acabado e a semana de folia em nada colaborou para que realizasse de boa vontade a tarefa de que não gostava.

— Queria que fosse Natal ou Ano-Novo o tempo todo. Não seria divertido? — respondeu Jo, com um bocejo triste.

— Não devíamos ter nos permitido nem metade de tanta diversão. Mas são tão agradáveis esses jantarzinhos, os buquês, ir às festas, voltar de carruagem para casa, ler e descansar, sem trabalhar. É como ser outra pessoa, sabe, e sempre invejo meninas que fazem essas coisas, gosto tanto de luxo — comentou Meg, tentando decidir qual dos dois vestidos gastos estava menos surrado.

— Bem, não podemos nos dar ao luxo, por isso não vamos reclamar, mas carregar nossos fardos e marchar tão alegres quanto a mamãezinha. Tenho certeza de que a Tia March é um fardo pesado para mim, mas imagino que, quando eu aprender a carregá-lo sem reclamar, ela vai escorregar das minhas costas ou ficar tão leve que não vou me incomodar com ela.

Essa ideia animou Jo, deixando-a de bom humor, mas Meg não se inspirou, já que seu fardo, que consistia em quatro crianças mimadas, parecia mais pesado do que nunca. Ela não tinha motivação nem para ficar bonita como de costume, colocando uma fita azul no pescoço e arrumando os cabelos da forma mais elegante.

— De que adianta ficar bonita se ninguém me vê além daqueles anões mal-humorados ou mesmo se importa? — resmungou ela, fechando a gaveta com um empurrão. — Vou ter de dar duro a vida toda e me contentar apenas com algumas migalhas de diversão de vez em quando. Vou ficar velha, feia e amarga porque sou pobre e não posso aproveitar a vida como as outras meninas. É triste!

Assim desceu Meg, com a expressão magoada, e não estava nem um pouco agradável no café da manhã. Todas pareciam um tanto aborrecidas e inclinadas a reclamar. Beth estava com dor de cabeça e se recostou no sofá, tentando se confortar com a gata e seus três filhotinhos. Amy se queixava porque não tinha aprendido suas lições e não conseguia encontrar suas galochas. Jo assobiava e fazia uma grande algazarra enquanto se aprontava. A sra. March estava muito ocupada tentando terminar uma carta que deveria seguir de imediato, e Hannah estava irritada porque não gostava de ficar acordada até tarde.

— Nunca houve uma família tão rabugenta! — berrou Jo, perdendo a paciência depois de virar um tinteiro, arrebentar os dois cadarços da bota e sentar no próprio chapéu.

— E você é a pessoa mais rabugenta nela! — devolveu Amy, apagando a soma que estava toda errada com as lágrimas que tinham caído na lousa.

— Beth, se você não mantiver esses gatos horrendos no porão, vou afogá-los — exclamou Meg com raiva enquanto tentava se livrar do gatinho que tinha escalado suas costas e grudado nela como um carrapicho fora de alcance.

Jo gargalhava, Meg ralhava, Beth implorava e Amy choramingava porque não conseguia se lembrar quanto era nove vezes doze.

— Meninas, meninas, fiquem quietas um minuto! *Preciso* despachar isso cedo no correio e vocês me distraem com seus problemas — exclamou a sra. March, riscando a terceira frase errada em sua carta.

Houve uma calmaria momentânea, arruinada por Hannah, que entrou, colocou dois pastéis doces na mesa, e saiu de novo. Esses pastéis já eram de praxe e as meninas os chamavam de "agasalhos de mãos", já que não tinham nenhum e achavam a massa quente muito confortante para as mãos em manhãs frias. Hannah nunca deixava de prepará-los, por mais ocupada ou mal-humorada que estivesse, pois a caminhada era longa e fria. As coitadinhas não tinham outra coisa para o almoço e raramente chegavam em casa antes das duas da tarde.

— Vá fazer carinho nos seus gatos e cuidar de sua dor de cabeça, Bethinha. Até logo, mamãezinha. Estamos um bando de reclamonas esta manhã, mas vamos voltar para casa como os anjinhos de sempre. Vamos lá, Meg! — E Jo saiu em passos pesados, sentindo que as peregrinas não estavam se comportando como deveriam.

Elas sempre olhavam para trás antes de virar a esquina, já que a mãe sempre estava na janela para assentir, sorrir e acenar para elas. De certa forma, parecia que não poderiam vencer o dia sem aquilo, qualquer que fosse o humor do momento. O último vislumbre daquele rosto maternal as atingia como raios de sol.

— Se mamãezinha mostrasse um punho cerrado para nós em vez de mandar um beijo, seria bem feito, já que nunca se viu umas desgraçadas mais ingratas do que nós — exclamou Jo, lamentando-se com satisfação na calçada cheia de neve e no vento cortante.

— Não use expressões tão terríveis assim — respondeu Meg das profundezas do véu com que tinha se coberto como uma freira cansada do mundo.

— Eu gosto de boas palavras fortes que signifiquem algo — retrucou Jo, agarrando seu chapéu quando ele ia saindo da cabeça, alçando voo.

— Você pode se chamar do que quiser, mas não sou uma tratante nem uma desgraçada e não quero ser chamada assim.

— Você é uma criatura frustrada e decididamente mal-humorada hoje porque não pode ter uma vida regada a luxo. Pobrezinha, espere só até eu ficar rica e poderá se deleitar com minhas carruagens, sorvete, sapatos de salto alto, buquês e dançar com rapazes ruivos.

— Como você é ridícula, Jo! — Contudo, Meg riu com as bobagens e se sentiu melhor, apesar do seu estado de espírito.

— Sorte a sua que eu seja, porque se eu ficasse de cara amarrada e me deixasse abater, como você, estaríamos em uma bela situação. Graças a Deus, sempre consigo encontrar algo engraçado para me alegrar. Faça-nos o favor, pare de reclamar e volte feliz para casa.

Jo deu uma batidinha encorajadora no ombro da irmã quando se separaram, cada uma pegando um caminho diferente para o seu dia, cada uma abraçando seu pastelzinho quente, e cada uma tentando ficar alegre apesar do tempo frio, do trabalho duro e das vontades não satisfeitas da juventude, que gosta dos prazeres.

Quando o sr. March perdeu seus bens tentando ajudar um amigo azarado, as duas meninas mais velhas imploraram por permissão para sustentar ao menos a si mesmas, de alguma forma. Acreditando que nunca era cedo demais para começar a desenvolver a energia, o esforço e a independência, os pais consentiram, e ambas começaram a trabalhar com a boa vontade genuína na qual, apesar de todos os obstáculos, existe a garantia de sucesso no fim. Margaret encontrou uma posição em uma creche e se sentia rica com o modesto salário. Como disse, "gostava de luxo", e seu maior problema era a pobreza. Ela achava aquela situação mais difícil de suportar do que as outras, porque conseguia se lembrar dos tempos em que a casa era bonita, e a vida, repleta de conforto e prazeres, sem faltar coisa alguma. Ela tentava não ser invejosa ou desgostosa, mas era muito natural que a jovem desejasse coisas bonitas, amigos alegres, realizações e uma vida feliz. Na casa dos King, ela via diariamente tudo o que queria, já que as irmãs mais velhas das crianças tinham acabado de ser apresentadas à sociedade e Meg, com frequência, via elegantes vestidos de baile e buquês, escutava fofocas entusiasmadas sobre peças de teatro, concertos, passeios de trenó e todo tipo de diversão. Também via dinheiro, que teria sido muito precioso para ela, desperdiçado em coisas inúteis. Era raro que a pobre Meg reclamasse, mas às vezes um sentimento de injustiça a tornava amarga com todos, pois ela ainda não tinha aprendido a reconhecer o quanto era rica em bênçãos que por si sós bastavam para uma vida feliz.

Jo acabou servindo a Tia March, que era deficiente e precisava de uma pessoa ativa para ajudá-la. Já com alguma idade e sem filhos, oferecera-se para adotar uma das meninas quando vieram os problemas financeiros e ficou bastante ofendida porque a oferta foi recusada. Outros amigos disseram aos March que eles perderam a chance de serem lembrados no testamento da velha rica, mas a família abnegada apenas declarou:

— Não podemos abrir mão das nossas meninas nem pela maior das fortunas. Na riqueza ou na pobreza, nós nos manteremos unidos e seremos felizes na companhia uns dos outros.

A velha ficou sem falar com eles por um tempo, mas, encontrando Jo por acaso na casa de uma amiga, algo no rosto cômico e no jeito objetivo dela caiu no agrado da senhora, e ela propôs acolhê-la como acompanhante. Isso não agradou Jo nem um pouco, mas ela aceitou a posição porque nada melhor apareceu e, para espanto de todos, deu-se extraordinariamente bem com a parenta irascível. Havia desentendimentos às vezes, como quando Jo marchou para casa declarando que não aguentava mais, mas Tia March sempre se tranquilizava logo e pedia que ela voltasse com tal urgência que Jo não conseguia recusar, porque no íntimo gostava bastante daquela velha rabugenta.

Suspeito que a verdadeira atração era uma grande biblioteca de belos livros que fora deixada às traças desde que Tio March morreu. Jo se lembrava do velho e gentil cavalheiro que a deixava construir estradas de ferro e pontes com seus grandes dicionários, contava a ela histórias a partir das imagens esquisitas em seus livros de latim e lhe comprava pacotes de biscoitos de gengibre sempre que a encontrava na rua. O aposento escuro e empoeirado, com os bustos olhando para baixo de altas estantes de livros, as poltronas aconchegantes, os globos e, o melhor de tudo, a selva de livros pela qual ela podia vagar à vontade, fazia da biblioteca um espaço de êxtase para ela.

No instante em que Tia March tirava sua soneca ou recebia visitas, Jo corria para aquele lugar calmo e, enroscando-se numa poltrona confortável, devorava poesias, romances, história, viagens e gravuras como uma autêntica rata de biblioteca. Mas, como toda felicidade, durava pouco, porque, é claro, quando chegava ao ápice da história, ao verso mais doce de uma música, ou à aventura mais arriscada de um viajante, uma voz aguda chamava "Josy-phine! Josy-phine!" e Jo tinha que deixar seu paraíso para enrolar lã, dar banho no poodle ou ler os ensaios de Belsham uma hora inteira.

A ambição de Jo era fazer algo muito grandioso. O quê? Ainda não fazia ideia, mas deixava isso para o tempo dizer e, enquanto esperava, sua grande aflição era que não podia ler, correr e andar a cavalo tanto quanto gostaria. Ela sempre estava entrando em apuros por causa do seu pavio curto, da língua afiada e do espírito inquieto, e sua vida era uma série de altos e baixos, que eram tanto cômicos quanto patéticos. Mas o treinamento que recebia na casa da Tia March era exatamente o que precisava, e a ideia de que estava fazendo algo para se sustentar a deixava satisfeita, apesar do eterno "Josy-phine!".

Beth era muito tímida para ir à escola. Tinham tentado, mas ela sofria tanto que desistiram. Suas aulas eram em casa, com o pai. Mesmo depois que ele partiu e a mãe foi requisitada a dedicar sua habilidade e energia à Sociedade de Ajuda aos Soldados, Beth se empenhava com afinco e fazia o melhor que podia sozinha. Era uma criaturinha doméstica e ajudava Hannah a manter a casa em ordem e confortável para aquelas que trabalhavam, nunca pensando em nenhuma recompensa exceto ser amada. Passava dias longos e sossegados, não solitários nem desocupados, já que seu mundinho era povoado por amigos imaginários e ela era uma abelhinha operária por natureza. Havia seis bonecas com as quais se ocupava e vestia a cada manhã, já que Beth ainda era uma criança e amava seus brinquedos. Não havia entre elas nenhuma que estivesse inteira ou fosse bonita, todas tinham sido rejeitadas até Beth acolhê-las. Ela as herdou quando as irmãs passaram da fase de brincar de bonecas, pois Amy não aceitava nada velho ou feio. Beth as valorizava ainda mais por essa razão e montou um hospital para bonecas enfermas. Nunca nenhum alfinete foi espetado em seus órgãos vitais de algodão, jamais lhes desferiu golpes ou palavras duras, nenhuma negligência entristeceu o coração da mais repulsiva delas, foram todas alimentadas, vestidas e cuidadas, sem nunca lhes faltar afeição. Um resto de boneca miserável que pertencera a Jo, tendo levado uma vida tormentosa, fora descartado completamente arruinado na bolsa onde guardavam os farrapos, um abrigo triste de onde foi resgatado por Beth e levado ao seu refúgio. Sem cobertura na cabeça, a menina lhe colocou uma bela touquinha e, como a boneca já não tinha braços nem pernas, ela ocultou essas deficiências enrolando-a numa manta e dedicando a melhor cama à inválida crônica. Se alguém soubesse do cuidado devotado àquela boneca, acho que seu coração seria tocado, mesmo se desse risada. Beth levava ramos de flores a ela, lia para a boneca, levava-a para fora para respirar ar fresco, escondida sob o casaco, cantava-lhe canções de ninar e nunca ia para a cama sem lhe beijar o rosto sujo e sussurrar carinhosamente: "Espero que tenha uma boa noite, minha pobrezinha."

Como as outras, Beth tinha seus problemas, e não sendo um anjo, mas uma menininha bem humana, com frequência ela "dava uma choradinha", como dizia Jo, porque não podia ter aulas de música e um belo piano. Ela gostava tanto de música, tentava aprender com tanta dedicação e treinava com tanta paciência no velho instrumento bambo que alguém (para não sugerir a Tia March) havia de ajudá-la. Mas ninguém o fazia, e ninguém via Beth enxugar as lágrimas das teclas amareladas, que não se mantinham no tom quando ela estava sozinha. Ela cantava como uma cotovia no trabalho e nunca estava cansada demais para a mamãezinha e as meninas, e dia após dia repetia com esperança para si mesma: "Sei que vou fazer música algum dia, se eu for boa."

Existem muitas Beths no mundo, tímidas e quietas, sentadas à margem até que sejam requisitadas e vivendo para os outros com tanta alegria que ninguém vê os sacrifícios, até que o pequeno grilo na lareira pare de cricrilar e a meiga e radiante presença desapareça, deixando apenas silêncio e escuridão.

Se tivessem perguntado a Amy qual era o maior sofrimento de sua vida, teria respondido de imediato "meu nariz". Quando era bebê, Jo a deixara cair acidentalmente em um balde de carvão e Amy insistiu que a queda tinha arruinado seu nariz para sempre. Ele não era grande ou vermelho, apenas meio achatado, e nem todos os beliscões do mundo conseguiam dar a ele uma ponta aristocrática. Ninguém se importava com aquilo a não ser ela mesma, e o nariz estava fazendo o seu melhor para crescer, mas Amy queria muito um nariz grego e desenhava páginas inteiras de narizes bonitos para se consolar.

A "Pequena Rafael", como as irmãs a chamavam, tinha um talento evidente para o desenho, e seus momentos mais felizes eram quando estava copiando flores, criando fadas ou ilustrando histórias com exemplares de arte esquisitos. Seus professores reclamavam que, em vez de resolver problemas de matemática, ela cobria a lousa com animais. As páginas em branco de seu atlas eram usadas para copiar mapas e as mais jocosas caricaturas saíam flutuando de todos os seus livros nos momentos mais impróprios. Ela passava por suas aulas o melhor que podia e conseguia escapar de reprimendas sendo um modelo de comportamento. Era muito querida pelos colegas, já que era bem-humorada e dominava a feliz arte de agradar sem esforço. Sua afetação e beleza eram bastante admiradas, assim como suas habilidades, já que, além do desenho, ela tocava doze melodias, fazia crochê e lia em francês, pronunciando corretamente mais de dois terços das palavras. Tinha um jeito melancólico de dizer "Quando o papai era rico, fazíamos isso e aquilo", o que era muito tocante, e suas palavras longas eram consideradas "perfeitamente elegantes" pelas meninas.

Amy estava destinada a se tornar mimada, já que todos a paparicavam, e suas pequenas vaidades e o egoísmo cresciam a olhos vistos. Mas havia algo que praticamente arruinava sua vaidade: tinha de usar as roupas da prima. A mãe de Florence carecia de bom gosto, e Amy sofria profundamente por ter de usar um chapéu-boneca vermelho em vez de azul, vestidos que não lhe caíam bem e aventais espalhafatosos que não cabiam direito. Todas as peças eram boas, bem-feitas e pouco usadas, mas os olhos artísticos de Amy sofriam muito, especialmente naquele inverno, quando seu vestido da escola era um roxo escuro com bolinhas amarelas, sem enfeites.

— Meu único consolo — disse ela a Meg, com lágrimas nos olhos — é que a mamãe não faz bainha nos meus vestidos sempre que sou malcriada, como faz a mãe da Maria Park. Meu Deus, é uma coisa horrorosa, às vezes é tão ruim que a saia dela vai até os joelhos e ela não pode ir à escola. Quando vejo essa *degredação*, sinto que posso tolerar até meu nariz achatado e o vestido roxo com fogos de artifício amarelos.

Meg cuidava de Amy e era sua confidente, e, por alguma estranha atração de opostos, Jo fazia o mesmo pela delicada Beth. Apenas para Jo a acanhada criança contava seus pensamentos, e Beth, inconscientemente, exercia mais influência do que qualquer um na família sobre sua irmã desajuizada. As duas meninas mais velhas se gostavam muito, mas cada uma assumia a responsabilidade sobre uma das irmãs mais novas e as cuidavam do próprio jeito, "brincando de mãe", como chamavam, e colocavam-nas nos lugares das bonecas que tinham deixado de lado com o instinto maternal de menininhas.

— Alguém tem algo para contar? Foi um dia tão ruim que não vejo a hora de me divertir um pouco — comentou Meg quando se sentaram juntas para costurar naquela noite.

— Passei maus bocados com a titia hoje e, como levei a melhor na situação, vou contar a vocês — começou Jo, que gostava muito de contar histórias. — Estava lendo aquele Belsham sem fim e falando num tom monótono como sempre faço, porque a titia logo apaga, e aí pego um bom livro e leio num frenesi até ela acordar. Na verdade, eu que fiquei com sono e, antes de a Tia March começar a balançar a cabeça, dei um bocejo tão grande que ela me perguntou o que eu estava querendo dizer abrindo tanto a boca a ponto de engolir o livro todo de uma vez. "Quem me dera, aí acabaria com ele", eu disse, tentando não ser insolente. Aí ela me passou um longo sermão sobre os meus pecados e disse para eu me sentar e pensar a respeito enquanto ela descansava um pouco. Ela sempre acaba cochilando, então, no minuto em que sua touca começou a se curvar como uma dália pesada, tirei *O vigário de Wakefield* do bolso e comecei a ler, com um olho nele e o outro na titia. Eu tinha acabado de chegar na parte em que eles caem na água quando me esqueci e gargalhei alto. A titia acordou e, estando com o humor melhor depois da soneca, pediu-me para ler um pouco e mostrar que obra frívola eu preferia ao valioso e instrutivo Belsham. Fiz o melhor que pude e ela gostou, embora só tenha dito: "Não entendo do que se trata. Volte e comece de novo, filha." E assim eu voltei e fiz dos Primrose o mais interessante possível. Teve uma hora em que, por maldade, interrompi a leitura em uma cena emocionante e disse, humildemente: "Receio que a esteja cansando, senhora. Não seria melhor parar agora?" Ela recolheu seu tricô, que tinha caído de suas mãos, me lançou um olhar penetrante por cima dos óculos e falou, daquele jeito seco dela: "Termine o capítulo e não seja impertinente, mocinha."

— Ela admitiu que gostou? — indagou Meg.

— Ah, imagine, não! Mas deixou o velho Belsham de lado e, quando voltei correndo atrás das minhas luvas esta tarde, lá estava ela, tão grudada no *Vigário* que não me ouviu rir quando fiz uma dancinha na entrada para celebrar os bons tempos que se aproximam. Que vida agradável ela poderia ter se apenas quisesse! Não a invejo muito, apesar do dinheiro, pois todas as pessoas ricas têm tantas preocupações quanto as pobres, penso eu — acrescentou Jo.

— Isso me lembra — observou Meg — de que tenho algo a contar. Não é engraçado, como a história da Jo, mas pensei muito a respeito enquanto vinha para casa. Hoje, na residência dos King, encontrei todos numa agitação, e uma das crianças disse que o irmão mais velho tinha feito algo terrível e o pai o tinha mandado para longe. Ouvi a sra. King chorando e o sr. King falando muito alto, e Grace e Ellen viraram os rostos para que eu não visse o quanto seus olhos estavam vermelhos e inchados. Não fiz perguntas, é claro, mas fiquei com tanta pena deles e muito satisfeita por não ter nenhum irmão maluco para fazer coisas ruins e causar vergonha à família.

— Acho que passar vergonha na escola é uma experiência bem mais *pavourosa* do que qualquer coisa que meninos malcriados possam fazer — declarou Amy, balançando a cabeça, como se sua sabedoria de vida fosse profunda. — Susie Perkins foi à escola hoje com um lindo anel de cornalina vermelha. Eu o queria muitíssimo e desejei ser ela com toda a minha força. Bem, ela fez um desenho do sr. Davis com um nariz monstruoso e uma corcunda, e as palavras "Mocinhas, estou de olho em vocês!" saindo de sua boca numa espécie de balão. Estávamos rindo daquilo quando de repente os olhos dele *estavam* em nós e ele mandou Susie levar sua lousa até a frente. Ela ficou *paraulisada* de medo, mas foi, e ah, o que *acham* que ele fez? Pegou-a pela orelha, pela orelha, imaginem só que coisa horrível! Levou-a até a frente da sala e a fez ficar lá de pé por meia hora, segurando a lousa para que todos pudessem ver.

— As meninas não riram do desenho? — perguntou Jo, que gostou da situação constrangedora.

— Riram? Nenhuma! Elas ficaram sentadas, petrificadas, e Susie chorou muito, sei que chorou. Não a invejei naquele momento porque senti que nem mesmo milhões de anéis de cornalina teriam me feito feliz depois daquilo. Nunca, jamais, teria superado uma humilhação agonizante como aquela. — E Amy continuou seu trabalho, na consciência orgulhosa da virtude e da pronúncia correta de duas palavras difíceis em um só fôlego.

— Vi algo que me agradou esta manhã e pretendia contar a vocês no jantar, mas esqueci — comentou Beth, colocando a cesta bagunçada de Jo em ordem enquanto falava. — Quando fui comprar ostras para Hannah, o sr. Laurence estava na peixaria, mas ele não me viu porque fiquei atrás do barril de peixe, e ele estava ocupado com o sr. Cutter, o peixeiro. Uma mulher pobre entrou com um balde e um esfregão e perguntou ao sr. Cutter se ele a deixaria limpar o chão em troca de um pouco de peixe, pois ela não tinha jantar para os filhos e tinha perdido o serviço do dia. O sr. Cutter estava com pressa e disse "não" de forma bem ríspida, e ela já estava saindo, parecendo esfomeada e tristonha, quando o sr. Laurence fisgou um peixão com a ponta arqueada da bengala e o estendeu para ela. A moça ficou tão feliz e surpresa que o pegou de imediato nos braços e agradeceu sem parar. Ele lhe disse que "corresse para cozinhá-lo", e ela se apressou para ir embora, tão contente! Não foi bondade dele? Ah, a mulher ficou tão engraçada abraçando o peixão escorregadio e desejando que o lugar do sr. Laurence no céu fosse "sussegadu".

Depois que riram da história de Beth, pediram à mãe que contasse uma e, depois de pensar por um instante, ela disse seriamente:

— Enquanto estava cortando moldes de camisas de flanela azuis, nos alojamentos, me senti muito ansiosa pelo pai de vocês, e pensei no quanto ficaríamos sozinhas e desamparadas se algo acontecesse a ele. Não foi algo inteligente a fazer, mas continuei me preocupando até que um senhor entrou com um pedido de algumas roupas. Ele se sentou perto de mim e começamos a conversar, já que parecia pobre, cansado e angustiado. "O senhor tem filhos no exército?", perguntei, pois o pedido que ele trazia não era para mim. "Sim, senhora. Tinha quatro, mas dois foram mortos, um foi feito prisioneiro e estou indo visitar o outro, que está muito doente num hospital de Washington", respondeu ele, baixinho. "O senhor fez muito pelo seu país", respondi, sentindo respeito naquele momento, em vez de pena. "Nada mais do que eu deveria, senhora. Eu mesmo teria ido, se tivesse condições. Como não tenho, dou os meus meninos, e sem reclamar." Ele falou de forma tão alegre, pareceu tão sincero, tão satisfeito de abrir mão de tudo que tinha, que fiquei com vergonha de mim mesma. Abri mão de um homem e achei demais, enquanto ele deu quatro sem se ressentir por eles. Eu tinha todas as minhas filhas para me confortar em casa e o último filho dele estava esperando a quilômetros de distância, talvez para lhe dizer adeus! Eu me senti tão rica, tão feliz, pensando em minhas bênçãos, que fiz para ele um belo pacote, dei-lhe algum dinheiro e agradeci do fundo do coração a lição que me ensinara.

— Conte outra história, mãe, alguma com uma moral, como essa. Gosto de pensar nelas depois, se são reais ou não passam de sermão — disse Jo, após um minuto de silêncio.

• 61 •

A sra. March sorriu e começou de imediato, já que vinha contando histórias a essa pequena plateia havia muitos anos, e sabia como agradá-la.

— Era uma vez quatro meninas que tinham o bastante para comer, beber e vestir; muitos confortos e prazeres, amigos gentis e pais que as amavam muito e, mesmo assim, não estavam satisfeitas. — Neste momento, as ouvintes trocaram olhares furtivos e começaram a costurar diligentemente. — Essas meninas desejavam ser boas e tomaram muitas decisões excelentes, mas não as mantiveram muito bem e diziam constantemente "Se tivéssemos isso" ou "Se pudéssemos fazer aquilo", esquecendo-se do quanto já tinham e do quanto podiam de fato fazer. Então pediram a uma velha um feitiço que as fizesse felizes, e ela respondeu "Quando se sentirem infelizes, pensem em suas bênçãos e sejam agradecidas". — Naquele momento, Jo olhou para cima rapidamente, como se quisesse perguntar algo, mas mudou de ideia quando percebeu que a história ainda não havia acabado. — Como eram ajuizadas, resolveram seguir o conselho dela, e logo estavam surpresas ao ver como aquilo funcionava. Uma descobriu que o dinheiro não bastava para manter a vergonha e o sofrimento longe da casa das pessoas ricas; a outra, que, embora fosse pobre, era bem mais feliz com sua juventude, saúde e bom humor do que uma velha rabugenta e frágil que não podia desfrutar do próprio conforto; a terceira, que, mesmo não sendo tão agradável ajudar a fazer compras para o jantar, era ainda mais difícil ter de mendigar por isso; e a quarta, que mesmo anéis de cornalina não eram tão valiosos quanto o bom comportamento. Então elas concordaram em parar de reclamar, aproveitar as bênçãos que já tinham e tentar merecê-las, para que não perdessem tudo, em vez de aumentá-las, e acredito que nunca se desapontaram ou se arrependeram de seguir o conselho da velha.

— É muita esperteza sua, mamãezinha, virar nossas próprias histórias contra nós e nos passar um sermão em vez de nos contar uma história inventada! — exclamou Meg.

— Gosto de sermões como esse. É o tipo que papai nos dava — comentou Beth pensativa, arrumando as agulhas na almofada de Jo.

— Não chego nem perto de reclamar tanto quanto as outras e serei ainda mais cuidadosa do que nunca agora, depois de ver o que aconteceu com Susie — disse Amy moralmente.

— Precisávamos dessa lição, e não vamos esquecê-la. Se a esquecermos, simplesmente nos lembre, como a velha Chloe fez em *A cabana do pai Tomás*, "*Peinsem* nas *suas bênção, quianças*! *Peinsem* nas *suas bênção*" — acrescentou Jo, que não conseguia, com seu jeito, não fazer um pouco de graça com o pequeno sermão, embora o tivesse levado a sério tanto quanto qualquer uma delas.

5

SENDO HOSPITALEIRAS

— Mas o que você está inventando dessa vez, Jo? — perguntou Meg, em uma tarde de neve quando a irmã veio se arrastando pelo salão, de galochas, com um saco velho e capuz, uma vassoura em uma das mãos e uma pá na outra.

— Estou saindo para fazer exercício — respondeu Jo, com um brilho malicioso no olhar.

— Achei que duas caminhadas longas esta manhã bastassem! Está frio e nublado lá fora e sugiro que permaneça aquecida perto do fogo, como eu — declarou Meg, com um calafrio.

— Não dá para ficar parada o dia inteiro. E, como não sou nenhuma mocinha frágil, prefiro não ficar cochilando ao lado do fogo. Gosto de aventuras e vou à busca de alguma.

Meg voltou a aquecer os pés e ler *Ivanhoé*, e Jo começou a escavar o caminho com invejável disposição. A neve estava fofa e, com a vassoura, ela logo varreu o caminho em volta de todo o jardim para Beth percorrer quando o sol saísse e as bonecas inválidas precisassem de ar. O jardim separava a casa da família March e do sr. Laurence. Ambas ficavam no subúrbio da cidade, que lembrava o campo, com bosques e gramados, grandes jardins e ruas silenciosas. Uma cerca viva baixa separava as propriedades. Em um dos lados, uma velha casa marrom, de aspecto bem simples e gasto, envolvida pelas trepadeiras, que no verão cobriam as paredes, e pelas flores, que então a circundavam. Do outro, uma imponente mansão de pedra, ostentando abertamente todo tipo de conforto e luxo, da grande cocheira e do terreno bem cuidado à estufa e aos vislumbres dos belos objetos vistos entre as suntuosas cortinas. Entretanto, parecia um tipo solitário de casa, sem vida, já que nenhuma criança brincava no gramado, nenhum rosto maternal sorria nas janelas, e poucas pessoas entravam e saíam, a não ser o velho sr. Laurence e seu neto.

Na imaginação vívida de Jo, a bela casa parecia um tipo de palácio encantado, repleta de pompa e magia que ninguém aproveitava. Fazia tempo que queria descobrir essas glórias ocultas e conhecer o menino Laurence, que, tudo indicava, gostaria de ser conhecido se ao menos soubesse por onde começar. Desde a festa, ficara mais ansiosa do que nunca e tinha planejado muitas formas de ficar amiga dele. Mas ninguém o vira nos últimos tempos, e Jo começava a achar que ele tinha ido embora, até que um dia viu seu rosto moreno numa janela no andar de cima, olhando avidamente para o jardim dos March, onde Beth e Amy jogavam bolas de neve uma na outra.

"Aquele menino está precisando de companhia e diversão", disse a si mesma. "O avô dele não sabe o que é bom para ele e o mantém trancado sozinho. Ele precisa de um grupo de meninos legais para brincar com ele ou alguém jovem e alegre. Tenho muita vontade de ir até lá e dizer isso ao velho sr. Laurence!"

A ideia divertiu Jo, que adorava uma ousadia e estava sempre surpreendendo Meg com seu comportamento inusitado. O plano de "ir até lá" não foi esquecido. E, quando a tarde de neve chegou, Jo tomou uma atitude. Ela viu o velho sr. Laurence sair de carruagem e então foi abrindo caminho até a cerca viva, onde parou para estudar o terreno. Tudo silencioso, as cortinas fechadas nas janelas de baixo, nenhum sinal de criados nem nada humano à vista, exceto uma cabeça de cabelos negros encaracolados apoiada em uma mão magra na janela de cima.

"Lá está ele", pensou Jo, "Pobrezinho! Totalmente sozinho e doente neste dia horroroso. Que dó! Vou jogar uma bola de neve para chamar atenção dele e então oferecer uma palavra de conforto."

Lá se foi um punhado de neve macia, e a cabeça se virou de imediato, mostrando o rosto que em um instante perdeu o olhar indiferente, quando os olhos grandes se iluminaram e a boca começou a sorrir. Jo acenou, riu e ergueu a vassoura enquanto gritava:

— Como vai você? Está doente?

Laurie abriu a janela e falou com uma voz rouca como um corvo:

— Estou melhor, obrigado. Tive um resfriado sério e fiquei trancado uma semana.

— Sinto muito. Com o que você se diverte?

— Com nada. Aqui é tão tedioso quanto um túmulo.

— Você não lê?

— Não muito. Não me deixam.

— Não podem ler para você?

— Às vezes o vovô lê, mas meus livros não interessam a ele, e detesto ficar pedindo a Brooke o tempo todo.

— Peça para alguém visitar você, então.

— Não há ninguém que eu gostaria de ver. Os meninos fazem muita bagunça, e estou sem cabeça.

— Não tem nenhuma menina legal que possa ler para você e diverti-lo? As meninas são tranquilas e gostam de bancar a enfermeira.

— Não conheço nenhuma.

— Você nos conhece — começou Jo, depois gargalhou e parou.

— É verdade! Vocês viriam, por favor? — exclamou Laurie.

— Não sou tranquila nem legal, mas vou, se a mamãe deixar. Vou pedir a ela. Feche a janela, como um bom menino, e espere até eu voltar.

Com isso, Jo colocou a vassoura no ombro e marchou para dentro de casa, perguntando-se o que todas diriam a ela. Laurie estava tremendo de emoção com a ideia de ter companhia e correu para se aprontar, pois, como a sra. March dizia, ele era "um jovem cavalheiro" e, em respeito à convidada que viria, pentearia a cachola encaracolada, trocaria o colarinho por um limpo e tentaria arrumar o quarto, que, apesar da meia dúzia de criados, estava tudo, menos limpo. Dali a pouco, ouviu-se uma campainha alta e, em seguida, uma voz decidida perguntando pelo "sr. Laurie", e uma criada de aspecto surpreso foi correndo anunciar uma moça.

— Certo, mostre a ela o caminho para cá, é a senhorita Jo — afirmou Laurie, indo até a porta da sua pequena sala de visitas para encontrar Jo, que apareceu, corada e bem à vontade, com um prato coberto em uma das mãos e os três gatinhos de Beth na outra.

— Aqui estou eu, de mala e cuia — declarou ela, animada. — Mamãe mandou lembranças e ficou feliz de poder fazer algo por você. Meg queria que eu trouxesse um pouco do manjar branco dela, que é muito gostoso, e Beth achou que os gatinhos dela seriam confortantes. Eu sabia que você ia rir deles, mas não pude recusar, já que ela queria tanto ajudar.

Aconteceu que o empréstimo inusitado de Beth foi perfeito, pois, dando risada com os gatinhos, Laurie deixou de lado a timidez e ficou sociável de imediato.

— Isso é bonito demais para comer — comentou ele, sorrindo com prazer quando Jo descobriu o prato e mostrou o manjar, com uma coroa de folhas verdes e flores escarlates do gerânio de estimação da Amy.

— Não é nada de mais, é que todas se compadeceram e quiseram mostrar sua gentileza. Diga à criada para guardar até a hora do chá. É tão mole que você vai conseguir comer, vai escorregar pela sua garganta sem machucar. Que quarto mais aconchegante!

— Seria se o mantivessem arrumado, mas as empregadas são preguiçosas e não sei o que fazer com elas. Fico nervoso com isso.

— Vou ajeitar tudo em dois tempos, só precisamos espanar o piso da lareira, assim, arrumar as coisas na cornija, assim, e colocar os livros aqui, as garrafas, ali, seu sofá, virado para longe da luz, e afofar um pouco os travesseiros. Pronto, tudo em ordem.

E estava mesmo, pois, enquanto ria e conversava, Jo tinha posto tudo no lugar e dera um ar diferente ao quarto. Laurie a observou em respeitoso silêncio e, quando ela o chamou para o sofá com um gesto, ele se sentou com um suspiro de satisfação, dizendo com gratidão:

— Como você é gentil! Sim, era disso que esse quarto precisava. Agora, por favor, sente-se na poltrona e deixe eu fazer algo para divertir minha convidada.

— Não, eu vim divertir você. Posso ler em voz alta? — Jo olhou com afeição para alguns livros convidativos ali perto.

— Obrigado! Mas já li todos esses e, se não se importar, prefiro conversar — respondeu Laurie.

— Nem um pouco. Falo o dia inteiro se me deixarem. Beth diz que nunca sei quando parar.

— A Beth é a corada, que fica bastante em casa e às vezes sai com uma cestinha? — indagou Laurie com interesse.

— Sim, é a Beth. Ela é minha irmãzinha, é muito boazinha.

— A bonita é a Meg e a de cabelo cacheado é a Amy, suponho?

— Como descobriu?

Laurie ficou ruborizado, mas respondeu com franqueza:

— Bem, sabe, sempre ouço vocês chamando umas às outras e, quando estou sozinho aqui em cima, acabo olhando para a sua casa, vocês sempre parecem estar se divertindo tanto. Desculpe a má educação, mas às vezes vocês se esquecem de fechar as cortinas da janela onde ficam as flores e, quando as lamparinas estão acesas, é como olhar um quadro com uma lareira e todas vocês à mesa com sua mãe. O rosto dela fica bem de frente e parece tão meigo com as flores em volta, não consigo deixar de olhar. Não tenho mãe, sabe. — E Laurie atiçou o fogo para esconder um pequeno puxão nos lábios que ele não conseguia controlar.

A expressão solitária e faminta dos olhos dele atingiu em cheio o coração caloroso de Jo. Ela fora educada de maneira tão simples que não havia maldade em sua cabeça e, aos quinze anos, era tão inocente e franca como qualquer criança. Laurie estava doente e sozinho e, sentindo o quanto era rica de felicidade em casa, Jo tentou de bom grado compartilhar aquele sentimento com ele. Sua expressão era simpática, e a voz, aguda, mais gentil do que de costume quando falou:

— Nunca mais vamos fechar aquela cortina, e lhe dou permissão para olhar o quanto quiser. Só gostaria que, em vez de espiar, fosse nos visitar. Mamãe é tão maravilhosa, ela trataria você muito bem, e Beth cantaria para você se *eu* implorasse, e Amy dançaria. Meg e eu faríamos você rir com nosso talento teatral e nos divertiríamos muito. Será que o seu avô deixaria você ir?

— Acho que sim, se sua mãe pedir. Ele é muito generoso, embora não pareça, e quase sempre me deixa fazer o que quero. Ele só não quer que eu seja um incômodo para os estranhos — começou Laurie, animando-se cada vez mais.

— Não somos estranhos, somos vizinhos, e vocês não seriam incômodo algum. Nós *queremos* conhecer vocês e estou tentando fazer isso há algum tempo. Não que estejamos aqui há tanto tempo, sabe, mas ficamos amigas de todos os vizinhos, menos de vocês.

— Sabe, o vovô vive entre seus livros e não se importa muito com o que acontece do lado de fora. O sr. Brooke, meu professor particular, não mora aqui, e não tenho ninguém para sair comigo, então acabo ficando em casa e fazendo o que posso.

— Isso não é bom. Você tem que fazer um esforço e ir a todos os lugares aonde é convidado, assim vai fazer uma porção de amigos e ter muitos lugares divertidos para ir. Não se preocupe com a timidez. Não vai durar muito se você insistir.

Laurie ficou vermelho de novo, mas não se ofendeu por ser acusado de timidez, já que havia tanta boa vontade em Jo que era impossível não aceitar suas palavras diretas com a mesma gentileza com a qual haviam sido proferidas.

— Você gosta da sua escola? — perguntou o rapaz, mudando de assunto depois de uma pequena pausa, durante a qual ele olhou para o fogo e Jo olhava em volta, bem satisfeita.

— Não vou à escola, sou um homem, quero dizer, menina de negócios... Ajudo minha tia-avó, uma alma querida e rabugenta — respondeu Jo.

Laurie abriu a boca para fazer outra pergunta, mas, lembrando-se bem a tempo de que não era educado se intrometer demais nos assuntos das pessoas, fechou-a de novo, parecendo pouco à vontade. Jo gostou da boa educação dele e não se incomodava de dar umas boas risadas de Tia March, então fez uma descrição bem vívida da velha impaciente, de seu poodle gordo, do papagaio que falava espanhol e da biblioteca onde ela se deleitava. Laurie gostou muito das histórias, e, quando Jo contou do velho sr. Laurence, que uma vez foi até lá todo empertigado cortejar a Tia March e, no meio de uma bela fala, teve sua peruca puxada por Poll, ficando apavorado, o menino se recostou e riu até as lágrimas rolarem pelas bochechas, e uma empregada enfiou a cabeça pela porta para ver o que estava acontecendo.

— Ah, isso é tão bom! Conte mais, por favor — pediu ele, tirando o rosto da almofada do sofá, corado e reluzindo de alegria.

Muito orgulhosa do sucesso, Jo realmente "contou mais": tudo a respeito das suas peças e planos, suas esperanças e seu temor pelo pai, e os acontecimentos mais interessantes do pequeno mundo onde as irmãs viviam. Depois passaram a falar de livros e, para o encanto de Jo, ela descobriu que Laurie gostava tanto deles quanto ela, e já havia lido ainda mais do que ela.

— Se gosta tanto de livros, desça para ver os nossos. O vovô não está em casa, então você não precisa ter medo — declarou Laurie, levantando-se.

— Não tenho medo de nada — devolveu Jo, jogando a cabeça para trás.

— Não duvido disso mesmo! — exclamou o rapaz, olhando para ela com muita admiração, embora no fundo achasse que ela teria boas razões para sentir um pouquinho de medo do avô caso o encontrasse de mau humor.

Com a atmosfera de verão por toda a casa, Laurie a conduziu de um cômodo a outro, deixando Jo parar para examinar tudo o que chamava sua atenção. E então chegaram, enfim, à biblioteca, onde ela bateu palmas e saltitou, como sempre fazia quando ficava especialmente encantada. Estava repleta de livros, quadros e estátuas, armários cheios de moedas e curiosidades, poltronas acolchoadas muito confortáveis e mesas estranhas, esculturas de bronze e, o melhor de tudo, uma enorme lareira aberta revestida com ladrilhos exóticos.

— Que luxo! — suspirou Jo, afundando nas profundezas de uma poltrona aveludada e admirando em volta com um ar de intensa satisfação. — Theodore Laurence, você deve ser o menino mais feliz do mundo — acrescentou ela, impressionada.

— Nem só de livros viverá o homem — observou Laurie, balançando a cabeça enquanto se debruçava numa mesa do outro lado.

Antes que ele pudesse dizer algo mais, a campainha tocou e Jo se levantou correndo, exclamando alarmada:

— Valha-me Deus! É o seu avô!

— Bom, e se for? Você não tem medo de nada, não é? — devolveu o menino, com ar maroto.

— Acho que tenho um pouquinho de medo dele, mas não sei por que deveria ter. A mamãe falou que eu podia vir, e não acho que faria mal a você — disse Jo, recompondo-se, embora mantivesse os olhos na porta.

— Você me fez muito bem, e sou muito grato por isso. Meu receio é que esteja farta de falar comigo. Foi *tão* bom que não queria que acabasse — declarou Laurie, com gratidão.

— O médico veio vê-lo, senhor — A criada fez um gesto enquanto falava.

— Você se importaria se eu a deixasse por um instante? Imagino que eu tenha de vê-lo — comentou Laurie.

— Não se preocupe comigo. Estou muito feliz aqui — respondeu Jo.

Laurie saiu e sua convidada se entreteve da sua própria maneira. Ela estava de pé diante de um belo retrato do sr. Laurence quando a porta se abriu de novo e, sem se virar, ela disse, decidida:

— Agora tenho certeza de que não deveria ter medo dele, pois ele tem olhos bondosos, apesar da boca severa e de parecer querer que as coisas sejam do jeito dele sempre. Não é tão bonito quanto o *meu* avô, mas gosto dele.

— Obrigado, senhorita — agradeceu uma voz rouca atrás dela, onde, para grande espanto de Jo, estava o velho sr. Laurence.

A pobre Jo corou até não poder ficar mais vermelha e seu coração começou a bater desconfortavelmente rápido quando pensou no que tinha dito. Por um minuto, um desejo selvagem de sair correndo se apossou dela, mas isso seria covardia e as meninas ririam dela, então resolveu ficar e sair da enrascada como desse. Uma segunda olhada mostrou a ela que os olhos vívidos sob as sobrancelhas cerradas eram ainda mais bondosos do que os da pintura, e havia um brilho astuto neles que diminuiu bastante o medo dela. A voz rouca estava mais rouca do que nunca quando o velho disse abruptamente, depois da temível pausa:

— Então você não tem medo de mim, hein?

— Não muito, senhor.

— E você não me acha tão bonito quanto o seu avô?

— Não tanto, senhor.

— E pareço querer que as coisas sejam do meu jeito sempre?

— Eu só disse que achava.

— Mas você gosta de mim, apesar de tudo isso?

— Sim, senhor.

Aquela resposta agradou o velho sr. Laurence. Ele deu uma gargalhada breve, apertou a mão de Jo e, colocando o dedo debaixo do queixo dela, virou o seu rosto; examinou-o gravemente, e o soltou, dizendo, com um aceno de cabeça:

— Você tem o temperamento do seu avô, mesmo não tendo o rosto parecido com o dele. Ele *era* mesmo um homem bonito, minha querida, mas o melhor é que era corajoso e sincero, e eu tinha orgulho de ser amigo dele.

— Obrigada, senhor. — E Jo ficou bem à vontade depois daquilo, já que a declaração se aplicava exatamente a ela.

— O que andou fazendo com o meu menino, hein? — foi a pergunta seguinte, bem direta.

— Só tentando ser gentil, senhor. — E Jo contou como tinha sido a visita.

— Acha que ele precisa se divertir, é?

— Sim, senhor, ele parece um pouco solitário e talvez pessoas jovens fizessem bem a ele. Somos apenas meninas, mas ficaríamos felizes em ajudar, se pudermos, pois não nos esquecemos do maravilhoso presente de Natal que nos mandou — disse Jo, ansiosa.

— *Tsc, tsc, tsc*. Isso foi obra do menino. Como vai a pobre sra. March?

— Vai bem, senhor — começou Jo, falando muito rápido enquanto contava tudo a respeito da família Hummel, a qual sua mãe via como amigos mais ricos do que realmente eram.

— Ela tem o mesmo jeito do pai de fazer o bem. Um dia vou visitar sua mãe. Avise a ela. Está na hora do chá, nós o tomamos cedo por causa do meu neto. Desça e continue sendo gentil.

— Se o senhor quiser que eu fique.

— Eu não a convidaria se não quisesse. — O sr. Laurence ofereceu o braço como cortesia à moda antiga.

• 73 •

"O que Meg *diria* disso?", pensou Jo enquanto era conduzida, e seus olhos dançavam com divertimento, imaginando-se contando a história em casa.

— Ei! Que diabo deu nesse camarada? — declarou o velho quando Laurie apareceu descendo as escadas correndo e parou com um sobressalto de surpresa à visão surpreendente de Jo de braços dados com seu temível avô.

— Não sabia que tinha chegado em casa, senhor — começou ele, enquanto Jo lhe lançava um olhar triunfante.

— É óbvio, pelo jeito que você desabalou escada abaixo. Venha tomar seu chá e comporte-se como um cavalheiro. — E, puxando o cabelo do menino de forma carinhosa, o sr. Laurence continuou andando, enquanto Laurie fazia uma série de gestos cômicos pelas costas dele, o que quase provocou uma explosão de gargalhadas em Jo.

O sr. Laurence não conversou muito enquanto bebia suas quatro xícaras de chá, mas observou os jovens, que logo conversavam como velhos amigos, e a mudança em seu neto não passou despercebida por ele. Agora havia cor, luz e vida no rosto do menino, vigor em seu comportamento e alegria genuína em sua risada.

"Ela tem razão, o rapaz está solitário. Vou ver o que essas menininhas podem fazer por ele", pensou o sr. Laurence, enquanto observava e escutava. Ele gostou de Jo, já que se identificava com seu comportamento estranho e objetivo, e ela parecia entender o menino quase tão bem como se ela mesma fosse um.

Se a família Laurence fosse o que Jo chamava de "afetada e enfadonha", ela não teria continuado ali, já que esse tipo de gente sempre a deixava acanhada e sem jeito. Mas, percebendo que eles eram receptivos e acessíveis, ela agiu muito naturalmente e causou uma boa impressão. Quando se levantaram, ela fez menção de ir embora, mas Laurie disse que tinha algo mais para mostrar a ela e a levou à estufa, que tinha sido iluminada apenas para recebê-la. Para Jo, o lugar parecia saído de um conto de fadas enquanto ela percorria todos os caminhos de cima a baixo, aproveitando os muros que se erguiam de cada lado, a luz suave, o ar úmido e doce, e as maravilhosas trepadeiras e árvores que pairavam acima dela. Seu novo amigo cortou as mais belas flores até suas mãos estarem cheias, então as amarrou e disse, com o olhar feliz que Jo gostava de ver:

— Por favor, entregue essas flores à sua mãe e diga a ela que gostei muito do remédio que ela me mandou.

Encontraram o sr. Laurence parado em frente à lareira na enorme sala de visitas, mas a atenção de Jo foi totalmente absorvida por um piano de cauda, que estava aberto.

— Você toca? — indagou ela, virando-se para Laurie com uma expressão respeitosa.

— Às vezes — respondeu ele, modesto.

— Por favor, toque agora. Quero escutar para poder contar à Beth.

— Não quer tocar primeiro?

— Não sei tocar. Sou muito burra para aprender, mas sou apaixonada por música.

Então Laurie tocou e Jo escutou, com o nariz luxuosamente enterrado em heliotrópios e rosas-chá. Seu respeito e apreço pelo "menino Laurence" cresceram muito, já que ele tocava extraordinariamente bem e não era convencido por isso. Desejou que Beth pudesse ouvi-lo, mas não falou nada, apenas o elogiou até ele ficar bastante acanhado e o avô ir em seu socorro.

— Já chega, já chega, mocinha. Elogios demais não são bons para ele. A música dele não é ruim, mas espero que também seja bom em outras questões mais importantes. Já está indo? Bem, agradeço muito a você e espero que venha de novo. Mande lembranças à sua mãe. Boa noite, doutora Jo.

Ele apertou a mão dela com simpatia, mas parecia que o velho estava incomodado. Quando chegaram ao saguão, Jo perguntou a Laurie se ela havia dito algo inadequado. Ele balançou a cabeça em negativa.

— Não, fui eu. Ele não gosta de me ouvir tocar.

— Por que não?

— Outro dia conto. John vai acompanhar você até a sua casa, já que não posso ir.

— Não há necessidade. Não sou uma menininha e é só atravessar a rua. Cuide-se, está bem?

— Sim, mas você vai voltar, não vai?

— Se você prometer que vai nos visitar depois que estiver bem.

— Eu vou.

— Boa noite, Laurie!

— Boa noite, Jo, boa noite!

Depois que todas as aventuras da tarde foram contadas, a família se sentiu inclinada a visitar em peso os vizinhos, já que cada uma achou algo muito atraente no casarão do outro lado da cerca. A sra. March desejava falar a respeito do pai com o velho sr. Laurence, que não havia esquecido dele, Meg queria andar na estufa, Beth suspirava ao pensar no piano de cauda e Amy estava louca para ver os belos quadros e estátuas.

— Mamãe, por que o sr. Laurence não gosta que o Laurie toque? — perguntou Jo, que estava em um estado de espírito questionador.

— Não tenho certeza, mas acho que é porque o filho dele, o pai de Laurie, casou-se com uma moça italiana, uma musicista, que não agradava ao homem, que é muito orgulhoso. A moça era bondosa, muito bonita e talentosa, mas ele não gostava dela, e nunca mais viu o filho depois que ele se casou. Os dois morreram quando Laurie ainda era criança de colo, e então o avô o acolheu. Imagino que o menino, nascido na Itália, não seja muito forte, e o velho sr. Laurence tenha medo de perdê-lo, o que faz dele tão protetor. Laurie tem um amor natural pela música porque puxou à mãe, e ouso dizer que o avô tenha medo de que ele possa querer se tornar músico. De qualquer forma, a habilidade dele lembra ao avô a mulher de que ele não gostava, por isso lançou um "olhar furioso", como disse Jo.

— Meu Deus, que romântico! — exclamou Meg.

— Que bobagem! — comentou Jo. — Deixe-o ser músico se ele quiser, e não arruíne a vida dele o mandando para a universidade quando ele detesta a ideia.

— É por isso que Laurie tem olhos negros tão bonitos e boas maneiras, imagino. Os italianos são sempre educados — declarou Meg, que era um pouco sentimental.

— O que você sabe sobre os olhos e os modos dele? Você mal falou com ele — exclamou Jo, que *não* era sentimental.

— Eu o vi na festa e o que você conta mostra que ele sabe se comportar. O discurso sobre o remédio que a mamãe mandou para ele foi muito bonitinho.

— Acho que ele se referia ao manjar branco.

— Como você é boba, menina! Ele estava falando de você, é claro.

— Estava? — E Jo abriu os olhos como se aquilo nunca tivesse ocorrido a ela antes.

— Nunca vi uma menina assim! Você não reconhece um elogio quando o recebe — disse Meg, com ar de mocinha que sabia tudo do assunto.

— Acho que isso é tudo uma grande bobagem e agradeço se vocês não agirem como tolas e estragarem minha alegria. Laurie é um bom menino e gosto dele, e não vou ficar sentimental com elogios e asneiras assim. Todas vamos ser boas para ele, pois o menino não tem mãe, e pode vir nos visitar, não pode, mamãezinha?

— Sim, Jo, seu amiguinho é muito bem-vindo e espero que Meg lembre que as crianças devem ser crianças pelo máximo de tempo que puderem.

— Não diria que ainda sou uma criança, mas ainda não sou adolescente — observou Amy. — O que acha disso, Beth?

— Estava pensando no *Peregrino* — respondeu Beth, que não tinha escutado nem uma palavra. — Como escapamos do Pântano e passamos pela Porta Estreita ao decidir nos tornar boas pessoas, escalamos o morro alto sendo perseverantes, e que talvez a casa do outro lado, cheia de objetos esplêndidos, vá ser nosso Palácio Belo.

— Primeiro temos de passar pelos leões — declarou Jo, como se gostasse bastante da perspectiva.

6

BETH DESCOBRE O PALÁCIO BELO

O casarão realmente se provou um Palácio Belo, embora tenha levado algum tempo para que todas entrassem e Beth tenha achado difícil passar pelos leões. O velho sr. Laurence era o maior de todos, mas, depois que dissera algo engraçado ou gentil a cada uma das meninas e conversara sobre os velhos tempos com a mãe delas, ninguém mais teve muito medo dele, a não ser a tímida Beth. O outro leão era o fato de elas serem pobres, e Laurie, rico, já que isso as deixava encabuladas para aceitar favores que não podiam retribuir. Mas, depois de algum tempo, perceberam que ele as considerava as benfeitoras e não conseguia fazer o bastante para demonstrar sua gratidão pela acolhida maternal da sra. March, seu grupo alegre e o conforto que sentia no humilde lar delas. Por isso, logo deixaram o orgulho de lado e trocaram gentilezas, sem parar para pensar em qual era a maior delas.

Todo tipo de coisas agradáveis aconteceu naquela época, uma vez que a nova amizade floresceu como grama na primavera. Todas gostavam de Laurie, e ele confidenciou ao seu professor particular que "as March eram de fato meninas esplêndidas". Com o entusiasmo encantador da juventude, elas acolheram o menino solitário e o valorizaram, e ele encontrou algo muito fascinante na inocente companhia dessas meninas de coração puro. Como nunca tivera mãe ou irmãs, sentiu as influências delas sobre si muito depressa, e seus estilos ativos e intensos o deixaram com vergonha da vida indolente que levava. Estava cansado dos livros e achava as pessoas tão interessantes que agora o sr. Brooke era obrigado a fazer relatórios bastante insatisfatórios, já que Laurie estava sempre cabulando aula e correndo para a casa das March.

— Não se preocupe, deixe-o tirar umas férias e compensar depois — disse o sr. Laurence. — Nossa boa vizinha diz que ele está estudando muito e precisa de companhia jovem, divertimento e exercício. Suspeito que ela esteja certa e que eu venha mimando o rapaz como se fosse a avó dele. Deixe-o fazer o que tiver vontade, contanto que esteja feliz. Ele não pode se meter em encrenca naquele pequeno claustro e a sra. March está fazendo mais por ele do que somos capazes.

Que época boa eles tiveram! Tantas peças e cenas, tantos passeios de trenó e diversão com patins, tantos fins de tardes agradáveis na velha sala de visitas e, de vez em quando, algumas festinhas alegres na casa grande. Meg podia passear pela estufa quando quisesse e se deleitar com buquês, Jo folheava vorazmente os livros da nova biblioteca e fazia o sr. Laurence se contorcer de rir com suas críticas, Amy fazia cópias de quadros e aproveitava a beleza à vontade, e Laurie bancava o anfitrião em seu estilo mais encantador.

Mas Beth, embora ansiasse pelo piano de cauda, não conseguia reunir coragem para ir à "Mansão da Felicidade", como Meg a chamava. Foi uma vez com Jo, mas o velho sr. Laurence, não sabendo da sua fragilidade, a encarou tão profundamente sob as pesadas sobrancelhas e disse "Olá!" tão alto que ela se assustou a ponto de os "pés trepidarem no chão". Ela fugiu e nunca contou à mãe, declarando que nunca mais voltaria lá, nem mesmo pelo querido piano. Nenhuma persuasão ou incitação conseguia superar seu medo, até que o fato, chegado aos ouvidos do sr. Laurence de maneira misteriosa, fez com que ele desse um jeito de consertar a situação. Durante uma das visitas breves, ele habilmente conduziu a conversa à música e falou sobre os grande cantores que tinha visto, os belos órgãos que escutara e contou algumas anedotas graciosas, então Beth achou impossível ficar longe e foi chegando cada vez mais perto, fascinada. Nas costas da cadeira onde ele estava, ela parou e permaneceu ouvindo, com seus grandes olhos arregalados e as bochechas coradas de emoção por causa desse comportamento incomum. Prestando atenção a ela tanto quanto a uma mosca, o sr. Laurence continuou falando sobre as aulas e os professores de Laurie. E, dali a pouco, como se a ideia tivesse acabado de lhe ocorrer, disse à sra. March:

— O rapaz ignora a música no momento, e fico feliz com isso, já que ele estava ficando muito apegado a ela. Mas o piano sofre com a falta de uso. Será que uma das suas meninas não gostaria de usá-lo para praticar de vez em quando, apenas para mantê-lo afinado, senhora?

Beth deu um passo à frente e apertou bem as mãos uma na outra para evitar que batessem palmas, já que a tentação era irresistível, e a ideia de praticar naquele instrumento maravilhoso quase tirou seu fôlego. Antes que a sra. March pudesse responder, o sr. Laurence continuou com um pequeno gesto estranho de cabeça e um sorriso:

— Elas não precisariam ver ou falar com ninguém, apenas entrar a qualquer hora, já que estou encerrado em minha sala de estudos do outro lado da casa, Laurie fica fora grande parte do tempo e os criados nunca estão por perto da sala de visitas depois das nove horas.

Naquele momento, ele se levantou, como se fosse embora, e Beth se convenceu, já que o que fora dito não deixava nada a desejar.

— Por favor, transmita às senhoritas o que falei e, se elas não quiserem vir, bem, não se preocupe.

E, naquele instante, uma mãozinha apertou a dele, e Beth olhou para o sr. Laurence com uma expressão repleta de gratidão, quando falou, com seu jeito sincero, apesar de tímido:

— Ah, senhor, elas querem muito, muito mesmo!

— Você é a menina que gosta de música? — perguntou ele sem nenhum "Olá!" assustador quando a olhou de forma muito gentil.

— Sou a Beth. Gosto muito de música e vou vir, se o senhor estiver certo de que ninguém vai me ouvir e se incomodar — acrescentou ela, temendo ser rude e tremendo com sua própria coragem enquanto falava.

— Ninguém mesmo, minha querida. A casa fica vazia metade do dia, então vá e toque o quanto quiser, e ficarei muito agradecido a você.

— Como o senhor é gentil!

Beth ficou vermelha como uma rosa sob o olhar amistoso dele, mas agora não estava amedrontada, e deu um aperto agradecido na mão porque não tinha palavras para agradecer-lhe o precioso presente que lhe tinha dado. O sr. Laurence suavemente afastou o cabelo da testa da menina e, curvando-se, deu-lhe um beijo, dizendo, em um tom que poucas pessoas ouviram dele na vida:

— Já houve um tempo em que tive uma menininha, com esses mesmos olhos. Deus te abençoe, minha querida! Tenha um bom dia, senhora. — E lá se foi ele, apressado.

Beth ficou em êxtase com a mãe e depois se apressou para o andar de cima para comunicar a notícia gloriosa à sua família de inválidas, já que as meninas não estavam em casa. Cantou alegremente naquela noite, e todas riram porque ela acordou Amy durante a madrugada ao tocar piano na cara da irmã enquanto dormia. No dia seguinte, depois de ver tanto o velho quanto o jovem cavalheiro saírem de casa, Beth, após recuar uma ou duas vezes, entrou discretamente pela porta lateral e foi até a sala onde ficava seu ídolo, tão quieta quanto qualquer ratinho. Quase por acaso, é claro, havia algumas músicas lindas e fáceis repousando sobre o piano e, com os dedos tremendo e pausas frequentes para escutar e olhar, Beth enfim tocou o belo instrumento e logo esqueceu o medo, a si mesma e tudo o mais, a não ser o prazer indescritível que a música lhe dava, pois era como a voz de um amigo querido.

Ficou por lá até Hannah buscá-la para o jantar, mas estava sem apetite e só conseguiu ficar sentada e sorrir para todas em um estado geral de beatitude.

Depois daquilo, o pequeno capuz marrom passava pela cerca viva quase todos os dias e a grande sala de visitas era assombrada por um espírito musical que entrava e saía sem ser visto. Nunca soube que o sr. Laurence abria a porta da sua sala de estudos para escutar as árias antigas das quais gostava. Nunca viu Laurie montar guarda no saguão para advertir os criados que se afastassem. Nunca suspeitou que os livros de exercícios e as novas músicas que encontrava no cavalete eram colocados ali especialmente para ela e, quando ele falava sobre música com ela em casa, Beth só pensava no quanto era generoso em contar coisas que a ajudavam tanto. Divertia-se muitíssimo e descobriu, o que nem sempre é o caso, que seu desejo concedido era tudo que tinha esperado. Talvez porque fosse tão grata por essa bênção, uma ainda maior lhe foi concedida. De qualquer forma, merecia ambas.

— Mãe, vou fazer um par de chinelos para o sr. Laurence. Ele é tão bom para mim que devo agradecer-lhe, e não conheço nenhum outro modo. Posso fazer? — perguntou Beth, algumas semanas depois daquela visita memorável dele.

— Sim, querida. Ele vai ficar muito feliz com isso e será uma boa forma de agradecer-lhe. As meninas vão ajudar você e vou arcar com os custos — respondeu a sra. March, que sentia um prazer especial em concordar com os pedidos de Beth, já que ela raramente solicitava algo para si mesma.

• 83 •

Depois de muitas discussões sérias com Meg e Jo, o modelo foi escolhido, os materiais, comprados, e os chinelos começaram a ser feitos. Um ramalhete de amores-perfeitos sóbrios, mas alegres, em um fundo de um roxo mais fechado foi declarado muito apropriado e bonito, e Beth se dedicou dia e noite, com ajuda nas partes mais difíceis. Era uma pequena costureira ágil e elas acabaram antes que qualquer uma se cansasse da tarefa. Depois escreveu um bilhete curto e simples, e certa manhã, com a ajuda de Laurie, colocou-o às escondidas na mesa do escritório antes de o sr. Laurence estar de pé.

Quando a emoção passou, Beth aguardou para ver o que aconteceria. O dia inteiro transcorreu e uma parte do seguinte antes de qualquer agradecimento chegar, e ela estava começando a temer que tivesse ofendido o amigo excêntrico. Na tarde do segundo dia, saiu para passear e proporcionar a Joana, a boneca inválida, seu exercício diário. Na volta, quando subiu a rua, viu três, ou melhor, quatro cabeças aparecendo e desaparecendo das janelas da sala de visitas e, no momento em que a viram, várias mãos acenaram e diversas vozes alegres exclamaram:

— Chegou uma carta do velho cavalheiro! Venha ler, rápido!

— Ah, Beth, ele lhe enviou... — começou Amy, gesticulando com energia imprópria, mas ela não conseguiu continuar porque Jo a cortou batendo a janela.

Beth se apressou em um alvoroço de suspense. Na porta, as irmãs a agarraram e arrastaram para a sala em procissão triunfal, todas apontando e falando ao mesmo tempo:

— Olhe ali! Olhe ali!

Beth olhou e ficou pálida de encanto e surpresa porque ali se encontrava um pequeno piano de madeira, com uma carta na tampa brilhante e uma pequena tabuleta endereçada à "srta. Elizabeth March".

— Para mim? — ofegou Beth, segurando-se em Jo e sentindo como se pudesse cair, de tão esmagadora emoção.

— Sim, tudo para você, minha joia! Não é maravilhoso da parte dele? Não acha que ele é o senhor mais querido do mundo? E a explicação está aqui na carta. Não a abrimos, mas estamos morrendo de curiosidade para saber o que diz — exclamou Jo, abraçando a irmã e oferecendo-lhe o bilhete.

— Leia você! Não consigo, estou tão nervosa! Ah, é tão maravilhoso! — E Beth escondeu o rosto no avental de Jo, muito abalada com o presente.

Jo abriu o papel e começou a rir, já que as primeiras palavras que viu foram:

— "Srta. March: Prezada senhora..."

— Que lindo! Gostaria que alguém escrevesse assim para mim! — comentou Amy, que achou a forma antiquada de se dirigir da carta muito elegante.

— "Tive muitos pares de chinelos em minha vida, mas nunca um que combinasse tão bem comigo como o seu" — continuou Jo. — "Amor-perfeito é a minha flor preferida, e este par de chinelos sempre vai me lembrar da pessoa gentil que me presenteou. Gosto de honrar minhas dívidas, então sei que vai permitir que este 'velho cavalheiro' mande algo que já pertenceu à netinha que ele perdeu. Com os agradecimentos sinceros e os melhores votos, continuo seu grato amigo e humilde servo, James Laurence."

— Aí está, Beth, uma honra da qual se orgulhar, tenho certeza! Laurie me contou o quanto o sr. Laurence gostava da menina que morreu, e como ele guardou todas as coisinhas dela com cuidado. Pense bem, ele deu o piano a você. Isso aconteceu por causa dos seus grandes olhos azuis e seu amor pela música — disse Jo, tentando acalmar Beth, que tremia e parecia mais animada do que jamais estivera na vida.

— Repare nos inteligentes suportes para velas, na bela seda verde dobrada para cima com uma rosa dourada no meio, no belo cavalete e no banquinho, todo completo — acrescentou Meg, abrindo o instrumento e mostrando todas as belezas.

— "Seu humilde servo, James Laurence." Imagine só ele escrevendo isso para você. Vou contar às meninas. Elas vão achar maravilhoso — observou Amy, muito impressionada com o bilhete.

— Experimente, querida. Vamos ouvir o som do pianinho — sugeriu Hannah, que sempre participava das alegrias e das tristezas da família.

Então Beth o experimentou, e todas declararam ser o piano mais notável que já se havia escutado. Era evidente que ele tinha sido recém-afinado e colocado em perfeita ordem, mas, mesmo perfeito, acho que o verdadeiro charme estava na felicidade de todos os rostos contentes que se inclinavam sobre ele, enquanto Beth tocava as teclas pretas e brancas e apertava os pedais reluzentes com amor.

— Você vai ter que ir até lá agradecer a ele — disse Jo, brincando, já que a ideia da menina de fato indo nunca passou por sua cabeça.

— Sim, pretendo ir. Acho que vou agora antes que fique assustada só de pensar nisso. — E, para grande espanto da família reunida, Beth desceu o jardim por vontade própria, passou pela cerca viva e entrou pela porta dos Laurence.

— Ora, se não é a coisa mais esquisita que já vi na vida! O pianinho virou a cabeça dela! Ela nunca teria ido com a cabeça no lugar — exclamou Hannah, seguindo os passos da menina com os olhos, enquanto as meninas estavam sem palavras diante do milagre.

Elas teriam ficado ainda mais espantadas se tivessem visto o que Beth fez em seguida. Se acreditarem em mim, ela foi até lá e bateu na porta da sala de estudos antes de se permitir um tempo para pensar e, quando uma voz rouca disse "entre", ela de fato entrou, foi até o sr. Laurence, que parecia bastante admirado, e estendeu a mão, dizendo, com apenas um leve tremor na voz: "Vim para agradecer ao senhor..." Mas não terminou, pois ele parecia tão amistoso que ela esqueceu o discurso e, apenas se lembrando de que ele tinha perdido a menininha que amava, passou os dois braços em volta do pescoço dele e lhe deu um beijo.

Se o telhado da casa tivesse voado de repente, o sr. Laurence não teria ficado mais surpreso. Mas ele gostou daquilo, ah, sim, gostou demais! Ele ficou tão emocionado e contente com aquele beijinho confiante que toda a sua rispidez desapareceu. Ele a pegou no colo e repousou a bochecha enrugada na bochecha rosada dela, sentindo como se tivesse recuperado a netinha de novo. Beth parou de sentir medo do sr. Laurence naquele momento e ficou lá sentada conversando com ele tão à vontade como se o conhecesse a vida inteira, pois o amor espanta o medo e a gratidão vence o orgulho. Quando foi para casa, ele a acompanhou até o portão dela, apertaram-se as mãos cordialmente e ele tocou o chapéu quando voltou, parecendo muito imponente e aprumado, como o belo e leal velho cavalheiro que era.

Quando as meninas viram aquilo, Jo começou a dançar, para expressar sua satisfação, Amy quase caiu pela janela de tanta surpresa, e Meg exclamou, com as mãos para o alto:

— Ora, acho que o mundo vai acabar.

7

O VALE DA HUMILHAÇÃO DE AMY

— Aquele menino é um perfeito ciclope, hein? — disse Amy um dia, quando Laurie passou a cavalo, com um floreio do chicote.

— Como pode dizer isso se ele tem os dois olhos? Muito bonitos, aliás — exclamou Jo, que ficava ressentida com quaisquer comentários depreciativos sobre seu amigo.

— Não falei nada sobre os olhos dele e não sei por que você precisa se inflamar quando estou admirando a cavalgada dele.

— Ah, meu Deus! Essa tolinha quis dizer centauro, e o chamou de ciclope — bradou Jo, irrompendo em risadas.

— Não precisa ser grosseira, foi só um *lapsu de lingi*, como diz o sr. Davis — retrucou Amy, humilhando Jo com seu latim. — Só queria ter um pouquinho do dinheiro que o Laurie gasta com aquele cavalo — acrescentou ela, como para si mesma, mas esperando que as irmãs ouvissem.

— Por quê? — perguntou Meg gentilmente, já que Jo tinha se perdido de novo em uma risada com a segunda asneira de Amy.

— Preciso tanto dele. Estou com uma dívida terrível e não terei sobras de dinheiro por um mês.

— Com dívida, Amy? O que quer dizer com isso? — E Meg pareceu séria.

— Ora, estou devendo pelo menos uma dúzia de limas-da-pérsia em conserva e não consigo pagar por elas, sabe, até ter o dinheiro, porque mamãezinha me proibiu de pegar qualquer coisa fiada na loja.

— Me conte tudo a respeito. As limas-da-pérsia estão na moda agora? Porque antes eram pedacinhos de borracha para fazer bolas. — E Meg tentou manter a compostura, já que Amy parecia tão séria e solene.

— Ora, veja, as meninas estão sempre as comprando e, a não ser que você queira parecer mesquinha, tem de comprar também. Hoje em dia não se fala em outra coisa a não ser limas-da-pérsia, já que todo mundo as fica chupando nas carteiras na hora da aula e as trocando por lápis, anéis de contas, bonecas de papel ou outras coisas na hora do recreio. Se uma menina gostar da outra, ela lhe dá uma lima-da-pérsia. Se ficar brava com ela, come uma lima na cara dela e não oferece nem um pouquinho. Cada vez é uma que dá de presente, e já ganhei tantas, mas não retribuí nenhuma, e preciso fazer isso, pois são dívidas de honra, sabe.

— Quanto é preciso para pagar por elas e restabelecer seu crédito? — perguntou Meg, pegando a bolsa.

— Uma moeda de vinte e cinco centavos é mais do que o suficiente e sobram alguns centavos para lhe dar um agrado. Você não gosta de limas-da-pérsia?

— Não muito. Pode ficar com a minha parte. Aqui está o dinheiro. Faça com que dure o máximo possível, já que não temos sobrando.

— Ah, obrigada! Deve ser tão bom ter dinheiro para miudezas! Terei um grande banquete, já que não saboreei uma única lima-da-pérsia esta semana. Fiquei constrangida de aceitar porque não podia retribuir, mas, na verdade, estou louca por uma.

No dia seguinte, Amy chegou muito atrasada na escola, mas não resistiu à tentação de mostrar, com orgulho desculpável, um pacote úmido de papel marrom antes de reservá-lo nos recessos mais secretos da sua carteira. Durante os minutos seguintes, o boato de que Amy March tinha 24 deliciosas limas-da-pérsia (ela comeu uma no caminho) e ia dá-las de presente circulou entre o "grupinho", e as atenções das amigas se tornaram bem sufocantes. Katy Brown a convidou para sua próxima festa. Mary Kingsley insistiu em emprestar seu relógio até a hora do recreio e Jenny Snow, uma jovenzinha debochada que tinha criticado Amy de maneira baixa por sua falta de limas-da-pérsia, prontamente fez uma trégua e se ofereceu para fornecer respostas a certas somas pavorosas. Mas Amy não tinha se esquecido das observações sarcásticas da srta. Snow a respeito de "certas pessoas cujos narizes não eram muito lisos para sentir o cheiro das limas-da-pérsia das outras pessoas e pessoas orgulhosas que não tinham tanto orgulho assim na hora de pedir as limas" e imediatamente esmagou "as esperanças daquela menina Snow com um telegrama destruidor dizendo que 'você não precisa ser tão educada de repente, já que não vai ganhar nenhuma'".

Uma pessoa importante visitou a escola por acaso naquela manhã, e Amy recebeu elogios por seus mapas belamente desenhados, e a honra da sua inimiga amargurou a alma da srta. Snow e fez a srta. March assumir ares de um jovem pavão estudioso. Mas que tristeza! Que tristeza! O orgulho precede a queda, e a vingativa Snow virou a mesa com desastroso sucesso. Mal o convidado acabara de fazer os costumeiros cumprimentos sem graça e se retirara, Jenny, sob o pretexto de fazer uma pergunta importante, informou ao sr. Davis, o professor, que Amy March tinha limas-da-pérsia em conserva em sua carteira.

O sr. Davis havia declarado as limas-da-pérsia um artigo de contrabando e jurado solenemente castigar em público a primeira pessoa que fosse encontrada infringindo a lei. Esse homem bastante exigente tinha sido bem-sucedido em banir a goma de mascar depois de uma longa e tempestuosa guerra, fizera uma fogueira de romances e jornais confiscados, esmagara um correio particular, proibira caretas, apelidos e caricaturas e fizera tudo que um homem podia fazer para manter na linha meia centena de meninas rebeldes. Meninos já se esforçam o bastante para acabar com a paciência humana, só Deus sabe, mas as meninas são infinitamente piores, em especial para cavalheiros nervosos com temperamento tirânico e sem talento para o ensino. O sr. Davis dominava certa quantidade de grego, latim, álgebra e ciências de todo tipo, por isso era considerado um bom professor, e modos, moral, sentimentos e exemplos não eram considerados de particular importância. Aquele era um momento bastante infeliz para denunciar Amy, e Jenny sabia disso. Era evidente que o sr. Davis tomara um café muito forte naquela manhã. Havia um vento leste, que sempre afetava sua nevralgia e suas alunas não lhe tinham dado o reconhecimento que ele achava merecer. Sendo assim, para usar a linguagem expressiva, embora não elegante, de uma estudante: "Ele era tão nervoso quanto uma bruxa e tão irritadiço quanto um urso." A palavra "lima-da-pérsia" foi como fogo na pólvora, seu rosto amarelo corou e ele deu uma pancada na mesa com uma energia que fez Jenny voltar à sua cadeira com uma rapidez incomum.

— Senhoritas, atenção, por gentileza!

Com a ordem firme, o burburinho acabou e cinquenta pares de olhos azuis, pretos, cinzentos e castanhos ficaram obedientemente fixos em seu terrível semblante.

— Srta. March, venha até a mesa.

Amy se levantou para obedecer com serenidade visível, mas um medo secreto a oprimia, já que as limas-da·pérsia pesavam em sua consciência.

— Traga as limas-da-pérsia que estão em sua carteira. — Foi o comando inesperado que a fez se deter antes de sair da sua cadeira.

• 91 •

— Não leve todas — sussurrou a colega ao lado, uma mocinha de grande presença de espírito.

Amy tirou meia dúzia do saco apressadamente e colocou o resto na frente do sr. Davis, sentindo que qualquer homem com um coração humano cederia quando aquele perfume delicioso chegasse ao seu nariz. Infelizmente, o sr. Davis detestava em especial o aroma da conserva da moda e a náusea foi acrescentada à sua ira.

— Isso é tudo?

— Não exatamente — gaguejou Amy.

— Traga o restante imediatamente.

Com um olhar desesperado para o seu grupinho, ela obedeceu.

— Tem certeza de que não há mais nenhuma?

— Nunca minto, senhor.

— Estou vendo. Agora pegue essas coisas nojentas de duas em duas e jogue-as pela janela.

Houve um suspiro simultâneo, que quase criou uma pequena rajada de vento quando a última esperança foi embora e a delícia foi arrancada de seus lábios que tanto a desejavam. Rubra de vergonha e raiva, Amy foi e voltou seis terríveis vezes, e enquanto cada dupla condenada — parecendo, ah!, tão carnuda e suculenta — caía das suas mãos relutantes, um grito da rua completava a angústia das meninas, já que as informava de que o banquete estava sendo recolhido pelas criancinhas irlandesas exultantes que eram suas inimigas juradas. Isso, isso era demais. Todas lançaram olhares indignados ou suplicantes ao implacável sr. Davis, e uma adoradora apaixonada de limas-da-pérsia irrompeu em lágrimas.

Quando Amy voltou da última viagem, o sr. Davis soltou um solene "hum!" e disse, com seu modo mais impressionante:

— Senhoritas, lembrem-se do que falei há uma semana. Sinto muito que isso tenha acontecido, mas nunca permito que minhas regras sejam infringidas e *nunca* deixo de cumprir minha palavra. Srta. March, estenda a mão.

Amy se assustou e colocou as mãos para trás, virando para ele um olhar suplicante que pedia melhor por ela do que as palavras que não conseguia pronunciar. Ela era uma das preferidas do "velho Davis" como, é claro, ele era chamado, e tenho para mim que ele *teria* deixado de cumprir sua palavra se a indignação de uma senhorita irreprimível não tivesse escapado em um assobio. Aquele assobio, mesmo que fraco, irritou o cavalheiro irascível e selou o destino da criminosa.

— Sua mão, srta. March! — Foi a única resposta que seu apelo mudo recebeu e, muito orgulhosa para chorar ou implorar, Amy cerrou os dentes, jogou a cabeça para trás de forma desafiadora e suportou sem recuar vários golpes formigantes em sua pequena palma. Eles não foram muitos, nem fortes, mas aquilo não fez diferença para ela. Pela primeira vez na vida, ela havia apanhado, e a desgraça, aos olhos dela, era tão profunda quanto se ele a tivesse surrado.

— Agora você vai ficar em cima da plataforma até a hora do recreio — declarou o sr. Davis, decidido a levar o castigo até o fim, já que tinha começado.

Aquilo foi terrível. Já teria sido ruim o bastante ir para seu lugar e ver as expressões de pena das amigas, ou as de satisfação de suas poucas inimigas, mas encarar toda a escola, com aquela vergonha que tinha acabado de passar, parecia impossível e, por um segundo, ela sentiu como se só pudesse desabar onde estava e partir o coração de chorar. Um senso amargo do que era errado e a lembrança de Jenny Snow a ajudaram a suportar aquilo e, tomando o lugar infame, fixou os olhos no exaustor do fogão acima do que agora parecia um mar de rostos e ficou lá parada, tão imóvel e pálida que as meninas acharam difícil estudar com aquela figura triste diante delas.

Durante os quinze minutos seguintes, a menininha orgulhosa e sensível sofreu uma vergonha e uma dor que jamais esqueceu. Para outras pessoas, pode parecer algo ridículo ou trivial, mas para ela foi uma dura experiência, já que, durante os doze anos de sua vida, fora guiada apenas pelo amor, e um golpe daquele tipo nunca a tinha atingido antes. A ardência nas mãos e a dor no coração foram esquecidas com a aflição do pensamento "Vou ter de contar isso em casa e ficarão desapontadas comigo!".

Os quinze minutos pareceram uma hora, mas enfim terminaram, e a palavra "Recreio!" nunca parecera tão bem-vinda para ela.

— Pode ir, srta. March — disse o sr. Davis, parecendo desconfortável.

Ele não esqueceu tão cedo do olhar acusativo que Amy lhe lançou quando, sem uma palavra a ninguém, foi direto até a antessala, recolheu suas coisas, e deixou o lugar "para sempre", conforme declarou colericamente para si mesma. Estava muito triste quando chegou em casa, e quando as meninas mais velhas apareceram, algum tempo mais tarde, aconteceu de imediato uma reunião de indignação. A sra. March não falou muito, mas parecia perturbada e consolou a filha aflita da maneira mais carinhosa. Meg banhou a mão afrontada com glicerina e lágrimas, Beth sentiu que até seus gatinhos amados não seriam um bálsamo eficaz para dores como essa, Jo propôs furiosamente que o sr. Davis fosse preso logo, e Hannah balançou o punho para o "vilão", amassando batatas para o jantar como se o homem estivesse sob o pilão.

Ninguém percebeu a saída antecipada de Amy, a não ser suas colegas, mas as senhoritas de olhares atentos perceberam que o sr. Davis estava bem bonzinho na parte da tarde, e também com um nervosismo fora do normal. Logo antes de a escola fechar, Jo apareceu, com uma expressão severa enquanto ia até a mesa entregar uma carta da mãe, depois pegou o que restava dos pertences da irmã e partiu, raspando cuidadosamente a lama de suas botas no capacho, como se sacudisse de seus pés a poeira do lugar.

— Sim, você pode tirar férias da escola, mas quero que estude um pouquinho todos os dias com a Beth — declarou a sra. March naquela noite. — Não sou a favor de castigos físicos, em especial para meninas. Não gosto da maneira de ensinar do sr. Davis e não acho que as meninas com quem tem andado estejam lhe fazendo bem, então vou pedir o conselho do seu pai antes de mandá-la para qualquer outro lugar.

— Que bom! Gostaria que todas as meninas fossem embora e acabassem com a velha escola dele. Pensar naquelas maravilhosas limas-da-pérsia é de enlouquecer — suspirou Amy, com o ar de uma mártir.

— Não tenho pena de você ter perdido as limas, já que quebrou as regras, e merecia uma punição pela desobediência. — Foi a resposta rígida, desapontando a senhorita que não esperava nada além de compaixão.

— A senhora quer dizer que fica feliz de eu ter sido humilhada na frente da escola inteira? — exclamou Amy.

— Eu não teria escolhido aquele método para punir um erro — respondeu a mãe —, mas não tenho certeza de que não será melhor do que um método mais rígido. Você está ficando muito convencida, minha querida, e já está mais do que na hora de corrigir isso. Você tem muitos pequenos dons e virtudes, mas não há necessidade de ostentá-los, já que o convencimento acaba com o maior dos gênios. Não há grande risco de que talento ou bondade verdadeiros sejam ignorados por muito tempo. E, ainda que sejam, a consciência de tê-los e usá-los de forma correta já deveria ser o bastante para satisfazer alguém, o grande charme de todo poder é a modéstia.

— É isso mesmo! — exclamou Laurie, que jogava xadrez em um canto com Jo. — Uma vez conheci uma menina que tinha um talento notável para música, e ela não sabia disso, nunca percebeu as doces composições que fazia quando estava sozinha e não acreditaria se alguém tivesse dito isso a ela.

— Gostaria de ter conhecido essa doce menina. Talvez ela tivesse me ajudado, sou tão tola — disse Beth, que estava de pé ao lado dele, escutando avidamente.

— Você a conhece e ela a ajuda mais do que qualquer um — respondeu Laurie, olhando para ela de um jeito tão travesso com seus olhos pretos divertidos que Beth de repente ficou muito vermelha e escondeu o rosto na almofada do sofá, tomada pela descoberta tão inesperada.

Jo deixou Laurie ganhar o jogo para compensá-lo pelo elogio à sua Beth, que não pôde ser convencida a tocar para eles depois do reconhecimento. Então Laurie fez o melhor possível e cantou belamente, já que estava particularmente bem-humorado, pois para as March era raro que ele transparecesse o lado melancólico da sua personalidade. Depois que o menino foi embora, Amy, que estivera pensativa a noite toda, disse de súbito, como se dominada por uma nova ideia:

— Será que Laurie é um menino talentoso?

— Sim, ele teve uma excelente educação e tem muito talento. Ele vai se tornar um bom homem se não for estragado pelo mimo — respondeu a mãe.

— E ele não é convencido, é? — indagou Amy.

— Nem um pouco. É por isso que é tão encantador e todas nós gostamos tanto dele.

— Sei. É bom receber elogios e ser elegante, mas não se exibir ou ficar vaidoso — continuou Amy de forma pensativa.

— Essas coisas sempre são vistas e percebidas nos modos e conversas de uma pessoa se usadas de maneira modesta, não é preciso mostrá-las — explicou a sra. March.

— Da mesma forma que não é adequado usar todos os seus chapéus-boneca, vestidos e fitas de uma vez só para que as pessoas saibam que você os tem — acrescentou Jo, e o sermão acabou em uma gargalhada.

8

JO CONHECE APOLIÃO

— Meninas, aonde vocês vão? — perguntou Amy, entrando no quarto delas em uma tarde de sábado e vendo que se aprontavam para sair com um ar de segredo que atiçou sua curiosidade.

— Não se intrometa. Meninas pequenas não deveriam fazer perguntas — devolveu Jo de forma ríspida.

Se existe algo que acaba com os nossos sentimentos quando somos jovens é escutar isso, e receber um "saia daqui, querida" é ainda pior. Amy não se abateu com o insulto e ficou determinada a descobrir o segredo, ainda que precisasse provocá-las por uma hora. Virando-se para Meg, que nunca recusava nada a ela por muito tempo, falou de forma bajuladora:

— Por favor, me conte! Talvez possam me levar também, já que Beth está toda animada com as bonecas e não tenho nada para fazer, e estou *muito* sozinha.

— Não posso, querida, porque você não foi convidada — começou Meg, mas Jo interrompeu de maneira impaciente:

— Ei, Meg, fique quieta ou vai estragar tudo. Você não pode ir, Amy, então não seja uma bebezinha e não fique choramingando por causa disso.

— Vocês vão a algum lugar com Laurie, sei que vão. Vocês estavam sussurrando e rindo juntos no sofá ontem à noite e pararam quando cheguei. Não é com ele que vocês vão?

— Sim, vamos. Agora fique quieta e pare de nos incomodar.

Amy segurou a língua, mas usou os olhos, e viu Meg escorregar um leque para o bolso.

— Já sei! Já sei! Vocês estão indo ao teatro ver *Sete castelos*! — exclamou ela, acrescentando de forma decidida — e eu *vou*, porque a mamãe falou que eu podia ver, tenho um dinheirinho sobrando e foi maldade de vocês não me falarem a tempo.

— Só me escute um minuto e seja uma boa menina — pediu Meg, de um jeito suave. — A mamãe não quer que você vá essa semana porque os seus olhos ainda não estão bons o suficiente para suportar a luz dessa peça encantadora. Na semana que vem, você poderá ir com Beth e Hannah e se divertir.

— Não é nem a metade tão divertido quanto ir com você e Laurie. Por favor, me deixe ir. Estou há tanto tempo doente com esse resfriado e trancada nessa casa, estou louca por um pouco de diversão. Por favor, Meg! Vou me comportar para sempre — implorou Amy, parecendo tão digna de pena quanto conseguia.

— Acho que podemos levá-la. Não acho que a mamãe se importaria se a agasalharmos bem — começou Meg.

— Se *ela* for, *eu* não vou. Se eu não for, Laurie não vai gostar, e será muito grosseiro, depois de ele convidar apenas nós duas, arrastarmos Amy junto. Gostaria de pensar que ela detestaria se intrometer onde não foi chamada — declarou Jo, de mau humor, já que não gostava da chateação de cuidar de uma criança agitada quando queria se divertir.

Seu tom e seus modos enfureceram Amy, que começou a calçar as botas, dizendo, com seu jeito mais provocativo:

— Eu *vou*. Meg diz que posso e, se eu pagar o meu ingresso, Laurie não tem nada a ver com isso.

— Você não poderia se sentar conosco, já que nossos assentos estão reservados, e não poderia se sentar sozinha, então Laurie teria de lhe dar o lugar dele, e isso estragaria nossa diversão. Ou ele teria de arranjar outro assento para você, e isso não são maneiras, já que não foi convidada. Não dê nem mais um passo, apenas fique onde está — repreendeu Jo, mais zangada do que nunca, pois, com a pressa, furara o dedo.

Sentada no chão com uma das botas calçadas, Amy começou a chorar, e Meg, a argumentar com ela, quando Laurie chamou do andar de baixo e as duas meninas se apressaram para descer, deixando a irmã se lamentando. De vez em quando, ela se esquecia dos modos de adulta e agia como uma criança mimada. Quando o grupo estava saindo, Amy gritou por cima do corrimão em um tom ameaçador:

— Você vai se arrepender, Jo March! Ah, se vai!

— Que bobagem! — retrucou Jo, batendo a porta.

Eles se divertiram muito, já que *Os sete castelos do lago diamante* foi uma peça tão brilhante e maravilhosa quanto esperavam. Mas, apesar dos cômicos duendes vermelhos, dos elfos cintilantes e dos belos príncipes e princesas, a alegria de Jo tinha uma gota de amargura. Os cachos loiros da rainha das fadas a lembravam de Amy, e entre os atos da peça ela se divertiu pensando no que a irmã faria para fazê-la "se arrepender". Ela e Amy tiveram muitas brigas exaltadas durante suas vidas, já que ambas tinham temperamentos irritadiços e tendiam a ser violentas quando levemente provocadas. Amy provocava Jo, e Jo irritava Amy, e às vezes ocorriam explosões, das quais as duas ficavam muito envergonhadas depois. Embora fosse mais velha, Jo tinha menos autocontrole e passara por momentos difíceis tentando refrear o espírito impetuoso que estava sempre tentando colocá-la em apuros. Sua raiva nunca durava muito tempo, e, quando confessava humildemente sua falha, arrependia-se com sinceridade e procurava ser melhor. As irmãs diziam que gostavam muito de deixar Jo possessa, já que depois ela ficava um anjinho. A pobre Jo tentava desesperadamente ser boa, mas seu pior inimigo estava sempre pronto para se inflamar e derrotá-la, e foram necessários anos de esforço paciente para dominá-lo.

Quando chegaram em casa, encontraram Amy lendo na sala. Ela adotou um ar ofendido quando elas entraram, não levantou os olhos do livro ou fez uma única pergunta. Talvez a curiosidade tivesse vencido o ressentimento se Beth não estivesse lá para perguntar e receber uma descrição entusiasmada da peça. Subindo para guardar seu melhor chapéu, o primeiro olhar de Jo foi na direção da cômoda, porque, na última briga delas, Amy tinha se acalmado jogando o conteúdo da gaveta de cima de Jo no chão. Mas tudo estava no lugar, e, depois de uma rápida olhada em seus vários armários, bolsas e caixas, Jo julgou que Amy tinha perdoado e esquecido seus erros.

Jo estava enganada, pois, no dia seguinte, fez uma descoberta que provocou uma tempestade. Meg, Beth e Amy estavam sentadas juntas, no fim da tarde, quando Jo irrompeu na sala, parecendo agitada e querendo saber, sem fôlego:

— Alguém pegou meu livro?

Meg e Beth disseram "Não" de imediato e ficaram surpresas. Amy atiçou o fogo e não disse nada. Jo viu a irmã corando e foi logo para cima dela.

— Amy, você está com ele!

— Não, não estou.

— Então você sabe onde está!

— Não, não sei.

— Mas que lorota! — berrou Jo, pegando-a pelos ombros e parecendo furiosa o bastante para assustar uma criança bem mais corajosa que Amy.

— Não é. Não estou com ele, não sei onde está e não me importo.

— Você sabe algo a respeito e é melhor contar logo, senão vou fazer você contar. — E Jo lhe deu uma leve chacoalhada.

— Pode me repreender o quanto quiser, você nunca mais vai ver o seu velho livro bobo de novo — gritou Amy, ficando exaltada por sua vez.

— Por que não?

— Eu o queimei.

— O quê? Meu livrinho de que eu tanto gostava, que li tanto e pretendia terminar antes de o papai voltar para casa? Você o queimou mesmo? — quis saber Jo, ficando muito pálida, enquanto seus olhos se inflamavam e suas mãos agarravam Amy nervosamente.

— Sim, queimei! Avisei que ia fazer você pagar por ser tão rabugenta ontem, e cumpri, então...

Amy não conseguiu continuar, pois o mau gênio de Jo a dominou, e ela sacudiu Amy até seus dentes baterem, gritando em uma ira de dor e raiva...

— Sua menina malvada, malvada! Nunca vou conseguir escrevê-lo de novo, e nunca vou perdoar você enquanto viver.

Meg voou para salvar Amy, e Beth, para acalmar Jo, mas Jo estava completamente louca e, com uma bofetada na orelha da irmã antes de sair, foi correndo da sala para o velho sofá no sótão, e terminou sozinha a briga.

A tempestade se acalmou no andar de baixo, pois a sra. March chegou em casa e, depois de ouvir a história, logo mostrou a Amy o que ela fizera de errado à irmã. O livro de Jo era o orgulho da vida dela, e era visto pela família como um rebento literário muito promissor. Era apenas meia dúzia de contos de fada, mas Jo tinha trabalhado neles pacientemente, colocando todo o seu coração no trabalho, esperando fazer algo bom o bastante para ser impresso. Ela havia acabado de copiá-los com grande cuidado, e destruíra o velho manuscrito, portanto a fogueira de Amy havia consumido o trabalho cuidadoso de vários anos. Parecia uma pequena perda para os outros, mas para Jo era uma calamidade terrível, e ela sentia que nunca poderia se recuperar. Beth se lamentou como se um dos gatinhos tivesse partido, e Meg se recusou a defender sua irmã querida. A sra. March parecia séria e angustiada, e Amy sentiu que ninguém ia gostar dela até que pedisse perdão pelo ato que agora a entristecia mais do que a qualquer uma delas.

Quando a sineta do chá tocou, Jo apareceu, com uma cara tão fechada e inacessível que Amy precisou de toda a coragem para dizer humildemente:

— Por favor, me perdoe, Jo. Sinto muito, muito mesmo.

— Nunca vou perdoá-la — foi a resposta dura de Jo e, a partir daquele momento, ela ignorou Amy completamente.

Ninguém falou do grande problema, nem mesmo a sra. March, pois todas já tinham aprendido por experiência própria que, quando Jo estava naquele humor, palavras não adiantavam nada, e o mais inteligente a fazer era esperar até que algum pequeno incidente ou sua própria natureza generosa amansassem a mágoa de Jo e acabassem com a discórdia. Não foi uma noite feliz, pois, embora costurassem como sempre, enquanto a mãe lia Bremer, Scott ou Edgeworth em voz alta, faltava algo, e a paz do doce lar estava perturbada. Isso ficou mais perceptível quando chegou a hora de cantar, já que Beth só podia tocar, Jo ficou muda como uma pedra e Amy desabou, então Meg e a mãe cantaram sozinhas. Mas, apesar dos esforços para serem tão animadas quanto cotovias, as vozes aflautadas não pareciam soar tão bem como o normal e saíram do tom.

Quando Jo recebeu seu beijo de boa-noite, a sra. March sussurrou gentilmente:

— Minha querida, não vá dormir com raiva. Perdoem uma à outra, ajudem uma à outra, e recomece amanhã.

Jo queria deitar a cabeça no peito maternal e lavar sua dor e raiva em lágrimas, mas elas eram uma fraqueza covarde e a menina se sentia tão profundamente ferida que ainda não *conseguiria* perdoar de fato. Por isso, piscou com força, balançou a cabeça e falou asperamente porque Amy estava escutando:

— Foi algo abominável e ela não merece ser perdoada.

Com isso ela marchou para a cama e não houve confidências alegres ou indiscretas naquela noite.

Amy ficou muito ofendida por suas ofertas de paz terem sido recusadas e começou a desejar que não tivesse se rebaixado, para se sentir mais ofendida do que nunca e se gabar de sua virtude superior de uma forma que era particularmente exasperante. Jo ainda parecia uma nuvem de tempestade e nada correu bem durante o dia todo. Fazia muito frio de manhã, ela deixou seu pastelzinho cair na sarjeta, Tia March teve um ataque de impaciência, Meg estava sensível, Beth estava com uma cara angustiada e tristonha quando chegou em casa e Amy continuava fazendo comentários sobre pessoas que sempre falavam sobre serem boas e, ainda assim, sequer se esforçavam quando outras pessoas davam um bom exemplo.

"Todas estão tão detestáveis, vou chamar Laurie para patinar. Ele sempre é gentil e animado e vai me deixar de bom humor, tenho certeza", disse Jo para si mesma, e lá foi ela.

Amy ouviu o barulho de patins e olhou para fora com uma exclamação impaciente:

— Lá está! Ela prometeu que eu iria na próxima vez, já que esse é o último gelo que devemos ter na temporada. Mas nem adianta pedir para essa ranzinza me levar.

— Não diga isso. Você foi muito malvada e é difícil perdoar a perda do livrinho precioso dela, mas acho que ela pode perdoar agora, e acho que vai, se você tentar na hora certa — declarou Meg.

— Vá atrás deles. Não fale nada até que Jo fique bem-humorada na companhia de Laurie, depois aproveite um momento tranquilo e apenas dê um beijo nela, ou faça algo gentil, e tenho certeza de que ela vai fazer as pazes de boa vontade.

— Vou tentar — disse Amy, que gostou do conselho e, depois da afobação para se aprontar, correu atrás dos amigos, que acabavam de desaparecer atrás do morro.

O rio não era longe, mas ambos estavam prontos antes que Amy os alcançasse. Jo a viu chegando e virou as costas. Laurie não a viu porque estava patinando cuidadosamente pela margem, testando o gelo, já que um período quente havia precedido a onda de frio.

— Vou até a primeira curva para ver se está tudo bem antes de começarmos a patinar — Amy o ouviu dizer, enquanto ele saía em disparada, como um jovem russo usando casaco e gorro com apliques de pele.

Jo escutou Amy ofegando depois de correr, batendo os pés e soprando os dedos enquanto tentava colocar os patins, mas não se virou e foi ziguezagueando devagar pelo rio, sentindo um tipo de satisfação amarga e infeliz com os percalços da irmã. Ela havia alimentado a raiva até ela ficar muito forte e tomar conta dela, como os pensamentos e sentimentos ruins sempre fazem, a não ser que sejam descartados de imediato. Quando Laurie virou a curva, gritou de volta:

— Fique próximo à margem. Não está seguro no meio.

Jo escutou, mas Amy lutava com seus pés e não ouviu nem uma palavra. Jo olhou por cima do ombro e o demoninho que estava ancorado ali disse em seu ouvido: "Não importa se ela ouviu ou não, deixe que tome conta de si mesma."

Laurie tinha desaparecido depois da curva, Jo estava dobrando naquele momento, e Amy, bem para trás, ia na direção do gelo mais frágil do meio do rio. Por um instante, Jo ficou parada com uma sensação estranha, depois resolveu seguir em frente, mas algo a segurou e a fez se virar bem a tempo de ver Amy jogar as mãos para o alto e afundar com um súbito estalo de gelo quebradiço. O espirro da água e um grito fizeram o coração de Jo ficar imóvel de medo. Ela tentou chamar Laurie, mas sua voz tinha sumido. Tentou correr, mas seus pés pareciam não ter forças e, por um segundo, só conseguiu ficar parada, sem ação, encarando com a expressão tomada pelo terror o pequeno capuz azul acima da água negra. Algo passou correndo rapidamente por ela, e a voz de Laurie exclamou:

— Traga uma vara da cerca. Rápido, rápido!

Nunca soube como conseguiu, mas, nos minutos seguintes, trabalhou como se estivesse possuída, obedecendo cegamente a Laurie, que estava devidamente controlado. Deitado bem reto, ele segurou Amy com o braço e o bastão de hóquei até que Jo arrancou uma vara da cerca e, juntos, tiraram a criança mais assustada do que ferida da água.

— Veja bem, temos de levá-la para casa o mais rápido possível. Vamos cobri-la com nossas coisas enquanto me livro desses maldi-tos patins — gritou Laurie, enrolando o casaco em volta de Amy e arrancando as tiras que nunca antes pareceram tão complexas.

Tremendo, pingando e chorando, chegaram em casa com Amy e, depois de um tempo agitada, ela caiu no sono, enrolada em cobertores diante do fogo quentinho. Durante a confusão, Jo mal tinha falado, apenas corria de lá para cá com um aspecto pálido e perturbado, o vestido rasgado e as mãos cortadas e machucadas pelo gelo, pelas varas e por teimosas fivelas. Quando a casa estava quieta e Amy dormia confortavelmente, a sra. March sentou ao lado da cama, chamou Jo e dedicou-se a colocar ataduras em suas mãos machucadas.

— Tem certeza que ela está bem? — sussurrou Jo, olhando cheia de remorso para a cabeça dourada, que poderia ter sido varrida para sempre da sua vista debaixo do gelo traiçoeiro.

— Muito bem, querida. Ela não está ferida e acho que não vai pegar nem um resfriado, vocês foram muito inteligentes ao cobri-la e trazê-la rapidamente para casa — respondeu a mãe, alegremente.

— Foi Laurie quem fez tudo. Eu só a deixei escapulir. Mãe, se ela *tivesse* morrido, seria culpa minha. — E Jo desabou ao lado da cama em um acesso de lágrimas penitentes, contando tudo que havia acontecido, condenando amargamente a dureza do seu coração e externando, por meio de soluços, sua gratidão por ter sido poupada da dura punição que podia ter se abatido sobre ela.

— É o meu gênio terrível! Eu tento consertá-lo e, quando acho que consegui, ele explode pior do que nunca. Ah, mamãe, o que devo fazer? — exclamou a pobre Jo, desesperada.

— Vigie e ore, querida. Nunca se canse de tentar e nunca pense que é impossível superar seu fracasso — respondeu a sra. March, puxando a cabeça desgrenhada para o seu ombro e beijando a bochecha molhada tão carinhosamente que Jo chorou ainda mais.

— A senhora não sabe, não pode imaginar como é ruim! É como se eu pudesse fazer qualquer coisa quando estou tendo um acesso de raiva. Fico tão selvagem que poderia machucar qualquer pessoa e gostar disso. Tenho medo de que possa fazer algo terrível algum dia, estragar minha vida e fazer todos me odiarem. Ah, mamãe, me ajude, por favor, me ajude!

— Vou ajudar, minha filha, vou ajudar. Não chore de forma tão amarga, mas lembre-se desse dia e decida, de todo coração, que nunca mais vai passar por isso de novo. Jo, querida, todos temos as nossas tentações, algumas muito maiores do que a sua, e com frequência leva toda uma vida para vencê-las. Você pensa que seu gênio é o pior do mundo, mas o meu era igualzinho.

— O seu, mamãe? Como pode, a senhora nunca fica com raiva! — E, por um instante, Jo esqueceu o remorso por causa da surpresa.

— Tenho tentado corrigi-lo por quarenta anos, e só consegui controlá-lo. Quase todos os dias sinto raiva da minha vida, Jo, mas aprendi a não demonstrar e ainda espero aprender a não sentir, embora possa levar mais quarenta anos para que eu consiga.

A paciência e a humildade do rosto que ela tanto amava eram uma lição melhor para Jo do que o mais sábio sermão ou a censura mais veemente. Ela se sentiu confortada de imediato pela empatia e pela confiança que lhe foram dadas. Saber que a mãe tinha um defeito como o dela, e que tentava corrigi-lo, deixava o seu próprio mais fácil de suportar e fortalecia a decisão de acabar com ele, embora, para uma menina de quinze anos, quarenta anos parecessem um tempo muito longo para vigiar e orar.

— Mamãe, quando a Tia March nos repreende ou quando as pessoas irritam a senhora e você franze os lábios e sai da sala, significa que está brava? — perguntou Jo, sentindo-se mais próxima e querida pela mãe do que nunca.

— Sim, aprendi a refrear as palavras que brotam em meus lábios e, quando sinto que elas pretendem sair contra a minha vontade, apenas saio por um minuto e me dou uma pequena sacudida por ser tão fraca e ruim — respondeu a sra. March com um suspiro e um sorriso, enquanto alisava e prendia o cabelo desgrenhado de Jo.

— Como aprendeu a se manter calma? É isso que me atormenta, pois as palavras afiadas saem antes que eu perceba o que estou fazendo e, quanto mais eu falo, pior a situação fica, até que seja um prazer magoar as pessoas e dizer coisas horríveis. Me diga como consegue, mamãezinha querida.

— Minha boa mãe me ajudava...

— Como faz conosco... — interrompeu Jo, com um beijo agradecido.

— Mas a perdi quando era um pouquinho mais velha do que você, e por anos tive de lutar sozinha, já que era muito orgulhosa para confessar minha fraqueza a qualquer pessoa. Passei por um período difícil, Jo, e derramei muitas lágrimas amargas por causa dos meus fracassos, já que, apesar dos meus esforços, eu nunca parecia melhorar. Então apareceu o seu pai, e fiquei tão feliz que achei fácil ser uma boa pessoa. Mas, depois, com quatro filhas pequenas à minha volta e a pobreza, o velho problema retornou, porque não sou paciente por natureza e era um sofrimento muito grande ver minhas meninas querendo algo.

— Pobre mamãe! O que a ajudou naquela época?

— O seu pai, Jo. Ele nunca perde a paciência, nunca é tomado por dúvidas ou reclama, mas sempre tem esperança, trabalha e espera com tanta alegria que outra pessoa fica envergonhada de fazer diferente diante dele. Ele me ajudou, me confortou e me mostrou que devo tentar praticar todas as virtudes que eu gostaria que minhas menininhas tivessem, já que eu era o exemplo. Foi mais fácil tentar pelo bem de vocês do que pelo meu próprio. Um olhar espantado ou surpreso de vocês quando eu falava com aspereza já me repreendia mais do que quaisquer palavras poderiam ter feito; e o amor, o respeito e a confiança das minhas filhas eram a recompensa mais doce que eu poderia receber pelos meus esforços de ser a mulher que eu gostaria que elas copiassem.

— Ah, mamãe, se algum dia eu for apenas a metade do quanto a senhora é bondosa, ficarei satisfeita — exclamou Jo, muito tocada.

— Espero que seja muito melhor, querida, mas precisa ficar atenta ao seu "inimigo do peito", como seu pai o chama, ou ele pode deixar sua vida triste, ou a estragar. Você teve um aviso. Lembre-se dele e tente, com toda a força, controlar esse pavio curto antes que ele acarrete tristeza e arrependimento maiores do que os que você teve hoje.

— Vou tentar, mamãe, de verdade. Mas a senhora tem que me ajudar, me lembrar, e me impedir de perder as estribeiras. Às vezes eu via o papai colocar os dedos nos lábios e olhar para a senhora com uma expressão muito gentil, mas séria, e a senhora sempre franzia os lábios e se retirava. Ele a estava lembrando? — perguntou Jo, com suavidade.

— Sim. Pedi que me ajudasse. Ele nunca se esquecia e me impediu de dizer muitas palavras duras com aquele pequeno gesto e o olhar gentil.

Jo viu que os olhos da mãe se encheram de lágrimas e os lábios tremeram enquanto falava e, temendo ter falado demais, sussurrou ansiosamente:

— Foi errado observar a senhora e comentar a respeito? Não tive a intenção de ser rude, mas fico tão à vontade de falar tudo o que penso com a senhora, e me sinto muito segura e feliz aqui.

— Minha Jo, você pode dizer qualquer coisa para a sua mãe, já que a minha maior alegria e o meu maior orgulho são sentir que minhas meninas confiam em mim e sabem o quanto as amo.

— Achei que tivesse aborrecido a senhora.

— Não, querida, mas falar do papai me lembrou do quanto sinto saudades dele, do quanto devo a ele, e do quão lealmente devo cuidar e trabalhar para manter suas filhinhas seguras e comportadas.

— E mesmo assim a senhora falou para ele ir, mamãe, não chorou quando ele foi, e nunca reclamou ou pareceu precisar de ajuda — comentou Jo, pensativa.

— Dei o meu melhor para o país que amo e contive as lágrimas até ele ir embora. Por que devo reclamar, quando ambos apenas cumprimos o nosso dever e com certeza ficaremos felizes por isso no final? Se não pareço precisar de ajuda, é porque tenho um amigo melhor até do que seu pai para me confortar e dar apoio. Minha filha, os problemas e as tentações da sua vida estão começando e podem ser muitos, mas você pode vencer e sobreviver a todos eles se aprender a sentir a força e a ternura do nosso Pai Celestial, como faz com o seu pai terreno. Quanto mais amá-Lo e confiar Nele, mais perto Dele vai se sentir, e menos vai depender do poder e da sabedoria dos homens. O amor e o cuidado Dele jamais se cansam ou mudam, nunca podem ser tirados de você, mas podem se tornar uma fonte duradoura de paz, felicidade e força. Acredite nisso com o coração aberto e recorra a Deus com todas as suas pequenas preocupações, esperanças, pecados e tristezas, tão livre e confiantemente quanto vem até sua mãe.

A única resposta de Jo foi abraçar forte a mãe e, no silêncio que se seguiu, a prece mais sincera que ela já havia orado saiu de seu coração sem palavras. Pois, naquela hora triste, porém feliz, aprendera não só a amargura do remorso e do desespero, mas a doçura do desprendimento e do autocontrole. E, conduzida pela mão da mãe, aproximara-se do Amigo que sempre acolhe toda criança com um amor mais forte do que o de qualquer pai, mais afável do que o de qualquer mãe.

Amy se agitou e suspirou em seu sono e, como se estivesse ansiosa para começar imediatamente a corrigir seu erro, Jo olhou com uma expressão que seu rosto nunca tinha estampado antes.

— Deixei a raiva se abater sobre mim. Não ia perdoá-la e, hoje, se não fosse por Laurie, poderia ser tarde demais! Como pude ser tão malvada? — disse Jo, meio em voz alta, enquanto se inclinava sobre a irmã, acariciando suavemente o cabelo molhado espalhado no travesseiro.

Como se ouvisse, Amy abriu os olhos e estendeu os braços, com um sorriso que atingiu em cheio o coração de Jo. Nenhuma das duas disse uma palavra, mas se abraçaram forte, apesar dos cobertores, e tudo foi perdoado e esquecido com um beijo afetuoso.

MEG VAI À FEIRA DAS VAIDADES

— Acho que foi a maior sorte do mundo aquelas crianças ficarem com sarampo bem agora — disse Meg, em um dia de abril, enquanto fazia a mala de "viagem para o exterior" em seu quarto, rodeada pelas irmãs.

— E que bom a Annie Moffat não esquecer sua promessa. Duas semanas inteiras de diversão. Vai ser maravilhoso! — respondeu Jo, parecendo um moinho de vento enquanto dobrava saias com seus braços longos.

— E que tempo agradável, fico tão feliz por isso — acrescentou Beth, separando com cuidado laços de pescoço e de cabelo em sua melhor caixa, emprestada para a grande ocasião.

— Eu gostaria de ir, me divertir e usar todas essas coisas lindas — comentou Amy, com a boca cheia de alfinetes, enquanto enchia artisticamente a almofada da irmã.

— Gostaria que todas vocês fossem, mas, como não é possível, guardarei minhas aventuras para contar quando voltar. Tenho certeza de que é o mínimo que posso fazer quando vocês foram tão gentis, me emprestando coisas e me ajudando com os preparativos

— declarou Meg, olhando em volta do aposento para o enxoval muito simples, que parecia quase perfeito aos olhos delas.

— O que a mamãe deu a você da caixa de tesouros? — quis saber Amy, que não estivera presente na abertura de um certo baú de cedro no qual a sra. March guardava algumas relíquias do esplendor do passado, como presentes para as meninas quando chegasse a hora certa.

— Um par de meias de seda, aquele belo leque entalhado e uma linda faixa azul. Eu queria o vestido roxo de seda, mas não há tempo para consertá-lo, então devo me contentar com meu velho vestido de tarlatana.

— Vai ficar bonito por cima da minha nova saia de musselina, e a faixa vai dar um acabamento bonito. Eu gostaria de não ter quebrado minha pulseira de coral, pois assim você poderia usá-la — comentou Jo, que adorava presentear e emprestar, mas cujas posses em geral estavam em péssimas condições.

— Tem um conjunto antigo de pérolas lindo no baú dos tesouros, mas mamãe disse que flores de verdade eram o enfeite mais bonito para uma menina jovem, e Laurie prometeu me mandar todas as que eu quiser — respondeu Meg. — Bem, deixe-me ver, tem o meu novo vestido de passeio cinza, só dobre a pena para cima no meu chapéu, Beth, depois meu vestido de popelina para domingo e a festinha, ele parece pesado para a primavera, não? O de seda roxa seria tão bom. Ai, meu Deus!

— Não se incomode, você tem o de tarlatana para a grande festa e sempre fica parecendo um anjo de branco — acalmou Amy, focando no pequeno estoque de ornamentos com o qual sua alma se deleitava.

— Ele não é decotado e a saia não é rodada o suficiente, mas vai ter de servir. Meu vestido azul de ficar em casa está tão bonito, com enfeites novos, que sinto como se fosse novo. Meu mantô de seda não está na moda, e meu chapéu-boneca não se parece com o de Sallie. Não gosto de reclamar, mas fiquei muito desapontada

• 112 •

com minha sombrinha. Falei para a mamãe que queria preta com o cabo branco, mas ela esqueceu e comprou uma verde com o cabo amarelado. Ela é resistente e ótima, então não devo reclamar, mas sei que vou ficar com vergonha dela ao lado da sombrinha de seda de Annie com uma ponteira dourada — suspirou Meg, examinando a pequena sombrinha com grande desgosto.

— Troque-a — sugeriu Jo.

— Não vou ser tão boba, ou magoar a mamãezinha, quando ela se esforçou tanto para conseguir minhas coisas. É uma bobagem despropositada e não vou ceder a ela. As meias de seda e os dois pares novos de luvas são o meu consolo. Você foi um amor de me emprestar as suas, Jo. Eu me sinto tão sortuda e um pouco elegante com dois novos pares, e as antigas limpas para o uso diário. — Meg deu uma espiada reanimadora em sua caixa de luvas.

— Annie Moffat tem laços azuis e rosas em sua touca de dormir. Você colocaria alguns na minha? — perguntou ela, quando Beth trouxe uma pilha de musselinas brancas como a neve, direto das mãos de Hannah.

— Não, não colocaria, pois toucas vistosas não vão combinar com camisolas simples e sem enfeites. Gente pobre não deveria se emperiquitar — argumentou Jo, decidida.

— Fico pensando se *algum dia* terei a felicidade de ter renda de verdade nas minhas roupas e laços nas minhas tocas — respondeu Meg, impacientemente.

— Outro dia você falou que ficaria totalmente feliz se pudesse apenas ir até a casa de Annie Moffat — observou Beth, com seu jeito tranquilo.

— Disse mesmo! Bem, estou feliz, e não vou me queixar, mas realmente parece que quanto mais conseguimos, mais queremos, não é? Muito bem, as coisas estão prontas, e tudo está guardado, exceto meu vestido de baile, que devo deixar para a mamãe guardar — disse Meg, animando-se, enquanto olhava da mala pela metade para o vestido de tarlatana branca muitas vezes passado a ferro e remendado que ela chamou de "vestido de baile" com um ar importante.

O dia seguinte estava bonito, e Meg partiu com estilo para quinze dias de novidades e divertimento. A sra. March tinha permitido a visita, porém um pouco relutante, temendo que Margaret voltasse mais descontente do que quando partiu. Mas a menina implorou tanto, Sallie prometera tomar conta dela, e um pouco de alegria faria tão bem depois de um inverno de trabalho cansativo que a mãe consentiu, e a filha foi aproveitar seu primeiro gostinho de vida elegante.

Os Moffat eram muito elegantes, e a modesta Meg ficou bem intimidada, no início, com o esplendor da casa e a distinção dos seus ocupantes. Mas eram pessoas muito gentis, apesar da vida frívola que levavam, e logo deixaram a hóspede à vontade. Talvez Meg sentisse, sem entender o motivo, que não eram pessoas particularmente cultas ou inteligentes, e que toda a decoração não podia disfarçar o material comum do qual era feita. Certamente era aprazível comer de forma suntuosa, andar em uma bela carruagem, usar o melhor vestido todos os dias e não fazer nada além de se divertir. Para ela era perfeito, e logo a menina começou a imitar os modos e as conversas daqueles à sua volta, a ficar com certos ares e trejeitos, usar frases em francês, cachear os cabelos, ajustar os vestidos e falar sobre moda o melhor que podia. Quanto mais via os belos pertences de Annie Moffat, mais ela a invejava e suspirava querendo ser rica. Agora, quando pensava em sua casa, esta lhe parecia simples e triste, trabalhar ficava mais difícil do que nunca, e Meg tinha a sensação de que era uma menina muito privada de recursos e prejudicada, apesar das luvas novas e meias de seda.

Mas ela não tinha muito tempo para se lamentar, já que as três mocinhas estavam muito ocupadas "se divertindo". Faziam compras, andavam a pé, de carruagem e faziam visitas o dia inteiro. Iam ao teatro e à ópera ou se divertiam em casa à noite, já que Annie tinha muitos amigos e sabia como diverti-los. As irmãs mais velhas dela eram lindas jovenzinhas, e uma estava noiva, o que era extremamente interessante e romântico, pensava Meg. O sr. Moffat era um cavalheiro velho, gordo e bem-humorado que conhecia o pai dela, e a sra. Moffat era uma dama velha, gorda e bem-humorada que gostou tanto de Meg quanto a filha dela. Todos a mimavam, e a "Margaridinha", como a chamavam, estava no caminho de ter a cabeça virada.

Quando chegou a noite da festinha, ela viu que o vestido de popelina não serviria de jeito nenhum, porque as outras meninas estavam colocando vestidos leves e realmente se arrumavam de forma muito elegante. Então lá veio o vestido de tarlatana, parecendo mais velho, impróprio e surrado do que nunca ao lado do novo em folha de Sallie. Meg viu as meninas olharem para ele, e depois, umas para as outras, e suas bochechas começaram a queimar, pois, apesar de toda a sua suavidade, ela era muito orgulhosa. Ninguém disse uma palavra a respeito, mas Sallie se ofereceu para arrumar o cabelo dela, Annie, para amarrar a faixa, e Belle, a irmã noiva, elogiou seus braços alvos. Mas Meg só enxergou pena por sua pobreza na bondade delas, e seu coração parecia muito pesado quando ela ficava sozinha e as outras riam, conversando e indo de um lado para o outro como borboletas delicadas. O sentimento duro e amargo estava se tornando muito ruim quando a criada apareceu com uma caixa de flores. Antes que pudesse falar, Annie já havia tirado a tampa e todos exclamaram com as rosas, éricas e samambaias maravilhosas lá dentro.

— São para Belle, é claro. George sempre lhe manda algumas, mas estas estão particularmente encantadoras — exclamou Annie, cheirando as flores.

— Elas são para a srta. March, disse o entregador. E aqui está um bilhete — informou a criada, entregando-o a Meg.

— Que divertido! De quem são? Não sabia que você tinha um namorado — gritaram as meninas, agitando-se em volta de Meg em um estado de grande curiosidade e surpresa.

— O bilhete é da mamãe, e as flores, de Laurie — comentou Meg, de maneira singela, mas muito alegre que ele não a tivesse esquecido.

— Ah, claro! — disse Annie com um ar divertido, enquanto Meg guardava o bilhete no bolso como um tipo de talismã contra inveja, vaidade e falso orgulho, já que as poucas palavras carinhosas tinham feito bem a ela, e a beleza das flores a tinham animado.

Sentindo-se quase feliz de novo, separou algumas éricas e rosas para si e rapidamente fez alguns buquês delicados com o restante para os decotes, os cabelos ou as saias das amigas, oferecendo-lhes com tanta meiguice que Clara, a irmã mais velha, declarou que ela era "a coisinha mais doce que ela já havia visto", e as meninas ficaram muito encantadas com a pequena atenção. De certa forma, o ato gentil acabou com seu desânimo e, quando todas foram se exibir para a sra. Moffat, ela viu um rosto feliz e de olhos brilhantes no espelho quando colocou as flores no cabelo cacheado e prendeu as rosas no vestido que agora já não lhe parecia tão surrado.

Ela se divertiu muito naquela noite, pois dançou à vontade. Todos foram muito gentis e ela recebeu três elogios. Annie a fez cantar e alguém disse que ela tinha uma voz extraordinariamente bela. O major Lincoln perguntou quem era a "menina vivaz com belos olhos", e o sr. Moffat insistiu em dançar com ela porque Meg "não levava uma vida ociosa, mas tinha uma primavera em seu jeito", como expressou graciosamente. Então, de modo geral, ela se divertiu bastante, até ouvir por alto parte de uma conversa que a perturbou muito. Estava sentada dentro da estufa, esperando que seu par lhe trouxesse um sorvete, quando escutou uma voz perguntar do outro lado do muro florido:

— Quantos anos ela tem?

— Acho que dezesseis ou dezessete — respondeu outra voz.

— Seria algo maravilhoso para uma dessas meninas, não? Sallie disse que elas são grandes amigas, e que o senhor gosta muitíssimo delas.

— Ouso dizer que a sra. M. já fez seus planos e vai jogar bem suas cartas, muito em breve. A menina, evidentemente, ainda não pensa nisso — comentou a sra. Moffat.

— Ela contou aquela lorota sobre a mãe, como se ela soubesse, e corou quando vieram as flores, tão bonitas. Coitadinha! Ficaria tão bonita se pudesse se vestir bem. Acha que ela se ofenderia se oferecêssemos um vestido emprestado para quinta-feira? — perguntou outra voz.

— Ela é orgulhosa, mas não acho que se importaria, pois aquele vestido de tarlatana fora de moda é o único que tem. Pode ser que ele rasgue essa noite, e essa seria uma boa desculpa para oferecermos um decente.

— Vamos ver. Convidarei o tal Laurence, como uma gentileza a ela, e nos divertiremos com isso depois.

Naquele momento, o parceiro de Meg apareceu e a encontrou muito corada e bastante agitada. Ela era orgulhosa, e seu orgulho foi bem útil naquela ocasião, já que a ajudou a esconder a humilhação, a raiva e o asco que sentia com o que tinha acabado de escutar. Pois, mesmo inocente e sem malícia como era, não pôde deixar de entender a fofoca das amigas. Tentou esquecer aquilo, mas não conseguiu, e ficava repetindo para si mesma "a sra. M. já fez seus planos", "aquela lorota sobre a mãe" e "vestido de tarlatana fora de moda" até estar a ponto de chorar e correr para casa para contar seus problemas e pedir conselhos. Como aquilo era impossível, ela fez o melhor para parecer alegre e, estando muito agitada, foi tão bem-sucedida que ninguém jamais desconfiou do esforço que estava fazendo. Ficou muito satisfeita quando a festa acabou e ela pôde ficar quieta em seu quarto, onde conseguia pensar, conjecturar e se irritar até a cabeça doer e suas bochechas quentes serem esfriadas por algumas lágrimas espontâneas. Aquelas palavras tolas, ainda que bem-intencionadas, tinham aberto todo um novo mundo para Meg, e perturbado bastante a paz do antigo, onde ela vivera até então, feliz como criança. Sua amizade inocente com Laurie foi estragada pelas conversas bobas que tinha escutado por acaso. A fé em sua mãe foi um pouco abalada pelos planos mundanos atribuídos a ela pela sra. Moffat, que julgava os outros de acordo com seus próprios parâmetros, e a resolução sensata de se contentar com o guarda-roupa simples que servia à filha de um homem pobre foi enfraquecida pela pena desnecessária de meninas que consideravam um vestido surrado uma das maiores calamidades da face da terra.

A pobre Meg teve uma noite insone e levantou com os olhos pesados, infeliz e meio ressentida com as amigas, meio envergonhada de si mesma por não falar abertamente e colocar os pingos nos "is". Todos enrolaram naquela manhã, e já era meio-dia quando as meninas encontraram energia suficiente para retomar seu trabalho com a lã. Algo nos modos das amigas chamou a atenção de Meg de imediato. Elas a tratavam com mais respeito, pensou, prestavam mais atenção ao que ela dizia e a olhavam com evidente curiosidade. Tudo isso a surpreendeu e a deixou lisonjeada, embora não tenha entendido o motivo até a srta. Belle levantar os olhos da sua escrita e dizer, com um ar sentimental:

— Margaridinha, querida, mandei um convite para o seu amigo, sr. Laurence, para quinta-feira. Gostaríamos de conhecê-lo, e é uma gentileza para você.

Meg ruborizou, mas uma ideia travessa de provocar as meninas a fez responder de um jeito afetado:

— Vocês são muito gentis, mas temo que ele não venha.

— Por que não, *chérie*? — perguntou a srta. Belle.

— Ele é muito velho.

— Minha menina, o que quer dizer com isso? Quantos anos ele tem? Preciso saber! — exclamou a srta. Clara.

— Por volta dos setenta, imagino — respondeu Meg, contando pontos para esconder o divertimento em seus olhos.

— Sua criatura dissimulada! É claro que nos referimos ao jovem rapaz — exclamou a srta. Belle, gargalhando.

— Que jovem rapaz? Laurie não passa de um menininho. — E Meg também gargalhou com o olhar estranho que as irmãs trocaram quando ela assim descreveu seu suposto namorado.

— Mais ou menos da sua idade — disse Nan.

— Na verdade, da minha irmã Jo; *eu* faço dezessete em agosto — esclareceu Meg, jogando a cabeça para trás.

— Foi muito gentil da parte dele lhe mandar flores, não? — comentou Annie, com um ar astuto.

— Sim, ele sempre faz isso, para todas nós, já que a casa deles é cheia de flores e gostamos muito delas. Minha mãe e o velho sr. Laurence são amigos, sabe, então é bem natural que as crianças brinquem juntas. — E Meg esperou que não falassem mais nada.

— É evidente que Margaridinha ainda não tem vida social — disse a srta. Clara para Belle com um aceno de cabeça.

— Um estado de inocência bem idílica por toda parte — devolveu a srta. Belle, com um dar de ombros.

— Estou saindo para comprar algumas coisinhas para as minhas meninas. Posso fazer algo por vocês, mocinhas? — perguntou a sra. Moffat, andando desajeitadamente, como um elefante vestido com seda e renda.

— Não, obrigada, senhora — respondeu Sallie. — Já tenho meu vestido novo de seda cor-de-rosa para quinta-feira e não preciso de nada.

— Nem eu... — começou Meg, mas parou porque ocorreu a ela que ela *de fato* queria uma porção de coisas, mas não podia tê-las.

— O que vai vestir? — perguntou Sallie.

— Meu velho vestido branco de novo, se eu conseguir consertá-lo, pois ele ficou muito rasgado na noite passada — informou Meg, tentando falar de forma bem tranquila, mas se sentindo muito desconfortável.

— Por que não manda buscar outro em casa? — indagou Sallie, que não era uma mocinha observadora.

— Não tenho nenhum outro. — Custou a Meg dizer aquilo, mas Sallie não percebeu e exclamou com surpresa amável:

— Só esse? Que curioso... — E não terminou o que estava dizendo porque Belle sacudiu a cabeça para ela e interrompeu, falando de forma bondosa:

— De forma alguma. De que adiantaria ter um monte de vestidos se ela ainda não frequenta tantos lugares? Não precisaria mandar buscar nada em casa, Margaridinha, mesmo que você tivesse uma dúzia, já que tenho um belo vestido de seda azul sem uso, que ficou pequeno em mim, e você poderia usá-lo para me agradar, você faria isso, querida?

— Você é muito gentil, mas não me incomodo com meu vestido velho. Se não se importa, ele cai bem o bastante em uma menininha como eu — afirmou Meg.

— Deixe que eu tenha o prazer de vestir você na moda. Gosto muito de fazer isso e você vai ficar uma belezinha com um toque aqui e ali. Não vou deixar que ninguém a veja até que esteja pronta, e então vai aparecer para todos como uma Cinderela com a fada-madrinha indo para o baile — declarou Belle com um tom persuasivo.

Meg não pôde recusar a oferta feita de modo tão gentil, pois um desejo de ver se ficaria "uma belezinha" depois de alguns toques a levou a aceitar e esquecer todos os sentimentos desconfortáveis pelos Moffat.

Na noite de quinta-feira, Belle se trancou com sua criada e elas transformaram Meg em uma bela dama. Cachearam o cabelo dela, deram retoques no pescoço e nos braços com um pó perfumado, passaram coralina nos lábios para que ficassem mais vermelhos e Hortense teria acrescentado um *soupçon de rouge* se Meg não tivesse se rebelado. Elas a apertaram em um vestido azul-celeste, tão justo que ela mal conseguia respirar, e tão decotado que a recatada Meg corou ao se ver no espelho. Acrescentaram um conjunto de filigranas, pulseiras, colar, broche e até brincos, que Hortense amarrou com um pouco de seda cor-de-rosa que não ficava visível. Um ramalhete de botões de rosas-chá no busto e um rufo reconciliaram Meg com a ideia de exibir seus ombros bonitos e alvos, e um par de botas de seda com saltos altos satisfez o último desejo de seu coração. Um lenço de renda, um leque cor de ameixa e um buquê em uma alça no ombro finalizaram a produção, e a srta. Belle a examinou com a satisfação de uma menininha com uma boneca de roupa nova.

— *Mademoiselle* está *charmante, très jolie*, não está? — exclamou Hortense, juntando as mãos em um arrebatamento afetado.

— Venha se exibir— disse a srta. Belle, indo na frente até a sala onde os outros estavam aguardando.

Conforme Meg ia farfalhando atrás, com as saias longas se arrastando, os brincos tilintando, os cachos balançando e o coração batendo, ela sentia como se a diversão, enfim, tivesse começado, já que o espelho tinha lhe mostrado como estava mesmo "uma belezinha". As amigas repetiram a expressão agradável de forma entusiasmada e, por vários minutos, ela ficou parada, como a gralha da fábula de Esopo, aproveitando suas plumas emprestadas, enquanto o restante conversava feito um grupo de corvos tagarelas.

— Enquanto me visto, você a treina, Nan, para lidar com a saia e com esses saltos franceses, ou ela vai tropeçar. Pegue sua borboleta de prata e prenda aquele cacho comprido do lado esquerdo da cabeça dela, Clara, e nenhuma de vocês estrague o maravilhoso trabalho das minhas mãos — disse Belle, enquanto se apressava, parecendo muito satisfeita com seu sucesso.

— Estou com medo de descer, sinto-me estranha e tensa, além de seminua — disse Meg a Sallie, quando o sino tocou e a sra. Moffat pediu às senhoritas que chegassem todas juntas.

— Você não está se parecendo nem um pouco consigo mesma, mas está muito bonita. Nem me comparo a você, pois Belle tem muito bom gosto, e você está bem francesa, garanto. Deixe suas flores penduradas, não tenha tanto medo delas, e tome cuidado para não tropeçar — comentou Sallie, tentando não se incomodar com o fato de Meg estar mais bonita do que ela.

Mantendo aquele aviso cuidadosamente em mente, Margaret desceu as escadas em segurança e rumou às salas de visitas onde estavam reunidos os Moffat e alguns convidados que tinham chegado cedo. Ela logo descobriu que há um encanto nas roupas elegantes que atrai certa classe de pessoas e garante o respeito delas. Várias senhoritas, que nunca tinham reparado nela antes, ficaram muito carinhosas de repente. Vários jovens cavalheiros, que só tinham dado uma olhada para ela na outra festa, agora não só a olhavam, mas pediam para ser apresentados e lhe diziam todo tipo de coisas tolas, mas agradáveis; e várias velhas senhoras, que ficavam sentadas em sofás e criticavam o resto da festa, indagavam quem era ela com um ar de interesse. Ela escutou a sra. Moffat responder a uma delas:

— Margaridinha March, o pai é um coronel do exército, uma das nossas primeiras famílias, mas sofreu reveses, sabe; amigos íntimos dos Laurence; uma doce criatura, posso garantir; meu Ned é louco por ela.

— Minha nossa! — admirou-se a velha senhora, colocando os óculos para dar outra olhada em Meg, que tentou parecer como se não tivesse escutado e ficado bastante chocada com as lorotas da sra. Moffat.

O "sentimento estranho" não passou, mas ela se imaginou atuando no novo papel de dama elegante, então tudo correu bem, embora o vestido apertado lhe provocasse uma dor na lateral do corpo, a cauda teimasse em surgir sob seus pés a todo momento e ela sentisse um medo constante de que os brincos fossem pular e se perder ou quebrar. Estava abanando o leque e rindo das piadas medíocres de um jovem cavalheiro que tentava ser espirituoso, quando de repente parou de rir e pareceu confusa pois, bem do outro lado, ela viu Laurie. Ele olhava para ela com surpresa indisfarçável e também com desaprovação, pensou ela, porque, apesar de ter sorrido e se inclinado em um cumprimento, alguma coisa nos olhos sinceros dele a fez corar e desejar que estivesse com seu velho vestido. Para completar sua confusão, viu Belle cutucar Annie e ambas olharam dela para Laurie, que — Meg ficou feliz em ver — parecia mais infantil e tímido do que nunca.

"Criaturas tolas, colocando tais ideias na minha cabeça. Não vou ligar para elas ou deixá-las que me transformem nem um pouquinho", pensou Meg, e foi farfalhando pela sala para cumprimentar o amigo.

— Fico feliz que tenha vindo, tive medo de que não aparecesse — comentou ela, com seu melhor ar de adulta.

— Jo queria que eu viesse e contasse a ela como você estava, então eu vim — respondeu Laurie, sem olhar para ela, embora tivesse esboçado um sorriso ao seu tom maternal.

— O que vai dizer a ela? — quis saber Meg, cheia de curiosidade para descobrir a opinião dele a seu respeito, embora se sentisse pouco à vontade com Laurie pela primeira vez.

— Vou dizer que não a reconheci, pois parece tão adulta e diferente de si mesma que estou com um pouco de medo de você — afirmou ele, remexendo no botão da luva.

— Que absurdo! As meninas me vestiram assim por diversão e gostei bastante. Jo não ficaria espantada se me visse? — indagou Meg, tentando fazê-lo dizer se achava que ela havia melhorado ou não.

— Sim, acho que ia — replicou Laurie, de forma séria.

— Não gosta de mim assim? — perguntou Meg.

— Não, não gosto. — Foi a resposta direta.

— Por que não? — disse ela, em um tom ansioso.

Ele olhou para os cabelos cacheados dela, para os ombros nus e para o vestido fantasticamente enfeitado com uma expressão que a deixou mais envergonhada do que a resposta, que não tinha nem um pingo da sua educação normal.

— Não gosto de exageros.

Aquilo foi demais vindo de um rapaz mais jovem do que ela, e Meg se afastou, dizendo de modo petulante:

— Você é o menino mais grosseiro que já conheci.

Sentindo-se muito irritada, foi até uma janela silenciosa para esfriar o rosto, pois o vestido apertado lhe dava uma cor desconfortavelmente viva. Enquanto estava lá, o major Lincoln passou e, um minuto depois, ela o escutou dizer para a mãe:

— Eles estão fazendo aquela menina de boba. Eu queria que a senhora a visse, mas eles a estragaram completamente. Ela não é nada mais do que uma boneca esta noite.

— Ah, céus! — suspirou Meg. — Gostaria de ter tido juízo e ter usado minhas próprias coisas, assim não teria desagradado outras pessoas ou me sentido tão desconfortável e envergonhada de mim mesma.

Ela inclinou a testa na vidraça fresca e ficou meio escondida pelas cortinas, sem se incomodar que sua valsa preferida tivesse começado; até que alguém a tocou e, virando-se, viu Laurie, parecendo arrependido, como ele disse, com sua melhor reverência e a mão estendida:

— Por favor, perdoe a minha ignorância e venha dançar comigo.

— Temo que seja muito desagradável para você — afirmou Meg, tentando parecer ofendida, mas fracassando totalmente.

— Nem um pouco, estou morrendo de vontade. Venha, serei uma boa pessoa. Não gosto do seu vestido, mas realmente acho que você está... simplesmente magnífica. — E ele balançou as mãos, como se as palavras não fossem capazes de expressar sua admiração.

Meg sorriu e cedeu, sussurrando enquanto esperavam para pegar o compasso:

— Cuidado para a minha saia não fazer você tropeçar. É a praga da minha vida e fui uma boba de usá-la.

— Prenda-a em volta do pescoço e aí será conveniente — sugeriu Laurie, olhando para as botinhas azuis, que evidentemente aprovava.

E foram dançando rápida e graciosamente; tendo praticado em casa, faziam um ótimo par. Era um deleite assistir ao alegre e jovem casal enquanto giravam alegremente, sentindo-se mais amigos do que nunca depois do pequeno desentendimento.

— Laurie, quero que me faça um favor, pode ser? — pediu Meg, enquanto ele a abanava quando ficou sem fôlego, o que aconteceu muito rápido, apesar de ela não entender por quê.

— Mas é claro! — disse Laurie, com entusiasmo.

— Por favor, não conte lá em casa sobre o meu vestido de hoje à noite. Não vão entender a brincadeira e isso vai preocupar mamãe.

— Então por que fez isso? — disseram os olhos de Laurie tão evidentemente, que Meg logo acrescentou:

— Vou contar tudo a elas eu mesma e confessar à mamãe o quanto fui boba. Mas deixe eu mesma fazer isso. Você não vai contar, vai?

— Dou minha palavra que não vou, mas o que devo dizer quando me perguntarem?

— Diga apenas que eu parecia muito bem e estava me divertindo.

— Vou dizer a primeira parte com sinceridade, mas e a outra? Você não parece estar se divertindo. Está? — Laurie olhou para ela com uma expressão que a fez responder em um sussurro:

— Não, e não só agora. Não pense que sou horrível. Só queria um pouco de diversão, mas esse tipo não vale a pena, acho, e estou ficando cansada disso.

— Aí vem Ned Moffat. O que ele quer? — disse Laurie, franzindo as sobrancelhas pretas como se não enxergasse o jovem anfitrião como um acréscimo agradável à festa.

— Ele colocou seu nome para três danças comigo e imagino que esteja vindo por causa delas. Que chateação! — comentou Meg, assumindo um ar lânguido que divertia Laurie imensamente.

Ele não falou com ela de novo até a hora da ceia, quando a viu bebendo champanhe com Ned e o amigo dele, Fisher, que estavam se comportando "como um par de tolos", como Laurie disse a si mesmo, já que sentia certo tipo de direito fraternal ao vigiar as March e comprar as brigas delas sempre que fosse necessário.

— Você vai ter uma dor de cabeça terrível amanhã, se beber muito. Eu não faria isso, Meg, e sua mãe não aprovaria, você sabe — sussurrou ele, inclinando-se sobre a cadeira, enquanto Ned se virava para encher o copo dela e Fisher se abaixava para pegar seu leque.

— Hoje à noite não sou Meg, sou "uma boneca" que faz todo tipo de loucuras. Amanhã vou deixar meu "exagero" de lado e ser desesperadamente boazinha de novo — respondeu ela, com uma risadinha afetada.

— Gostaria que agora fosse amanhã, então — murmurou Laurie, saindo, nada satisfeito com a mudança que via nela.

Meg dançou e flertou, conversou e deu risada, como as outras meninas. Depois da ceia, participou do cotilhão e dançou de forma desajeitada, quase irritando o parceiro por causa da sua saia comprida e brincando de um jeito que escandalizou Laurie, que ficou olhando e pensando em um sermão. Mas ele não teve chance de passá-lo, pois Meg se manteve longe até ele se despedir.

— Lembre-se! — avisou ela, tentando sorrir, já que a dor de cabeça terrível tinha começado.

— *Silence à la mort* — respondeu Laurie, com um floreio melodramático, enquanto ia embora.

Esse pequeno ato teatral incitou a curiosidade de Annie, mas Meg estava muito cansada para fofocas e foi para a cama, sentindo como se tivesse participado de um baile de máscaras sem se divertir tanto quanto esperava. Ficou indisposta durante todo o dia seguinte e, no sábado, foi para casa, fatigada com a quinzena de divertimento e percebendo que havia convivido com o luxo por tempo demais.

— É muito bom ficar tranquila e não ter de se comportar com elegância o tempo todo. Nossa casa *é* um belo lugar, apesar de não ser chique — declarou Meg, olhando ao redor com uma expressão serena, sentada com a mãe e Jo na tarde de domingo.

— Fico feliz de ouvir você dizendo isso, querida, pois tinha medo de a nossa casa parecer triste e pobre para você depois das suas belas duas semanas — respondeu a mãe, que lançara muitos olhares ansiosos a Meg naquele dia. Olhos maternos são rápidos para perceber qualquer mudança nos rostos dos filhos.

Meg contara suas aventuras alegremente e repetiu muitas vezes o quanto se divertira, mas algo ainda parecia pesar em sua alma. Enquanto as meninas mais novas foram para a cama, ela ficou sentada, encarando a lareira pensativa, falando pouco e com ar preocupado. Quando o relógio anunciou nove horas da noite e Jo propôs irem para a cama, de repente Meg deixou sua cadeira e, pegando o banquinho de Beth, apoiou os cotovelos no joelho da mãe, dizendo corajosamente:

— Mamãezinha, quero me confessar.

— Imaginei. O que é, querida?

— Quer que eu saia? — perguntou Jo, discretamente.

— É claro que não. Não conto tudo para você, sempre? Eu estava com vergonha de falar disso na frente das pequenas, mas quero que vocês saibam de todas as coisas horríveis que fiz na casa dos Moffat.

— Estamos preparadas — assegurou a sra. March, sorrindo, mas parecendo um pouco ansiosa.

— Contei a vocês que eles me arrumaram toda, mas não falei que me passaram um pó, me apertaram com espartilho e cachearam meus cabelos, nem que fizeram com que eu parecesse uma pessoa da última moda. Laurie achou que eu não estava vestida de forma apropriada. Sei que ele achou, apesar de não ter dito nada, e um homem me chamou de "boneca". Sei que foi bobagem, mas me elogiaram e disseram que eu era linda, e muitas outras besteiras, então deixei que me fizessem de tola.

• 127 •

— Isso é tudo? — quis saber Jo, enquanto a sra. March olhava em silêncio para o rosto triste da sua linda filha, e não conseguia encontrar motivos para culpar suas pequenas tolices.

— Não, eu bebi champanhe, fiz brincadeiras descomedidas e tentei flertar, e fui abominável — contou Meg, de modo autorrepreensivo.

— Acho que há algo mais. — E a sra. March acariciou a bochecha macia, que de súbito ficou mais corada enquanto Meg respondia, devagar:

— Sim. É uma grande bobagem, mas quero contar porque detesto que as pessoas digam e achem tais coisas de nós e Laurie.

Então ela contou os vários trechos de fofoca que escutara na casa dos Moffat e, enquanto falava, Jo viu a mãe franzir os lábios com força, como se desgostosa por tais ideias terem sido colocadas na cabeça inocente de Meg.

— Ora, se isso não é a maior bobagem que já ouvi! — exclamou Jo, de forma indignada. — Por que você não apareceu e disse isso a eles na mesma hora?

— Não consegui, foi tão constrangedor para mim. Primeiro, não pude deixar de ouvir, depois, fiquei com tanta raiva e envergonhada que não me lembrei que deveria sair.

— Espere só até *eu* encontrar Annie Moffat e lhe mostrar como resolver essa história ridícula. A ideia de ter "planos" e ser gentil com Laurie porque ele é rico e pode casar com uma de nós mais tarde! Ele vai esbravejar quando eu contar a ele o que essas idiotas dizem sobre nós, meninas pobres! — E Jo riu, como se, pensando melhor, aquilo lhe parecesse uma boa piada.

— Se contar ao Laurie, nunca vou perdoar você! Ela não pode, não é, mamãe? — disse Meg, com ar perturbado.

— Não, nunca repita essa fofoca tola, e a esqueça tão rápido quanto puder — respondeu a sra. March, séria. — Foi muito imprudente da minha parte deixá-la no meio de pessoas que conheço tão pouco; gentis, devo dizer, mas mundanas, mal-educadas e cheias dessas ideias vulgares a respeito dos jovens. Estou mais arrependida do que consigo expressar pelo mal que essa visita possa ter lhe causado, Meg.

— Não se arrependa, não vou deixar que isso me magoe. Vou esquecer todo o mal e me lembrar apenas da parte boa, pois realmente me diverti muito, e agradeço muito por ter me deixado ir. Não ficarei impressionável ou insatisfeita, mamãe. Sei que sou uma menininha tola e vou ficar com a senhora até estar pronta para tomar conta de mim mesma. Mas é bom ser elogiada e admirada, e não posso deixar de dizer que gosto — comentou Meg, parecendo um pouco envergonhada pela confissão.

— É perfeitamente natural, e não há nada de mau nisso, se esse gosto não se transformar numa paixão e levar a pessoa a fazer coisas insensatas e impróprias. Aprenda a reconhecer e valorizar o elogio que vale a pena e a despertar a admiração de pessoas de caráter sendo humilde, além de bonita, Meg.

Margaret ficou sentada pensando por um instante, enquanto Jo permanecia de pé com as mãos atrás de si, parecendo tanto interessada quanto um pouco perplexa, já que era algo novo ver Meg corando e falando sobre admiração, namorados e coisas do tipo. E Jo sentia como se durante aqueles quinze dias a irmã tivesse amadurecido de um jeito impressionante e estivesse se afastando dela em direção a um mundo onde não poderia segui-la.

— Mamãe, a senhora tem "planos", como a sra. Moffat comentou? — perguntou Meg, timidamente.

— Sim, minha querida, tenho muitos, toda mãe tem, mas suspeito que os meus sejam, de alguma forma, diferentes dos planos da sra. Moffat. Vou contar alguns deles, já que chegou a hora em que uma palavra pode colocar essa sua cabecinha romântica e o seu coração nos eixos, em um assunto muito sério. Você é jovem, Meg, mas não tão nova a ponto de não me entender, e os lábios das mães são os mais apropriados para falar de tais coisas a meninas como você. Jo, talvez sua vez também chegue em breve, então escute meus "planos" e me ajude a levá-los adiante, se forem bons.

Jo se sentou em um dos braços da cadeira, como se achasse que elas estavam prestes a participar de algo muito solene. Segurando uma das mãos de cada uma, e observando ansiosamente os dois rostos jovens, a sra. March falou, em seu jeito sério, mas ainda alegre:

— Quero que minhas filhas sejam bonitas, educadas e bondosas. Que sejam admiradas, amadas e respeitadas. Que tenham uma juventude feliz, que tenham um bom casamento, um que seja sensato, e que levem vidas úteis e agradáveis, com o mínimo de preocupações e sofrimentos como provação que Deus ache justo mandar. Ser amada e escolhida por um bom homem é a melhor e mais doce alegria que pode acontecer a uma mulher, e espero sinceramente que minhas meninas possam desfrutar dessa linda experiência. É natural pensar nisso, Meg, é certo esperar e sábio se preparar para isso, para quando chegar a hora, você poder se sentir pronta para os deveres e merecedora da alegria. Minhas meninas queridas, tenho ambições para vocês, mas não que se exibam em sociedade, que se casem com homens ricos simplesmente porque são ricos ou têm casas maravilhosas, que não são lares, já que falta o amor. Dinheiro é algo necessário, precioso e nobre, quando bem usado; mas jamais quero que pensem que é o primeiro ou único prêmio pelo qual se esforçar. Prefiro vê-las como esposas de homens pobres se estiverem felizes e satisfeitas e forem amadas e tratadas como rainhas em tronos do que vê-las sem autorrespeito e paz.

— Meninas pobres não têm chance alguma, segundo Belle, a não ser que se exibam — suspirou Meg.

— Então seremos velhas solteironas — declarou Jo, resoluta.

— Está certa, Jo. É melhor serem velhas solteironas do que esposas infelizes ou meninas que se comportam de forma imprópria, correndo por aí para encontrar maridos — disse a sra. March, decididamente. — Não se preocupe, Meg, é raro que a pobreza assuste um namorado sincero. Algumas das melhores e mais honradas mulheres que conheço eram meninas pobres, mas tão merecedoras de amor que não foi permitido que virassem velhas solteironas. Deixe essas coisas nas mãos do tempo. Faça desta casa um lugar feliz para que você se prepare para a sua casa, se ela lhe for oferecida, e fique satisfeita aqui, se não for. Lembrem-se disso, minhas meninas: a mamãe está sempre pronta a ser sua confidente, o papai, a ser seu amigo, e nós dois esperamos e acreditamos que nossas filhas, casadas ou solteiras, serão o orgulho e o consolo das nossas vidas.

— Seremos, mamãezinha, seremos! — exclamaram ambas, de todo coração, quando ela lhes desejou boa-noite.

10

O C.P. E A A.C.

Quando a primavera chegou, uma nova série de divertimentos virou moda, e os dias mais extensos proporcionavam tardes longas para o trabalho e brincadeiras de todos os tipos. O jardim tinha de ser posto em ordem, e cada irmã tinha um quarto do pequeno pedaço de terra para fazer o que quisesse. Hannah dizia que "ia *sabê di* quem era cada pedaço *du* jardim mesmo *di* olho fechado", e ia mesmo, pois os gostos das meninas diferiam tanto quanto suas personalidades. A parte de Meg tinha rosas e heliotrópios, murta e uma pequena laranjeira. O canteiro de Jo nunca era igual por duas estações, já que ela sempre estava testando novidades. Naquele ano seria uma plantação de girassóis, planta alegre e ambiciosa pelo sol cujas sementes alimentariam Tia Crista de Galo e sua família de pintinhos. Beth tinha flores antiquadas e perfumadas em seu jardim, ervilhas-de--cheiro e resedás, esporas, cravos, amores-perfeitos e abrótanos, com morrião-dos-passarinhos para os pássaros e erva-dos-gatos para os gatinhos. Amy tinha um caramanchão no pedaço dela, bem pequeno e cheio de insetos minúsculos, mas muito bonito de se olhar, com madressilvas e ipomeias com seus tentáculos e campânulas coloridos pendurados em coroas por todo espaço; lírios brancos altos, samambaias delicadas e tantas plantas magníficas e pitorescas quanto fossem possíveis florescer ali.

Jardinagem, caminhadas, passeios de barco no rio e caças a flores preenchiam os dias bonitos; nos chuvosos, elas tinham divertimentos, alguns antigos, alguns novos, dentro de casa. Todos mais ou menos originais. Um deles era o "C. P.": já que as sociedades secretas estavam na moda, era apropriado ter uma, e como todas as meninas admiravam Dickens, chamaram a si mesmas de Clube Pickwick. Com algumas poucas interrupções, mantiveram o clube por um ano, e se encontravam todo sábado à noite no grande sótão, com as cerimônias acontecendo da seguinte forma: três cadeiras eram arrumadas em uma fileira diante de uma mesa na qual havia uma lamparina, quatro distintivos brancos com um grande "C. P." de cores diferentes em cada um deles, e o jornal semanal *O Portfólio de Pickwick*, com o qual todas contribuíam com algo, enquanto Jo, que se deleitava com penas e tinta, era a editora. Às sete da noite, as quatro membras subiam até a sala do clube, prendiam os distintivos na cabeça e ocupavam seus lugares com grande solenidade. Meg, a mais velha, era Samuel Pickwick; Jo, com seu talento literário, era Augustus Snodgrass; Beth, por ser rechonchuda e corada, era Tracy Tupman; e Amy, que estava sempre tentando fazer o que não podia, era Nathaniel Winkle. Pickwick, a presidente, lia o jornal, que era recheado de histórias originais, poesia, notícias locais, anúncios engraçados e dicas, nas quais elas lembravam umas às outras, de forma divertida, das suas falhas e imperfeições. Em certa ocasião, o sr. Pickwick colocou um par de óculos sem lentes, deu uma pancada seca na mesa, pigarreou e, depois de encarar duramente o sr. Snodgrass, que estava se inclinando para trás na cadeira até se ajeitar direito, começou a ler:

O Portfólio de Pickwick

20 DE MAIO DE 18–

Canto dos poetas

ODE DE ANIVERSÁRIO

Novamente nos reunimos para celebrar
 Com distintivos e cerimônia solene,
Nosso 52° Aniversário, neste lugar,
 O Salão Pickwick, nesta data perene.

Estamos todos aqui em saúde perfeita,
 Ninguém se foi de nossa turma eleita:
Novamente encontramos nossos
 [irmãos,
 E apertamos suas mãos.

Nosso Pickwick, sempre em seu posto,
 Saudamos com reverência,
Enquanto ele lê, com seus óculos no rosto,
 Nosso semanal, com competência.

Embora ele esteja resfriado,
 Nós nos alegramos de ouvi-lo falar,
Com palavras de sabedoria sempre a
 [exalar,
 A despeito de grasnado ou
 [guinchado.

O velho e alto Snodgrass se assoma
 [nas alturas,
 Com graça elefantina,
 E sorri para as criaturas,
 Com sua feição morena e matutina.

Faísca poética seus olhos ilumina,
 Ele luta contra sua sina.
No semblante nota-se ambição,
 E, no nariz, um borrão.

Em seguida vem nosso Tupman
 [tranquilo,
 Tão corado, roliço e doce,
Que de tanto rir dos trocadilhos,
 Cai da cadeira como se engasgar
 [fosse.

O pequeno Winkle, tão afetado,
 [também está aqui,
 Com cada fio de cabelo aparecendo
 [aqui e ali,
Um modelo de boas maneiras a se
 [apresentar,
 Embora odeie o rosto lavar.

O ano acabou, unidos estamos para
 [o bem da leitura,
 Para brincar, ler e rir,
E trilhar o caminho da literatura
 Que à glória nos fará ir.

Que nosso jornal tenha uma longa
 [vida,
 Que nosso clube não deixe de ser,
E dos anos vindouros graças sejam
 [colhidas
 Pelo útil e alegre "C. P.".

SNODGRASS

O CASAMENTO MASCARADO

UM CONTO DE VENEZA

Gôndola após gôndola chegava em grande velocidade até os degraus de mármore, e deixava sua maravilhosa carga para aumentar a magnífica multidão que enchia os salões imponentes do conde de Adelon. Cavalheiros e damas, duendes e pajens, monges e floristas, todos misturados alegremente na dança. Doces vozes e bela melodia preenchiam o ar, e assim, com alegria e música, seguiu o baile de máscaras.

— Vossa Alteza viu lady Viola esta noite? — perguntou um trovador galante à encantadora rainha que flutuava pelo salão de braços dados com ele.

— Sim, ela não está adorável, apesar de muito triste? O vestido dela foi bem escolhido também, pois em uma semana se casará com o conde Antonio, a quem odeia com todas as suas forças.

— Por minha vez, eu o invejo. Lá vem ele, vestido como um noivo, exceto pela máscara negra. Quando a tirar, veremos como ele olha para a linda donzela cujo coração não consegue conquistar, embora seu pai severo tenha entregado sua mão — respondeu o trovador.

— Diz-se por aí que ela ama o jovem artista inglês que não sai do seu pé e é desprezado pelo velho conde — comentou a dama, enquanto se juntavam à dança.

A folia estava no auge quando apareceu um padre e, levando o jovem par para uma sacada enfeitada de veludo roxo, fez um gesto para que ficassem de joelhos. Um silêncio instantâneo recaiu sobre a multidão animada, e nenhum som, a não ser o ruído da água caindo nas fontes ou o sussurro dos pomares de laranjas dormindo ao luar, quebrava a quietude, quando o conde de Adelon falou o seguinte:

— Meus lordes e damas, perdoem o artifício que usei afim de reuni-los aqui para testemunhar o casamento da minha filha. Padre, esperamos pelos seus serviços.

Todos os olhos se viraram para o casal noivo, e um murmúrio de admiração soou entre as pessoas, já que nem a noiva nem o noivo, tiraram as máscaras. A curiosidade e o espanto se apossaram de todos os corações, mas o respeito conteve todas as línguas até que o rito sagrado tivesse acabado. Então os espectadores ansiosos se reuniram ao redor do conde, exigindo uma explicação.

— Eu lhes daria uma se pudesse, mas só sei que foi um capricho da minha tímida Viola, e eu concordei. Agora, meus filhos, acabemos com a encenação. Tirem as máscaras e recebam minha bênção.

Mas nenhum dos dois se curvou, pois o jovem noivo respondeu em um tom que deixou todos os ouvintes espantados quando a máscara caiu, revelando o nobre rosto de Ferdinand Devereux, o namorado artista. E, apoiada no peito onde agora reluzia a estrela de um conde inglês, estava a linda Viola, radiante de alegria e beleza.

— Meu senhor, desprezastes meu pedido pela mão de vossa filha quando eu podia oferecer um nome e uma vasta fortuna, tão grandes quanto os do conde Antonio. Posso fazer mais, pois mesmo vossa alma ambiciosa não pode recusar o conde de Devereux e De Vere quando ele der seu nome antigo e sua enorme riqueza em troca da amada mão desta bela dama, agora minha esposa.

O conde estava parado como alguém que se havia transformado em pedra e, virando-se à multidão admirada, Ferdinand acrescentou, com um sorriso alegre de triunfo:

— E a vós, meus nobres amigos, só posso desejar que vossos galanteios prosperem como o meu, e que todos consigam uma noiva tão bela quanto a minha neste casamento mascarado.

S. PICKWICK

Por que o C. P. é como a Torre de Babel? Porque está repleto de membros insubordinados.

A HISTÓRIA DE
UMA ABÓBORA

Era uma vez um fazendeiro que plantou uma pequena semente em seu jardim e, depois que ela germinou e se transformou em uma trepadeira, produziu muitas abóboras. Em um dia de outubro, quando estavam maduras, ele colheu uma e a levou ao mercado. Um merceeiro a comprou e colocou à venda. Naquela mesma manhã, uma menininha de chapéu marrom e vestido azul, com um rosto redondo e nariz arrebitado, foi até lá e a comprou para sua mãe. Ela a levou para casa, cortou, cozinhou na panela grande e fez um pouco de purê com sal e manteiga para o jantar. No resto, colocou meio litro de leite, dois ovos, quatro colheres de açúcar, noz-moscada e alguns biscoitos. Pôs a mistura em uma forma e a cozinhou até que estivesse com uma bela cor marrom; no dia seguinte, foi comida por uma família chamada March.

T. TUPMAN

Prezado sr. Pickwick,

Escrevo para o senhor a respeito de uma transgressão, e o transgressor a que me refiro é um homem chamado Winkle, que causa problemas neste clube ao dar risadas. Às vezes, ele não escreve seu artigo neste belo jornal, espero que o senhor perdoe a falha dele e lhe permita mandar uma fábula francesa porque ele não consegue escrever nada original, já que tem muitos deveres de casa para fazer e está sem imaginação. No futuro, tentarei arrumar algum tempo e preparar um trabalho que será *commy la fo*, o que quer dizer muito bom estou com pressa porque já está quase na hora da escola.

Respeitosamente,

N. WINKLE

(O texto acima é um reconhecimento valoroso e bonito de antiga má conduta. Se nosso jovem amigo estudasse pontuação, estaria satisfatório.)

UM TRISTE ACIDENTE

Na última sexta-feira, ficamos assustados com um choque violento em nosso porão, seguido de gritos de aflição. Correndo para o porão, encontramos nosso amado presidente prostrado no chão, pois tinha tropeçado e caído enquanto pegava lenha para propósitos domésticos. Demos de cara com uma perfeita cena de destruição, já que, em sua queda, o sr. Pickwick tinha mergulhado a cabeça e os ombros em uma tina de água, virado um barrilete de sabão em suas formas másculas e rasgado terrivelmente suas roupas. Ao ser retirado dessa situação perigosa, foi descoberto que não sofreu nenhum ferimento, apenas vários arranhões e, ficamos felizes em acrescentar, agora passa bem.

OS EDITORES

LUTO PÚBLICO

É nosso dever doloroso registrar o repentino e misterioso desaparecimento de nossa estimada amiga, a sra. Bola de Neve Pata Fofinha. Essa adorável e amada gata era o bichinho de estimação de um grande círculo de amigos calorosos e afeiçoados; com sua beleza, atraía todos os olhares; seus encantos e virtudes a faziam querida por todos os corações, e sua perda é profundamente sentida por toda a comunidade.

Quando foi vista pela última vez, estava sentada no portão, observando a carroça do açougueiro, e teme-se que algum vilão, tentado por sua beleza, desprezivelmente a tenha roubado. Passaram-se semanas, mas nenhum vestígio dela foi encontrado, e desistimos de ter esperanças, amarramos uma fita negra em sua cestinha, guardamos seu prato e lamentamos sua perda eterna para nós.

Um amigo que compartilha da nossa dor enviou a seguinte preciosidade:

UM LAMENTO

(PARA B.N. PATA FOFINHA)

Choramos a perda de nossa
[mascotinha,
E suspiramos por seu destino infeliz,
Pois ela nunca mais sentará perto do
[fogo, quentinha,
Nem brincará perto do velho
[portão de verde matiz.

A pequena cova onde repousaria a
[filhote bela
Fica embaixo do castanheiro.
Mas não podemos nos lamentar
[sobre a cova *dela*,
Pois não sabemos o seu paradeiro.

Sua cama vazia, seu brinquedo
[parado,
Jamais voltarão a senti-la;
Nenhum tapinha delicado,
[nenhum amoroso ronronado,
Não mais poderemos ouvi-la.

Outra gata persegue o rato,
Uma gata de cara imunda,
Mas ela não tem a mesma graça
[neste ato,
Nem brinca com sua graça tão
[profunda.

Suas patas furtivas pelo mesmo
[corredor vão
Onde Bola de Neve brincava,
Mas ela só cospe no cão
Que nossa mascote afastava.

Ela é útil, meiga e faz o melhor em
[sua lida,
Mas não é bonita de ver,
E não podemos dar seu lugar a ela,
[querida,
Nem venerá-la sem merecer.

A.S.

ANÚNCIOS

A SRTA. ORANTHY BLUGGAGE, a talentosa e decidida palestrante, apresentará sua famosa palestra sobre "A mulher e sua posição" no Salão Pickwick, no próximo sábado à noite, após os atos de costume.

UMA REUNIÃO SEMANAL será realizada no Espaço Cozinha para ensinar as senhoritas a cozinhar. Hannah Brown vai presidi-la, e todos estão convidados a comparecer.

A SOCIEDADE PÁ DE LIXO se reunirá na próxima quarta-feira e desfilará no andar superior da Sede do Clube. Todos os membros devem comparecer de uniforme e trazer suas vassouras às nove em ponto.

A SRA. BETH BOUNCER abrirá sua nova coleção de bonecas na semana que vem. A última moda de Paris já chegou e os pedidos serão prontamente atendidos.

UMA NOVA PEÇA acontecerá no Teatro Barnville daqui a algumas semanas e superará qualquer coisa antes vista nos palcos americanos. "O escravo grego, ou Constantino o vingador" é o nome desse emocionante drama!!!

DICAS

Se S. P. não usasse tanto sabão nas mãos, não estaria sempre atrasado para o café da manhã. Pede-se que A. S. não assovie na rua. T. T., por favor, não se esqueça do guardanapo de Amy. N. W. não deve se queixar porque seu vestido não tem nove pregas.

RELATÓRIO SEMANAL

Meg — Bom.
Jo — Ruim.
Beth — Muito bom.
Amy — Regular.

Quando o presidente terminou de ler o jornal (e peço licença para assegurar aos meus leitores que é uma cópia autêntica de um exemplar escrito por meninas autênticas faz algum tempo), seguiu-se uma rodada de aplausos, e então o sr. Snodgrass se levantou para fazer uma proposta.

— Senhor presidente e cavalheiros — começou ele, assumindo atitude e tom parlamentares —, gostaria de propor a admissão de um novo membro, um membro que de fato merece a honra, ficaria profundamente agradecido por ela e somaria imensamente ao espírito do clube, ao valor literário do jornal, além de ser sempre muito alegre e amável. Proponho o sr. Theodore Laurence como membro honorário do C. P. Vamos lá, aceitem-no.

A repentina mudança de tom de Jo fez as meninas rirem, mas todas pareciam muito ansiosas, e ninguém falou nada enquanto Snodgrass se sentava de novo.

— Vamos colocar em votação — declarou o presidente. — Todos que forem a favor da proposta, por favor, manifestem-se dizendo "Sim".

Uma resposta alta de Snodgrass, seguida, para surpresa de todos, de uma tímida de Beth.

— Os que forem contrários digam "Não".

Meg e Amy eram contrárias e o sr. Winkle se levantou para dizer, com grande elegância:

— Não queremos nenhum menino, eles só fazem brincadeiras e ficam se vangloriando. Este é um clube de damas e queremos que seja particular e respeitável.

— Temo que ele ria do nosso jornal e caçoe de nós depois — observou Pickwick, puxando o cachinho na testa como sempre fazia quando estava na dúvida.

Snodgrass se levantou, muito sério, e falou:

— Senhor, dou-lhe minha palavra de cavalheiro que Laurie não faria nada desse tipo. Ele gosta de escrever e vai dar um tom às nossas contribuições, evitando que sejamos sentimentais, o senhor não vê? Podemos fazer tão pouco por ele, e ele faz tanto por nós, acho que o mínimo é oferecer a ele um lugar aqui e fazê-lo se sentir bem-vindo, caso venha.

Esta alusão astuta às vantagens concedidas fez com que Tupman se levantasse, como se já estivesse decidido.

— Sim, temos de fazer isso, mesmo se estivermos com medo. Digo que ele deve vir, e o avô também, se quiser.

Essa manifestação animada repentina de Beth eletrizou o clube, e Jo deixou seu lugar para apertar as mãos da irmã de forma aprovadora.

— Muito bem, votemos de novo. Lembrem-se todos de que é o nosso Laurie e digam "Sim!" — exclamou Snodgrass, entusiasmado.

— Sim! Sim! Sim! — responderam três vozes ao mesmo tempo.

— Ótimo! Deus abençoe vocês! Então, já que não há nada como "segurar o tempo pelos cabelos", como Winkle sempre observa, permitam-me apresentar o novo membro. — E, para espanto do restante do clube, Jo escancarou a porta do armário e revelou Laurie sentado em uma bolsa velha, corado e piscando com uma risada reprimida.

— Sua mentirosa! Sua traidora! Jo, como pôde fazer isso? — gritaram as três meninas, enquanto Snodgrass conduzia o amigo à frente triunfantemente e, fornecendo tanto uma cadeira quanto um distintivo, o acomodou em um instante.

— A frieza de vocês dois, seus tratantes, é impressionante — começou o sr. Pickwick, tentando franzir as sobrancelhas de maneira terrível, mas só conseguindo produzir um amável sorriso. O novo membro estava à altura da ocasião e, levantando-se com uma saudação agradecida à Presidência, declarou, da forma mais simpática:

— Sr. Presidente e senhoras, quero dizer, cavalheiros, permitam-me que eu me apresente como Sam Weller, o muito humilde servo do clube.

— Ótimo! Ótimo! — exclamou Jo, dando batidinhas com o cabo comprido da velha frigideira na qual se apoiava.

— Meu leal amigo e nobre patrono — continuou Laurie, com um aceno de mão —, que me apresentou de maneira tão lisonjeira, não deve ser culpado pelo vil artifício desta noite. O plano foi meu, e ela só cedeu após muito importuná-la.

— Vamos lá, não assuma toda a responsabilidade. Você sabe que propus o armário — interrompeu Snodgrass, que se divertia imensamente com a brincadeira.

— Não ligue para o que ela diz. Eu sou o infeliz que aprontou isso, senhor — afirmou o novo membro, com um aceno de cabeça *à la* Sam Weller para o sr. Pickwick. — Mas dou minha palavra de honra que nunca farei isso novamente e, daqui em diante, *devoto* o meu ser ao interesse deste clube imortal.

— Ouçam! Ouçam! — gritou Jo, batendo na frigideira como um símbalo.

— Prossiga, prossiga! — acrescentaram Winkle e Tupman, enquanto o presidente se curvava, bondosamente.

— Gostaria apenas de declarar que, como pequeno sinal de minha gratidão pela honra que me foi concedida, e como forma de promover relações amigáveis entre nações vizinhas, instalei uma agência dos correios na cerca viva na parte de trás do jardim, uma bela e espaçosa estrutura com cadeados nas portas e todas as conveniências para o recebimento das correspondências. É a velha casa de andorinhas, mas bloqueei a porta e abri o telhado, então ela poderá guardar todo tipo de coisas e economizar nosso valioso tempo. Cartas, manuscritos, livros e pacotes podem ser trocados por lá e, como cada nação tem uma chave, imagino que será notavelmente agradável. Permitam-me apresentar a chave do clube e, com agradecimentos pela gentileza, voltar ao meu lugar.

Houve muitos aplausos quando o sr. Weller depositou uma chavinha na mesa e se sentou. A frigideira foi batida com grande estrondo, e levou algum tempo antes que a ordem pudesse ser restaurada. Seguiu-se um longo debate e todos foram surpreendidos, já que deram o seu melhor. Assim, foi uma reunião curiosamente animada, e não foi interrompida até tarde da noite, quando foi encerrada com três vivas estridentes para o novo integrante.

Ninguém jamais se arrependeu da admissão de Sam Weller, já que nenhum clube poderia ter um membro mais devotado, bem-comportado e jovial do que ele. Com certeza contribuiu com "entusiasmo" às reuniões e com "um tom" ao jornal, já que seus discursos faziam os ouvintes morrerem de rir e suas contribuições eram excelentes, sendo patrióticas, clássicas, cômicas ou dramáticas, mas nunca sentimentais. Jo as considerava do nível de Bacon,

Milton ou Shakespeare, e achou que refez seus próprios trabalhos obtendo um bom resultado.

A Agência dos Correios (A. C.) era uma pequena instituição de grande importância e se desenvolveu maravilhosamente, já que muitas coisas esquisitas passaram tanto por ela quanto pelo correio de verdade. Tragédias e cachecóis, poesia e picles, sementes para o jardim e longas cartas, música e biscoitos de gengibre, borrachas, convites, repreensões e filhotinhos de bichos. O velho cavalheiro gostava da brincadeira e se divertia enviando pacotes estranhos, mensagens misteriosas e telegramas engraçados, e seu jardineiro, cativado pelos encantos de Hannah, chegou a mandar uma carta de amor aos cuidados de Jo. Como riram quando o segredo foi revelado, sem nunca sonhar com quantas cartas de amor aquela agência dos correios ainda receberia nos anos vindouros.

11

EXPERIÊNCIAS

— Dia primeiro de junho! A família King vai partir para o litoral amanhã e estarei livre. Três meses de férias, como vou aproveitar! — exclamou Meg, chegando em casa em um dia quente e encontrando Jo deitada no sofá em um estado incomum de exaustão, enquanto Beth tirava suas botas empoeiradas e Amy preparava limonada para todas se refrescarem.

— Tia March foi hoje. Ah, que felicidade! — comentou Jo. — Estava morrendo de medo que me pedisse para ir com ela. Se tivesse pedido, eu me sentiria na obrigação de ir, mas Plumfield é tão animada quanto um cemitério, sabe, e eu preferia ser dispensada. Foi um alvoroço mandarmos a velha senhora embora. Eu ficava com medo toda vez que ela falava comigo. Por estar com tanta pressa de ficar livre, fui atenciosa e doce de uma forma incomum e temi que Tia March achasse impossível se separar de mim. Estremeci até que ela estivesse bem acomodada na carruagem e tive um último temor quando, depois de partir, ela colocou a cabeça para fora e disse: "Josyphine, será que você...?" Não escutei mais nada porque me virei de forma desprezível e saí correndo. Saí correndo de verdade e chispei para virar a esquina, onde me senti segura.

— Pobre Jo! Entrou aqui como se houvesse ursos atrás dela — afirmou Beth, enquanto acariciava os pés da irmã com ar maternal.

— Tia March é uma verdadeira safira, não é? — observou Amy, provando sua mistura com ar crítico.

— Ela quer dizer *vampira*, não uma pedra preciosa, mas não importa. Está quente demais para implicar com o que as pessoas falam — murmurou Jo.

— O que vão fazer durante as férias? — perguntou Amy, mudando de assunto com tato.

— Vou ficar na cama até tarde, sem fazer nada — respondeu Meg, das profundezas da cadeira de balanço. — Tive de levantar cedo durante todo o inverno e passar meus dias trabalhando para outras pessoas, então agora vou descansar e me divertir ao meu bel-prazer.

— Não — respondeu Jo —, esse jeito preguiçoso não é para mim. Já reuni uma pilha de livros e vou incrementar minhas horas lendo no meu poleiro na velha macieira, quando não estiver caindo na f...

— Não diga "caindo na farra"! — implorou Amy, como uma crítica em resposta pela correção do "safira".

— Então vou dizer que vou "soltar a voz por aí", com Laurie. É apropriado, já que ele é um cantor.

— Não se preocupe com as lições por algum tempo, Beth, só brinque e descanse, como as outras meninas pretendem — propôs Amy.

— Bem, vou fazer isso, se a mamãe não se importar. Quero aprender algumas músicas novas, e minhas filhas precisam de roupas para o verão. Elas estão terrivelmente desarrumadas e precisando mesmo de um novo guarda-roupa.

— Podemos, mamãe? — perguntou Meg, virando-se para a sra. March, que estava costurando no que chamavam de "cantinho da mamãe".

— Podem fazer a experiência por uma semana e ver o que acham. Creio que, no sábado à noite, vão achar que só diversão sem trabalho é tão ruim quanto só trabalho sem diversão.

— Ah, céus, não! Vai ser delicioso, tenho certeza — disse Meg, de forma complacente.

— Agora proponho um brinde, como diz meu "amigo e parceiro, Sairy Gamp". Diversão para sempre, e nada de trabalho pesado! — exclamou Jo, levantando-se, copo em mãos, enquanto a limonada era passada.

Todas beberam alegremente e começaram a experiência, passando o tempo ociosamente pelo resto do dia. Na manhã seguinte, Meg não apareceu até as dez da manhã. Seu café da manhã solitário não teve um gosto bom e a sala parecia isolada e desarrumada, pois Jo não tinha enchido os vasos, Beth não tirara o pó e os livros de Amy estavam espalhados. Nada além do "cantinho da mamãe", que tinha o aspecto de sempre, estava organizado ou agradável. E foi lá que Meg se sentou para "descansar e ler", o que significava bocejar e pensar nos lindos vestidos de verão que ia comprar com seu salário. Jo passou a manhã no rio com Laurie e a tarde lendo e chorando por causa de *The Wide, Wide World*, no alto da macieira. Beth começou remexendo e tirando tudo do grande armário onde sua família morava, mas ficou cansada antes da metade da tarefa, deixou sua casa de pernas para o ar e foi praticar sua música, regozijando-se que não tinha pratos para lavar. Amy arrumou seu caramanchão, colocou seu melhor vestido branco, alisou os cachos e se sentou para desenhar debaixo da madressilva, esperando que alguém visse e perguntasse quem era a jovem artista. Como ninguém apareceu, além de um pernilongo curioso que examinou seu trabalho com interesse, ela decidiu caminhar, foi pega de surpresa por uma chuva breve e voltou para casa pingando.

Na hora do chá, elas trocaram impressões, e todas concordaram que tinha sido um dia maravilhoso, embora incomumente longo. Meg, que fora fazer compras à tarde e adquirira uma "musselina de lindo tom azul", tinha descoberto, depois de cortar a peça de tecido, que ela não podia ser lavada, e esse infortúnio a deixou levemente mal-humorada. Jo queimara a pele do nariz ao andar de barco e ficou com uma forte dor de cabeça por ler durante muito tempo. Beth estava preocupada com a confusão do seu armário e a dificuldade de aprender três ou quatro músicas ao mesmo tempo, e Amy se arrependia amargamente do dano causado ao seu vestido, já que a festa de Katy Brown era no dia seguinte e agora, como Flora McFlimsey, ela não tinha "nada para usar". Mas essas eram meras insignificâncias, e elas garantiram à mãe que a experiência estava funcionando muito bem. Ela sorriu, sem dizer nada e, com a ajuda de Hannah, fez o trabalho que as meninas tinham negligenciado, mantendo a casa agradável e o mecanismo doméstico funcionando tranquilamente. Era impressionante o estado peculiar e desconfortável produzido pelo processo de "descansar e se divertir". Os dias continuavam a ficar cada vez mais longos, o clima variava extraordinariamente, assim como os humores; uma sensação perturbadora se apossou de todas, e o diabo encontrou uma porção de travessuras para as mãos ociosas. Como apogeu do luxo, Meg separou uma parte da sua costura e, já que o tempo se arrastava tão pesadamente, começou a cortar e acabou estragando suas roupas nas tentativas de remodelá-las à la Moffat. Jo leu até seus olhos desistirem e ela ficar cansada dos livros, e tão impaciente que até mesmo o tranquilo Laurie teve uma discussão com ela; assim, ficou com tão pouca disposição que desejou desesperadamente ter ido com Tia March. Beth prosseguiu muito bem, pois com frequência se esquecia que era para ser *só brincadeira e descanso*, e caía nos velhos hábitos de vez em quando. Mas algo no ar a afetava, e mais de uma vez sua tranquilidade foi bastante perturbada, tanto que, em uma ocasião, ela de fato sacudiu a pobre Joanna e disse que ela era "horrorosa". Amy foi a que se saiu pior, pois seus recursos eram escassos e, quando as irmãs a deixaram para se divertir sozinha, ela logo percebeu que seu ego perfeito e importante não passava de um grande fardo. Ela não gostava de bonecas, contos de fadas eram infantis e não era possível desenhar o tempo todo. Reuniões para tomar chá não eram muito divertidas, nem piqueniques, a não ser que fossem muito bem planejados. "Se a pessoa tivesse um belo lar, cheio de meninas comportadas, ou pudesse viajar, o verão seria maravilhoso, mas ficar em casa com três irmãs egoístas e um menino crescido era o bastante para testar a paciência de qualquer um", queixou-se a Srta. Reclamona depois de vários dias dedicados ao prazer, à lamúria e ao tédio.

Ninguém admitia o cansaço da experiência, mas, na noite de sexta-feira, cada uma reconheceu para si mesma a felicidade pela semana estar quase acabando. Esperando que a lição ficasse gravada ainda mais profundamente, a sra. March, que tinha muito humor, decidiu terminar a provação de forma apropriada: deu folga a Hannah e deixou as meninas desfrutarem o efeito pleno do seu sistema de divertimento.

Quando acordaram na manhã de sábado, não havia lenha na cozinha nem café da manhã na copa, e a mãe não estava em nenhum lugar à vista.

— Deus tenha piedade de nós! *O que* aconteceu? — berrou Jo, olhando em volta com assombro.

Meg correu para o andar de cima e logo voltou, parecendo aliviada, mas bastante espantada, e um pouco envergonhada.

— A mamãe não está doente, apenas muito cansada, e diz que vai ficar quieta em seu quarto o dia todo e nos deixar fazer o melhor possível. É muito estranho ela fazer isso, não se parece nem um pouco com a mamãe. Mas diz que foi uma semana dura para ela, então não devemos reclamar, mas cuidar de nós mesmas.

— Isso é fácil, e gosto da ideia. Estou louca para arrumar algo para fazer. Quero dizer, alguma nova diversão, sabe — acrescentou Jo, rapidamente.

Na verdade, era um imenso alívio para todas ter um pouco de trabalho, e elas abraçaram as tarefas com vontade. Logo perceberam a verdade no que Hannah dizia *"Cuidá da casa num é brincadeira"*. Havia bastante comida na despensa e, enquanto Beth e Amy botavam a mesa, Meg e Jo preparavam o café da manhã perguntando-se, enquanto faziam isso, por que os criados sempre falavam em trabalho duro.

— Vou levar um pouco para a mamãe, apesar de ela ter dito que não precisávamos nos preocupar com ela, pois ia cuidar de si mesma — comentou Meg, que assumiu a liderança e se sentia muito matronal atrás do bule de chá.

Então uma bandeja foi arrumada antes que qualquer uma delas começasse a tomar café, e levada para o andar de cima com os cumprimentos da cozinheira. O chá estava muito amargo, a omelete, queimada, e os biscoitos, salpicados de bicarbonato de sódio, mas a sra. March recebeu agradecida sua refeição e riu animadamente depois que Jo saiu.

— Pobrezinhas, temo que encarem dificuldades, mas não vão sofrer, e vai lhes fazer bem — disse ela, pegando as iguarias mais saborosas que tinha providenciado para si mesma e jogando fora o café da manhã ruim, para que elas não ficassem magoadas; uma mentirinha de mãe pela qual ficariam gratas.

As reclamações no andar de baixo foram muitas, e a cozinheira--chefe ficou extremamente mortificada com seus fracassos.

— Não se preocupe, vou providenciar o almoço e serei a criada, e você, a patroa. Fique com as mãos bonitas, arrume companhia e dê ordens — consolou Jo, que tinha menos dotes culinários que Meg.

Essa amável oferta foi aceita com satisfação, e Margaret se retirou para a sala de visitas, que rapidamente colocou em ordem empurrando o lixo para baixo do sofá e fechando as cortinas para se poupar de tirar o pó. Jo, acreditando piamente em seus poderes e com uma vontade amigável de se desculpar pela briga, pôs imediatamente uma mensagem no correio, convidando Laurie para jantar.

— É melhor você conferir o que tem antes de pensar em receber visita — avisou Meg quando informada do ato hospitaleiro, porém precipitado.

— Ah, tem carne enlatada e muita batata, e vou providenciar um pouco de aspargos e uma lagosta "como aperitivo", como diz a Hannah. Teremos alface e faremos uma salada. Não sei como, mas o livro ensina. Vou fazer manjar com calda de morango de sobremesa e café também, se quiser ser elegante.

— Não tente fazer muitas comidas, Jo, pois você não sabe preparar nada para comer além de biscoitos de gengibre e balas de melaço. Lavo minhas mãos com esse almoço, e já que você convidou Laurie por conta própria, é bom cuidar dele.

— Não quero que você faça nada além de ser educada com ele e ajudar com o pudim. Vai me aconselhar se eu ficar muito confusa, não vai? — perguntou Jo, bastante magoada.

— Sim, mas não sei muito, a não ser quando se trata de pães e alguns poucos doces. É melhor você pedir permissão antes de encomendar qualquer coisa — respondeu Meg, de forma prudente.

— É claro, não sou boba. — E Jo saiu, mal-humorada, com as dúvidas expressadas a respeito das suas habilidades.

— Compre o que quiser, e não me incomode. Vou sair na hora do almoço e não posso me preocupar com as coisas em casa — informou a sra. March, quando Jo falou com ela. — Jamais gostei de serviços domésticos e vou tirar uma folga hoje, ler, escrever, fazer visitas e me divertir.

A demonstração incomum da sua ocupada mãe balançando confortavelmente na cadeira e lendo cedo pela manhã fez Jo sentir como se algum fenômeno anormal tivesse ocorrido, já que um eclipse, um terremoto ou uma erupção vulcânica dificilmente teriam parecido mais estranhos.

"De alguma forma, tudo está fora dos eixos", disse ela a si mesma, descendo as escadas. "Beth chorando é um sinal certeiro de que algo está errado nesta família. Se Amy a estiver incomodando, vou lhe dar uma chacoalhada."

Sentindo-se ela mesma fora dos eixos, Jo se apressou até a sala de visitas e encontrou Beth soluçando sobre Pio, o canário, que jazia morto na gaiola com suas garrinhas pateticamente estendidas, como se implorasse a comida pela qual tinha morrido.

— É tudo culpa minha, eu o esqueci, não há uma só semente ou uma gota de água. Ah, Pio! Ah, Pio! Como pude ser tão cruel com você? — gritou Beth, pegando o pobrezinho nas mãos e tentando ressuscitá-lo.

Jo espiou o olho meio aberto dele, sentiu seu pequenino coração e, vendo que estava duro e frio, balançou a cabeça e ofereceu sua caixa de dominós como caixão.

— Coloque-o no forno, talvez ele se aqueça e ressuscite — sugeriu Amy, esperançosa.

— Ele estava passando fome e não vai ser assado agora que está morto. Vou fazer uma mortalha para ele e enterrá-lo no jardim, e nunca mais vou ter outro pássaro, nunca mais, já que sou péssima para isso! Meu Pio! — murmurou Beth, sentando no chão com seu bichinho de estimação nas mãos.

— O funeral será esta tarde, e todas compareceremos. Vamos lá, não chore, Beth. É uma pena, mas nada deu certo esta semana, e Pio ficou com a pior parte das experiências. Faça a mortalha e o acomode na minha caixa. Depois do almoço, vamos fazer um lindo funeralzinho — comentou Jo, começando a sentir que assumira algo frustrante.

Deixando as outras para consolarem Beth, partiu para a cozinha, que estava em um estado de confusão muito desencorajador. Vestindo um grande avental, entregou-se ao trabalho e fez uma pilha com os pratos para lavar, quando descobriu que o fogão estava apagado.

— Que belo sinal do que está por vir! — resmungou Jo, abrindo a porta do fogão com estrondo e revolvendo as cinzas vigorosamente.

Depois de reacender o fogo, pensou em ir à venda enquanto a água esquentava. A caminhada a deixou novamente de bom humor e elogiando a si mesma por ter feito boas compras, ela marchou de volta para casa depois de adquirir uma lagosta bem jovem, alguns aspargos bem velhos e duas caixas de morangos ácidos. Quando pôs tudo em ordem, a hora do almoço já havia chegado e o fogão estava muito quente. Hannah deixara uma fôrma de pão para crescer, Meg a tinha sovado mais cedo, colocado-a na lareira apagada para crescer de novo e esquecido dela. Meg recebia a visita de Sallie Gardiner na sala quando uma porta se escancarou e uma figura farinhenta, abatida, corada e desgrenhada apareceu, exigindo acidamente:

— Escute, o pão já não cresceu o suficiente quando derrama da fôrma?

Sallie começou a rir, mas Meg assentiu e ergueu as sobrancelhas o mais alto que elas chegavam, o que fez a aparição desaparecer e colocar o pão fermentado no forno sem mais demora. A sra. March saiu, depois de dar uma espiada em volta para ver como iam as coisas, dizendo também uma palavra de conforto a Beth, que estava sentada preparando uma mortalha enquanto o querido finado jazia em uma caixa de dominó. Uma estranha sensação de desamparo se abateu sobre as meninas enquanto o chapéu-boneca cinza desaparecia virando a esquina, e o desespero se apossou delas quando, minutos depois, a srta. Crocker apareceu e disse que viria para o jantar. Essa senhora era uma solteirona magra e amarelada, de nariz pontudo e olhos curiosos que viam tudo e faziam mexericos. As meninas não gostavam dela, mas foram ensinadas a ser gentis com a srta. Crocker, apenas porque ela era velha, pobre e tinha poucos amigos. Então Meg a instalou na poltrona e tentou distraí-la, enquanto ela fazia perguntas, criticava tudo e contava histórias sobre as pessoas que conhecia.

Palavras não poderiam descrever as ansiedades, as experiências e o empenho de Jo naquela manhã, e o jantar que serviu se tornou uma piada que durou muito tempo. Temendo pedir conselhos a alguém, fez o melhor que pôde sozinha e descobriu que são necessários mais do que energia e boa vontade para cozinhar. Preparou os aspargos por uma hora e ficou arrasada quando percebeu que as pontas tinham ficado moles demais, e os talos, mais duros do que nunca. O pão ficou preto de queimado; o molho da salada a irritou tanto que ela desistiu dele, pois não conseguiu deixá-lo comível. A lagosta era um mistério escarlate para ela, mas Jo a martelou e cutucou até que ficasse sem casca e suas proporções escassas se escondessem em um bosque de folhas de alface. Batatas tiveram que ser apressadas, para não deixar os aspargos esperando, portanto não estavam macias. O manjar ficou grumoso e os morangos não estavam tão maduros quanto pareciam, pois haviam escondido habilmente alguns que não estavam bons na parte de baixo da caixa.

"Bem, eles podem comer carne e pão com manteiga se estiverem com fome, só é frustrante ter gastado a manhã toda para nada", pensou Jo enquanto tocava a sineta meia hora depois do habitual, e encalorada, cansada e desanimada, observava o banquete disposto diante de Laurie, acostumado a todo tipo de elegância, e da srta. Crocker, cuja língua fofoqueira espalharia aquilo para todo mundo.

A pobre Jo se escondeu embaixo da mesa enquanto uma coisa atrás da outra era experimentada e deixada de lado. Amy dava risada, Meg parecia perturbada, a srta. Crocker franzia os lábios e Laurie conversava e gargalhava com toda força para dar um tom alegre à cena festiva. O único ponto forte de Jo foram as frutas, pois ela havia acrescentado bastante açúcar e providenciara uma jarra de um creme substancioso para comer junto com elas. Suas bochechas afogueadas esfriaram um pouquinho, e ela respirou fundo enquanto os lindos pratos de vidro eram passados e todos olhavam com benevolência para as pequenas ilhas rosadas flutuando em um mar de creme. A srta. Crocker provou primeiro, fez uma careta e bebeu um pouco de água rapidamente. Jo recusou o prato, pensando que poderia não haver o suficiente, uma vez que eles encolheram tristemente depois de serem selecionados. Ela deu uma olhada para Laurie, mas ele estava comendo tudo, corajosamente, embora sua

• 153 •

boca se contraísse levemente e ele mantivesse os olhos fixos no prato. Amy, que gostava de comidas delicadas, deu uma grande colherada, engasgou, escondeu o rosto no guardanapo, e deixou a mesa de modo precipitado.

— Ah, o que foi? — exclamou Jo, tremendo.

— Sal em vez de açúcar, e o creme está azedo — respondeu Meg, com um gesto trágico.

Jo emitiu um grunhido e caiu para trás na cadeira, lembrando-se de ter dado uma última rápida salpicada nos morangos com algo de uma das duas caixas na mesa da cozinha, e não tinha colocado o leite na geladeira. Ficou vermelha e estava a ponto de chorar quando cruzou com o olhar de Laurie, que estava alegre, apesar dos seus esforços heroicos. De repente, ela percebeu o lado cômico da situação e gargalhou até as lágrimas escorrerem pelas bochechas. E assim fizeram todos, até mesmo a "resmungona", como as meninas chamavam a velha senhora, e o almoço infeliz terminou alegremente, com pão e manteiga, azeitonas e diversão.

— Minha cabeça não está boa o suficiente para arrumar tudo agora, então vamos nos acalmar com um funeral — declarou Jo enquanto se levantavam e a srta. Crocker se aprontava para ir embora, porque estava ansiosa para contar a nova história à mesa de jantar de outro amigo.

Eles realmente se acalmaram em respeito a Beth. Laurie cavou um túmulo debaixo das samambaias no bosque, o pequeno Pio foi posto lá dentro, com muitas lágrimas da meiga dona, e coberto com musgo, enquanto uma coroa de violetas e morrião-dos-passarinhos era pendurada na pedra que continha seu epitáfio, composto por Jo enquanto lutava para preparar o jantar:

Aqui jaz Pio March,
Que morreu no dia 7 de junho;
Amado e muito pranteado,
Não será esquecido tão cedo.

No fim das cerimônias, Beth se retirou para o quarto, dominada por emoção e pela lagosta, mas não havia lugar para repouso, pois as camas não estavam feitas, e viu sua dor ser muito abrandada pelo fato de bater os travesseiros e colocar as coisas em ordem. Meg ajudou Jo a limpar os restos do banquete, o que levou metade da tarde e as deixou tão cansadas que concordaram em se contentar com chá e torradas para o jantar. Laurie levou Amy para passear de carruagem, o que foi um ato de caridade, pois o creme azedo parecia ter tido um péssimo efeito em seu humor. A sra. March chegou em casa e encontrou as três meninas mais velhas trabalhando duro no meio da tarde, e uma rápida olhada no armário lhe deu uma ideia do sucesso de uma parte da experiência.

Antes que as donas de casa pudessem descansar, várias pessoas chegaram para visitas breves, e houve uma confusão enquanto se aprontavam para recebê-las. Depois o chá precisou ser providenciado, as incumbências, cumpridas, e uma ou duas costuras necessárias foram negligenciadas até o último minuto. Quando caiu a tarde, úmida e tranquila, uma a uma elas foram se reunindo na varanda, onde as rosas de junho floresciam belamente, e cada uma resmungou ou suspirou enquanto se sentava, como se estivessem cansadas ou perturbadas.

— Que dia horrível, este! — começou Jo, normalmente a primeira a falar.

— Pareceu mais curto do que de costume, mas *tão* desconfortável! — expressou Meg.

— Não se pareceu nem um pouco com a nossa casa — acrescentou Amy.

— Não pode se parecer sem a mamãezinha e o pequeno Pio — suspirou Beth, olhando com os olhos cheios de lágrimas para a gaiola vazia acima de sua cabeça.

— Aqui está a mamãe querida, e você pode comprar outro pássaro amanhã, se quiser.

Enquanto falava, a sra. March entrou e ocupou seu lugar entre elas, com uma expressão que indicava que sua folga não tinha sido muito mais agradável do que a delas.

— Estão satisfeitas com a experiência, meninas, ou querem outra semana dela? — perguntou a mãe, enquanto Beth se aninhava nela e as outras se viravam com rostos iluminados, como flores se viram para o sol.

— Eu não quero! — exclamou Jo, decididamente.

— Nem eu — ecoaram as outras.

— Então acham que é melhor ter algumas poucas tarefas e viver um pouco para os outros, certo?

— Ficar ociosa não vale a pena — observou Jo, balançando a cabeça. — Estou cansada disso e pretendo trabalhar em algo de imediato.

— Imagino que queira aprender a cozinhar. É uma habilidade bem útil que toda mulher deve ter — afirmou a sra. March, rindo baixinho à lembrança do almoço festivo de Jo, já que tinha encontrado a srta. Crocker e escutado o relato dela da ocasião.

— Mamãe, a senhora saiu e deixou tudo como estava só para ver como íamos ficar? — perguntou Meg, que tivera suspeitas o dia todo.

— Sim, queria que vocês vissem como o conforto de todas depende de cada uma fazer a sua parte respeitosamente. Enquanto eu e Hannah fizemos o trabalho para vocês, todas se saíram muito bem, embora não pensei que estivessem muito felizes ou amáveis. Então achei que, com uma pequena lição, eu lhes mostraria o que acontece quando todas só pensam em si mesmas. Não acham mais agradável ajudar umas às outras, ter tarefas diárias que deixam o lazer prazeroso quando chega a hora, e manter a casa confortável e bonita para todas nós?

— Achamos, mamãe, achamos! — gritaram as meninas.

— Então deixem-me aconselhá-las a assumir seus fardos novamente porque, apesar de às vezes eles parecerem pesados, são bons para nós e ficam mais leves à medida que aprendemos a carregá-los. O trabalho é benéfico e há o bastante para todos. Ele nos mantém afastadas do tédio e do mau comportamento, faz bem para a saúde e para a alma e nos dá uma sensação de poder e independência melhor do que o dinheiro ou a moda.

— Vamos trabalhar que nem formigas e amar o trabalho também, ora veja se não vamos — disse Jo. — Vou aprender a cozinhar como minha tarefa de férias e o próximo almoço festivo que eu der será um sucesso.

— Vou fazer um jogo de camisas para o papai, em vez de deixar que a senhora o faça, mamãezinha. Posso e vou, apesar de não gostar muito de costurar. Vai ser melhor do que ficar me preocupando com as minhas próprias coisas, que estão muito bem do jeito que estão — afirmou Meg.

— Vou fazer minhas lições todos os dias e não vou passar tanto tempo com a minha música e as minhas bonecas. Sou uma idiota, e deveria estar estudando, não brincando. — Era a resolução de Beth, enquanto Amy seguia o exemplo delas declarando, heroicamente:

— Vou aprender a fazer casas de botões e a prestar atenção ao que digo.

— Muito bem! Então estou muito satisfeita com a experiência e espero que não tenhamos de repeti-la, só não se atirem ao outro extremo trabalhando como escravas. Tenham horários definidos para trabalhar e brincar, façam de cada dia um dia útil e agradável, e provem que entendem a importância do tempo ao empregá-lo bem. Assim a juventude será um grande prazer, a velhice terá menos arrependimentos e a vida se tornará um lindo sucesso, apesar da pobreza.

— Vamos lembrar disso, mamãe!

E assim fizeram.

12

ACAMPAMENTO LAURENCE

Beth era a carteira, já que, por ficar quase o tempo todo em casa, ela podia ir até lá com frequência, e gostava muito da tarefa diária de destrancar a portinhola e distribuir a correspondência. Em um dia de julho, entrou com as mãos cheias e saiu pela casa deixando cartas e pacotes como um verdadeiro serviço de entrega.

— Aqui está o seu buquê, mamãe! Laurie nunca se esquece dele — disse ela, colocando o ramalhete fresco no vaso que ficava no "cantinho da mamãe" e era mantido sempre cheio pelo garoto afetuoso.

— Srta. Meg March, uma carta e uma luva — continuou Beth, entregando os artigos à irmã, que estava sentada perto da mãe, cerzindo punhos de camisa.

— Ora, deixei um par por lá, e aqui só tem uma — comentou Meg, olhando para a luva cinza de algodão. — Será que você não deixou a outra cair no jardim?

— Não, tenho certeza de que não deixei, pois só havia uma no correio.

— Detesto ficar com luvas descombinadas! Deixe para lá, a outra será encontrada. Minha carta é apenas uma tradução de uma música alemã que eu queria. Acho que foi o sr. Brooke quem a fez, pois essa não é a letra de Laurie.

A sra. March deu uma olhada em Meg, que estava muito bonita com seu vestido de algodão listrado, com os cachinhos se espalhando pela testa, e muito feminina enquanto costurava sentada em sua mesinha de trabalho, cheia de carretéis brancos arrumados, tão sem consciência do pensamento na cabeça da mãe enquanto cerzia e cantava, enquanto seus dedos voavam e os pensamentos estavam ocupados com assuntos de menina, tão inocentes e frescos como os amores-perfeitos em seu cinto que a sra. March sorriu e ficou satisfeita.

— Duas cartas para a doutora Jo, um livro e um chapéu velho e engraçado que ocupou a agência do correio inteira e ficou com um pedaço para fora — contou Beth, gargalhando enquanto ia para o escritório, onde Jo estava sentada escrevendo.

— Que camarada astuto, esse Laurie! Eu disse que queria que os chapéus maiores estivessem na moda porque queimo meu rosto nos dias quentes. Ele falou: "Por que se importar com a moda? Use um chapéu grande e fique confortável!" Eu respondi que usaria se tivesse um, e ele me mandou este aqui, para me testar. Vou usá-lo só pelo divertimento e mostrar para ele que *não* ligo para moda. — E, pendurando o antiquado chapéu de abas largas em um busto de Platão, Jo leu as cartas.

Uma de sua mãe fez suas bochechas corarem e seus olhos se encherem de lágrimas, pois dizia:

Minha querida,

Escrevo estas poucas palavras para lhe dizer o quanto estou satisfeita em assistir aos seus esforços para controlar seu temperamento. Você não comenta nada a respeito dos seus sofrimentos, fracassos ou êxitos

• 159 •

e, talvez, ache que ninguém os veja além do Amigo a quem pede ajuda diariamente, se eu puder confiar na capa gasta de seu guia. Eu também vi todos e acredito de coração na sinceridade da sua resolução, já que ela começa a dar frutos. Siga em frente, querida, de forma paciente e corajosa, e acredite sempre que ninguém compreende melhor e com mais carinho os seus sentimentos do que sua amorosa

Mãe

— Como isso me faz bem! Vale milhões em dinheiro e uma porção de elogios. Ah, mamãezinha, eu realmente tento! Vou continuar tentando e não me cansarei, já que tenho a senhora para me ajudar.

Repousando a cabeça nos braços, Jo molhou seu pequeno romance com algumas lágrimas de felicidade porque tinha *mesmo* pensado que ninguém enxergava e dava valor aos seus esforços para ser boa. Essa declaração era duplamente preciosa e encorajadora, pois foi inesperada e vinha da pessoa cuja aprovação ela mais valorizava. Sentindo-se mais forte do que nunca para encarar e dominar seu Apolião, guardou a mensagem por dentro da saia, como um escudo e um lembrete, caso fosse pega desprevenida, e começou a abrir a outra carta, pronta tanto para boas quanto para más notícias. Com letra grande e vistosa, Laurie escrevia:

Querida Jo,
Como vai?

Algumas garotas e garotos ingleses estão vindo me visitar amanhã e quero me divertir muito. Se o tempo estiver bom, vou armar a barraca em Longmeadow e levar a turma toda de barco para almoçar e jogar croqué, fazer uma fogueira, preparar comida à moda dos ciganos, e todo tipo de diversão. Eles são boa gente e gostam de coisas assim. Brooke vai para nos manter em segurança, e Kate Vaughn vai ensinar boas maneiras às garotas. Quero que todas vocês venham também, não podemos deixar Beth de fora de maneira alguma, e ninguém deve aborrecê-la. Não se preocupem com a comida, vou providenciar isso e tudo mais, apenas venham! Isso é que é um bom amigo, hein?!

Numa pressa danada,

Seu amigo para sempre, Laurie.

— Que maravilha! — exclamou Jo, voando para contar a notícia a Meg.

— Podemos ir, mamãe? Será uma grande ajuda para Laurie, já que sei remar, e Meg pode cuidar do almoço, e as crianças podem ser úteis de alguma forma.

— Espero que na família Vaughn as pessoas não sejam criadas com luxos. Você sabe algo sobre eles, Jo? — perguntou Meg.

— Apenas que são quatro. Kate é mais velha que você, Fred e Frank são gêmeos e têm mais ou menos a minha idade, e uma menininha, Grace, que tem nove ou dez anos. Laurie os conheceu no exterior e gostou dos garotos. Entendi, pela maneira como ele repuxou a boca ao falar dela, que não gosta muito de Kate.

— Estou tão feliz que meu vestido com estampa francesa esteja limpo, é exatamente o que preciso e é tão bonito! — observou Meg, satisfeita. — Você tem algo decente, Jo?

— Um traje de remo escarlate e cinza está ótimo para mim. Vou remar e caminhar, então não quero ter de pensar em nenhuma formalidade. Você irá, Beth?

— Se não deixarem nenhum menino falar comigo.

— Nenhum menino!

— Quero agradar ao Laurie, e não tenho medo do sr. Brooke, ele é muito gentil. Mas não quero brincar, cantar ou falar nada. Vou trabalhar duro e não incomodarei ninguém, e você vai tomar conta de mim, Jo, então irei.

— Essa é a minha garota. Você realmente tenta lutar contra a sua timidez e eu a amo por isso. Lutar contra defeitos não é fácil, como bem sei, e uma palavra animadora nos levanta a moral. Obrigada, mamãe. — E Jo deu um beijo agradecido na bochecha magrinha, mais valioso para a sra. March do que se lhe tivessem devolvido a corpulência rosada da juventude.

— Ganhei uma caixa de gotas de chocolate e a foto que queria copiar — contou Amy, mostrando sua correspondência.

— E eu recebi uma mensagem do sr. Laurence me pedindo para ir até lá tocar piano para ele esta noite, antes das luzes se acenderem, e vou — acrescentou Beth, cuja amizade com o velho cavalheiro prosperava belamente.

— Vamos nos apressar e fazer nossas tarefas em dobro hoje para podermos nos divertir amanhã com a cabeça livre — sugeriu Jo, preparando-se para substituir a caneta por uma vassoura.

Quando o sol apareceu no quarto das meninas bem cedo na manhã seguinte, prometendo um belo dia, ele teve uma visão cômica. Cada uma delas tinha feito os preparativos que pareceram necessários e adequados para a festa. Meg estava com uma fileira extra de pequenos papéis enrolando os cachos pela testa, Jo besuntara o rosto aflito abundantemente com creme gelado, Beth levara Joanna para a cama com ela para se remediar pela separação que se aproximava, e Amy chegara ao ápice ao colocar um prendedor de roupa no nariz para arrebitar o traço de que não gostava. Era do tipo que os artistas usam para segurar o papel em suas pranchetas de desenho, portanto bem apropriado e eficaz ao propósito para o qual estava sendo usado naquele momento. Esse espetáculo engraçado pareceu divertir o sol, já que ele explodiu com tal brilho que Jo acordou e despertou as irmãs com uma gargalhada vigorosa ao ver o adorno de Amy.

Luz do sol e risadas eram um bom prenúncio para uma festa agradável, e logo um intenso alvoroço começou em ambas as casas. Beth, que ficou pronta primeiro, continuava reportando o que acontecia na casa em frente, e animou a arrumação das irmãs com telegramas frequentes da janela.

— Lá vai o homem com a barraca! Estou vendo a sra. Barker arrumando o almoço num balaio e num cesto grande. Agora o sr. Laurence está olhando para o céu e para o cata-vento. Gostaria que ele também fosse. Lá está Laurie, parecendo um marinheiro, belo garoto! Ah, meu Deus! Lá vem uma carruagem cheia de gente, uma moça alta, uma menininha e dois garotos horríveis. Um deles é coxo, coitadinho, está com uma muleta. Laurie não nos contou isso. Andem logo, meninas! Está ficando tarde. Ora, anuncio que lá está Ned Moffat. Meg, não é o homem que fez uma reverência para você num dia em que estávamos fazendo compras?

— Exatamente. Que estranho ele também vir. Achei que estava nas montanhas. Lá está Sallie. Fico feliz que ela tenha voltado a tempo. Estou bem, Jo? — gritou Meg, com nervosismo.

— Um verdadeiro primor. Segure seu vestido e endireite o chapéu, ele fica piegas inclinado desse jeito e vai sair voando ao primeiro ventinho. Agora vamos lá!

— Ah, Jo, você não vai usar esse chapéu horroroso, vai? Que absurdo! Não fique querendo parecer um rapaz — repreendeu Meg, enquanto Jo amarrava com uma fita vermelha o chapéu de palha antiquado de abas largas que Laurie mandara de brincadeira.

— Ah, mas vou sim, porque ele é ótimo, faz muita sombra, é leve e grande. Vai ser divertido e não me incomodo de parecer um rapaz se estiver confortável. — Com isso, Jo seguiu em frente e as outras foram atrás, um pequeno bando de irmãs reluzente, todas em sua melhor aparência com trajes de verão e rostos felizes sob as abas dos chapéus vistosos.

Laurie correu para encontrá-las e apresentá-las aos amigos da forma mais educada possível. O gramado foi a sala de recepção e, por vários minutos, uma cena animada foi representada ali. Meg ficou agradecida de ver que a srta. Kate, embora com vinte anos, estava vestida com a simplicidade que as garotas americanas fariam bem de imitar, e ficou lisonjeada pelas afirmações do sr. Ned de que tinha vindo especialmente para vê-la. Jo entendeu por que Laurie "repuxou a boca" quando falou de Kate, pois a jovem tinha um ar não-me-toque que contrastava fortemente com o comportamento livre e relaxado das outras meninas. Beth observou os novos garotos e decidiu que o coxo não era "horroroso", e sim gentil e frágil, e que ia ser bondosa com ele por causa disso. Amy achou Grace uma pessoinha bem-comportada, alegre e, depois de ficarem olhando em silêncio uma para a outra por alguns minutos, de repente viraram muito boas amigas.

Barracas, almoço e equipamentos de croqué tendo sido enviados antes, logo a festa estava embarcada, e os dois barcos partiram juntos, deixando o sr. Laurence acenando com o chapéu na margem. Laurie e Jo remaram em um barco, o sr. Brooke e Ned no outro, enquanto Fred Vaughn, o gêmeo desordeiro, fez o melhor que pôde para aborrecer a ambos remando de qualquer jeito em uma balsa, como um besouro-d'água desvairado. O chapéu engraçado de Jo merecia um voto de agradecimento, pois foi de utilidade geral. Ele quebrou o gelo inicial gerando uma gargalhada, criou uma bela brisa refrescante se agitando enquanto ela remava e "daria um excelente guarda-chuva para a festa inteira se caísse uma tempestade", disse ela. Kate ficou muito impressionada com a conduta de Jo, especialmente quando ela gritou "Minha nossa!" ao perder seu remo, e Laurie perguntou se a havia machucado ao tropeçar em seu pé quando tomou o lugar dela. Após colocar seus óculos para examinar a rara menina várias vezes, a srta. Kate decidiu que ela era "estranha, mas muito inteligente", e sorriu para Jo de longe.

Meg, no outro barco, estava maravilhosamente posicionada, cara a cara com os remadores, que gostaram ambos da vista e empunharam seus remos com "habilidade e destreza" incomuns. O sr. Brooke era um jovem sério e calado, com lindos olhos castanhos e uma voz agradável. Meg gostava dos modos tranquilos dele e o considerava uma enciclopédia ambulante de útil conhecimento. Ele nunca falava muito com ela, mas a olhava bastante, e Meg tinha certeza de que ele não a via com aversão. Já estando na universidade, Ned, é claro, assumia todos os ares considerados pelos calouros sua obrigação sagrada. Ele não era muito inteligente, mas era afável, feliz e, em geral, uma excelente companhia para um piquenique. Sallie Gardiner estava absorta em manter seu vestido branco de piquê limpo e em conversar com o onipresente Fred, que deixava Beth em constante temor pelas peças que poderia pregar.

Longmeadow não ficava longe, mas a barraca já estava pronta, e os arcos para o jogo, fincados no chão quando eles chegaram. Um campo verde agradável, com três carvalhos se espalhando no meio e uma faixa plana de gramado para o croqué.

— Bem-vindos ao Acampamento Laurence! — disse o jovem anfitrião quando desembarcaram com exclamações de encanto. — Brooke é o comandante-general, eu sou o comissário-chefe, os outros companheiros são oficiais da equipe e vocês, senhoras, são a tripulação. A barraca é para o seu proveito e aquele carvalho é sua sala de visitas, este é o refeitório e o terceiro é a cozinha do acampamento. Agora, vamos jogar uma partida antes que fique quente, e depois pensamos no almoço.

Frank, Beth, Amy e Grace se sentaram para assistir ao jogo disputado pelos outros oito. O sr. Brooke escolheu Meg, Kate e Fred. Laurie ficou com Sallie, Jo e Ned. Os ingleses jogaram bem, mas os americanos jogaram melhor, e disputaram cada centímetro do campo tão fortemente quanto se o espírito da declaração da independência de 1776 os tivesse inspirado. Jo e Fred tiveram várias escaramuças e uma vez quase deixaram escapar palavras raivosas. Jo estava no fim do último arco e tinha errado o golpe, e o fracasso a aborreceu muito. Fred estava logo atrás e a vez dele vinha antes da dela. Ele lançou um golpe, a bola dele acertou o arco e parou a pouco mais de dois centímetros do lado errado. Ninguém estava muito perto e, correndo para verificar, ele deu um leve empurrão na bola com o dedão do pé, o que a colocou bem a pouco mais de dois centímetros do lado certo.

— Terminei! Agora, srta. Jo, vou acabar com você e acertar o arco primeiro — gritou o jovem cavalheiro, girando o bastão para outro golpe.

— Você a empurrou. Eu vi. Agora é minha vez — respondeu Jo, asperamente.

— Dou a minha palavra de que não mexi na bola. Talvez ela tenha rolado um pouco, mas isso é permitido. Por isso, afaste-se, por favor, e deixe-me jogar.

— Não trapaceamos nos Estados Unidos, mas você pode fazê-lo, se assim escolher — afirmou Jo, com raiva.

— Os ianques são os mais ardilosos, todos sabem. Lá vai ela! — devolveu Fred, jogando a bola dela para bem longe.

Jo abriu a boca para dizer algo rude, mas se conteve a tempo, seu rosto corou e , por um minuto, ela fincou um arco no chão com toda a força, enquanto Fred acertava a estaca e se declarava fora do jogo com muita satisfação. Ela saiu para recuperar sua bola e levou um longo tempo para encontrá-la entre os arbustos, mas voltou, parecendo tranquila, e esperou pacientemente a sua vez. Foram necessárias várias jogadas para recuperar o lugar que ela tinha perdido e, quando chegou lá, o outro lado havia quase ganhado, pois a bola de Kate era a penúltima e estava perto do arco.

— Veja só, o jogo é nosso! Adeus, Kate. A srta. Jo me deve uma, então vocês estão acabados — gritou Fred animadamente, enquanto todos se aproximavam para assistir ao final.

— Os ianques têm um truque que é ser generoso com seus inimigos — comentou Jo, com um olhar que fez o rapaz corar —, especialmente quando os derrotam — acrescentou ela quando, sem tocar na bola de Kate, ganhou o jogo com um golpe inteligente.

Laurie jogou o chapéu para cima, depois se lembrou que não seria de bom-tom comemorar sobre a derrota dos convidados, e parou no meio da comemoração para sussurrar à amiga:

— Muito bem, Jo! Ele trapaceou mesmo, eu vi. Não podemos dizer isso a ele, mas ele não vai mais fazer isso, dou minha palavra.

Meg a puxou de lado, sob pretexto de prender uma trança frouxa e disse, de forma aprovadora:

— Foi terrivelmente provocador, mas você manteve a cabeça no lugar, e estou muito feliz por isso, Jo.

— Não me elogie, Meg, pois eu podia dar uns tapas nas orelhas dele agora mesmo. Certamente teria transbordado se não tivesse ficado sob as urtigas até controlar minha raiva o suficiente para segurar a língua. Ela está a ponto de estourar, então espero que ele fique fora do meu caminho — respondeu Jo, mordendo os lábios enquanto olhava para Fred por debaixo do grande chapéu.

— Hora do almoço — anunciou o sr. Brooke, olhando para o relógio. — Comissário-chefe, pode acender a fogueira e conseguir água enquanto a srta. March, a srta. Sallie e eu botamos a mesa? Quem sabe preparar um bom café?

— Jo sabe fazer isso — informou Meg, feliz por recomendar sua irmã. Então Jo, sentindo que suas últimas aulas de culinária iam honrá-la, foi cuidar da cafeteira, enquanto as crianças recolhiam galhos secos e os garotos faziam uma fogueira e pegavam água de uma nascente ali perto. A srta. Kate desenhava, e Frank conversava com Beth, que fazia pequenas esteiras de junco entrelaçado para servirem como pratos.

O comandante-general e os ajudantes logo encheram a toalha de um sortimento convidativo de itens para comer e beber, lindamente decorados com folhas verdes. Jo anunciou que o café estava pronto e todos se acomodaram para uma refeição substanciosa, pois a juventude raramente sofre de indigestão e o exercício aumenta apetites saudáveis. Foi um almoço muito alegre, pois tudo parecia fresco e divertido, e frequentes gargalhadas estrepitosas assustavam um imponente cavalo que se alimentava ali perto. Havia uma inclinação agradável na mesa, que produziu muitos percalços a copos e pratos, com bolotas derrubadas no leite, formiguinhas pretas compartilhando das bebidas sem serem convidadas, e lagartas peludas descendo das árvores para ver o que estava acontecendo. Três crianças de cabeças brancas espiaram por cima da cerca e um cachorro detestável latiu para eles do outro lado do rio com toda vontade e força.

— Aqui há sal — disse Laurie, enquanto passava para Jo um pires com frutas vermelhas.

— Obrigada, prefiro aranhas — respondeu ela, pescando duas delas desprevenidas que tinham caído em uma morte cremosa. — Como ousa me lembrar daquele almoço horrível, quando o seu está tão bom, em todos os aspectos? — acrescentou Jo, enquanto ambos riam e comiam de um só prato, pois a louça não fora suficiente.

— Eu me diverti de um jeito especial naquele dia e ainda não o superei. Isso não serve de crédito para mim, sabe, não fiz nada. São você, Meg e Brooke os responsáveis e me sinto muito agradecido a vocês. O que vamos fazer quando não conseguirmos mais comer? — indagou Laurie, sentindo que seu trunfo já havia sido jogado quando o almoço terminou.

— Brincar até ficar mais fresco. Eu trouxe o jogo *Autores*, e ouso dizer que a srta. Kate conhece outro novo e interessante. Vá perguntar a ela. Ela é convidada e você deve acompanhá-la.

— Você também não é convidada? Achei que ela ia se entender com o Brooke, mas ele fica falando com Meg, e Kate só fica olhando para eles por aqueles óculos ridículos dela. Eu vou, então não precisa ficar pregando bons modos porque não pode fazer isso, Jo.

A srta. Kate de fato conhecia vários jogos novos, e como as meninas não queriam e os garotos não aguentavam mais comer, todos se reuniram na sala de visitas para jogar *Complete a história*.

— Uma pessoa começa uma história, qualquer uma que quiser, e conta até onde lhe agradar, só tomando cuidado para parar de repente numa parte empolgante, em seguida o próximo assume e faz o mesmo. É muito divertido quando bem-feito e permite uma mistura de elementos tragicômicos para darmos risada. Por favor, comece, sr. Brooke — pediu Kate, com ar de comando, o que surpreendeu Meg, que tratava o professor com tanto respeito quanto qualquer outro cavalheiro.

Estirado na grama aos pés das duas jovens, o sr. Brooke começou obedientemente a história, com os belos olhos castanhos fixos firmemente no rio iluminado pelo sol.

— Era uma vez um cavaleiro que saiu mundo afora para procurar por sua fortuna, já que não tinha nada além da espada e do escudo. Ele viajou por muito tempo, quase 28 anos, e passou por muitos percalços, até que chegou ao palácio de um bom e velho rei, que oferecera uma recompensa a quem quer que conseguisse domesticar e treinar um belo, mas bravo, potro, do qual ele gostava muito. O cavaleiro concordou em tentar e avançou de maneira lenta, mas convicta, pois o potro era uma criatura imponente e, embora fosse caprichoso e selvagem, logo aprendeu a amar seu novo Senhor. Todos os dias, quando dava suas lições ao animal de estimação do rei, o cavaleiro cavalgava pela cidade e, enquanto o fazia, ele procurava em toda parte certo rosto bonito, que tinha visto muitas vezes em seus sonhos, mas nunca encontrou. Um dia, enquanto cavalgava belamente por uma rua tranquila, viu o adorável rosto na janela de um castelo em ruínas. Ficou encantado, perguntou quem vivia naquele velho castelo e lhe contaram que várias princesas eram mantidas reféns por um feitiço e fiavam o dia inteiro para juntar dinheiro a fim de comprar sua liberdade. O cavaleiro desejou ardentemente que pudesse libertá-las, mas era pobre e só podia passar por lá dia após dia, esperando ver o doce rosto e tendo esperanças de que pudesse vê-lo do lado de fora, à luz do sol. Por fim ele resolveu entrar no castelo e perguntar como poderia ajudá-las. Foi até lá e bateu. A grande porta se escancarou e ele olhou para...

— Uma dama estonteantemente bonita, que exclamou, com um grito de arrebatamento: "Até que enfim! Até que enfim!" — continuou Kate, que lera romances franceses e admirava o

• 169 •

estilo. — "É ela!", exclamou o conde Gustave, e caiu aos pés dela num êxtase de alegria. "Ah, erga-se!", disse ela, estendendo uma mão alva como mármore. "Nunca! Até que me diga como posso resgatá-la", jurou o cavaleiro, ainda de joelhos. "Meu Deus, meu destino cruel me condena a permanecer aqui até que meu tirano seja destruído." "Onde está o vilão?" "No salão cor de malva. Vá, coração valente, e salve-me do desespero." "Obedeço, e retornarei vitorioso ou morto!" Com essas palavras emocionantes, ele saiu apressado, e escancarando a porta do salão cor de malva, estava prestes a entrar quando recebeu...

— Um golpe atordoante do grande dicionário de grego, que um velho sujeito de toga preta atirou nele — disse Ned. — Instantaneamente, Sir Fulano de Tal se recuperou, atirou o tirano pela janela e se virou para juntar-se à dama, vitorioso, mas com um galo na testa; encontrou a porta trancada, rasgou as cortinas, fez uma escada de corda, chegou à metade quando a corda cedeu e caiu de cabeça no fosso, quase vinte metros abaixo. Conseguiu nadar como um pato, deu a volta no castelo até chegar a uma portinha guardada por dois sujeitos corpulentos, bateu a cabeça de um no outro até se quebrarem como um par de nozes; então, com um pequeno esforço de sua prodigiosa força, ele esmagou a porta, subiu alguns degraus de pedra cobertos com um palmo de poeira, sapos tão grandes quanto seus punhos e aranhas que a assustariam até deixá-la histérica, srta. March. No topo dos degraus, ele sofreu um baque ao ver algo que tirou seu fôlego e congelou seu sangue...

— Uma figura alta, toda de branco, com um véu cobrindo-lhe o rosto e um lampião na mão debilitada — prosseguiu Meg. — Ela chamou com um gesto, deslizando diante dele, sem fazer barulho, por um corredor tão escuro e frio quanto qualquer tumba. Havia efígies sombrias de armadura em cada lado, um silêncio mortal reinava, o lampião tinha uma luz azul e a figura fantasmagórica sempre virava o rosto para ele, revelando o brilho de olhos terríveis

• 170 •

através do véu branco. Chegaram a uma porta acortinada, atrás da qual havia uma linda música. Ele saltou para entrar, mas o espectro o puxou para trás e acenou diante dele, de forma ameaçadora, uma...

— Caixinha de rapé — disse Jo, em um tom sepulcral que agitou a plateia. — "Obrigado", disse o cavaleiro educadamente quando pegou uma pitada e espirrou sete vezes de forma tão violenta que sua cabeça caiu. "Rá! Rá!", gargalhou o fantasma e, depois de espiar pelo buraco da fechadura para as princesas que fiavam sem parar, o espírito mau recolheu sua vítima e o colocou numa grande lata onde havia outros onze cavaleiros abarrotados como sardinhas, sem suas cabeças, e todos se levantaram e começaram a...

— Dançar uma música animada — interrompeu Fred quando Jo fez uma pausa para tomar fôlego — e, enquanto dançavam, o velho castelo em ruínas se transformou num navio de guerra a todo vapor. "Icem a bujarrona, encurtem os rizes das velas, virem o leme forte a sotavento e homens às armas!", rugiu o capitão quando um navio pirata português surgiu à vista, com uma bandeira preta como tinta pendendo em seu mastro de proa. "Ataquem e vençam, marujos!", bradou o capitão e se iniciou uma tremenda luta. É claro que os britânicos ganharam, eles sempre ganham. E, depois de aprisionarem o capitão pirata, manobraram o navio até a escuna, cujo convés estava com pilhas altas de mortos e cujos embornais a sotavento escorriam sangue, já que a ordem havia sido "Alfanjes e bravura!". "Companheiro contramestre, vire uma escota da giba e assuste esse vilão se ele não confessar seus pecados logo", disse o capitão britânico. O português manteve o silêncio e andou na prancha, enquanto os marinheiros animados comemoravam como loucos. Mas o cão ardiloso mergulhou, voltou à tona embaixo do navio de guerra, fez furos no casco da embarcação e ela afundou, com todas as velas soprando "Para o fundo do mar, mar, mar, onde..."

— Ah, Deus! O *que* posso dizer? — exclamou Sallie quando Fred acabou sua parte da história, na qual tinha misturado termos náuticos confusos e fatos de um dos seus livros favoritos. — Bem, eles afundaram e uma bela sereia lhes deu as boas-vindas, mas ficou muito angustiada ao encontrar a lata de cavaleiros sem cabeça e, com delicadeza, colocou-os na salmoura, esperando descobrir o mistério que os envolvia, já que, sendo mulher, era curiosa. Mais tarde, um mergulhador desceu até lá e a sereia disse: "Eu lhe darei uma caixa de pérolas se puder levar isso até a superfície", pois queria devolver a vida aos coitadinhos e não conseguia erguer a carga pesada sozinha. Então o mergulhador a içou e ficou muito desapontado ao abri-la e não encontrar nenhuma pérola. Ele abandonou a lata num grande campo solitário, onde foi encontrada por...

— Uma pequena criadora de gansos, que cuidava de cem gansos gordos no campo — continuou Amy quando a faculdade inventiva de Sallie acabou. — A menininha ficou com pena deles e perguntou a uma velha senhora o que deveria fazer para ajudá-los. "Seus gansos vão lhe dizer, eles sabem tudo", sugeriu a senhora. Então ela perguntou o que deveria usar como novas cabeças, já que as antigas tinham se perdido, e todos os gansos abriram suas cem bocas e gritaram...

— Repolhos! — continuou Laurie prontamente. — "Exatamente", respondeu a menina, e correu para colher doze belos repolhos do jardim. Ela os encaixou, os cavaleiros ressuscitaram de imediato, agradeceram a ela, e seguiram seus caminhos exultando, jamais percebendo a diferença, pois havia tantas outras cabeças como as deles no mundo que ninguém achou estranho. O cavaleiro em quem estou interessado voltou para encontrar o rosto bonito e soube que as princesas tinham fiado até serem libertadas e todas, exceto uma, tinham partido e se casado. Ele ficou muito abalado com aquilo e, montando o potro, que ficara ao seu lado nos bons e nos maus momentos, correu até o castelo para ver qual princesa tinha restado. Espiando por cima da cerca viva, ele viu a dona do seu coração colhendo flores no jardim. "A senhorita me daria uma rosa?", perguntou ele. "O senhor tem de vir até aqui pegar. Não posso ir até o senhor, não é apropriado", respondeu ela, tão doce quanto mel. Ele tentou subir na cerca viva, mas ela parecia ficar cada vez mais alta. Então tentou passar por ela, mas a sebe ficou cada vez mais espessa, e ele ficou desesperado. Por isso o cavaleiro quebrou um galhinho após o outro pacientemente até fazer um pequeno buraco através do qual espiava e dizia, implorando: "Deixe-me entrar! Deixe-me entrar!" Mas a linda princesa não parecia escutar, pois colhia suas rosas silenciosamente, e o deixou sozinho em sua luta para entrar. Se ele conseguiu ou não, Frank vai lhes contar.

— Não posso. Não estou brincando, nunca brinco — disse Frank, consternado com a situação difícil e sensível da qual teria de salvar o casal absurdo. Beth desaparecera atrás de Jo, e Grace tinha adormecido.

— Então o pobre cavaleiro vai ser deixado cutucando a cerca viva? — indagou o sr. Brooke, ainda contemplando o rio e brincando com a rosa silvestre em seu pequeno buquê na botoeira da lapela.

— Acho que a princesa deu um ramalhete a ele e abriu o portão depois de um tempo — sugeriu Laurie, sorrindo para si mesmo, enquanto jogava bolotas no professor.

— Que bela maluquice nós criamos! Com prática, podemos fazer algo bem interessante. Vocês conhecem a *Verdade*?

— Espero que sim — comentou Meg, com sobriedade.

— Quero dizer, o jogo.

— Como é? — quis saber Fred.

— Ora, colocamos as mãos uma em cima das outras, escolhemos um número, e vamos tirando um de cada vez. A pessoa que ficar com o número tem de responder com sinceridade a qualquer pergunta feita pelos demais. É muito divertido.

— Vamos tentar — sugeriu Jo, que gostava de novas experiências.

A srta. Kate, o sr. Brooke, Meg e Ned recusaram, mas Fred, Sallie, Jo e Laurie empilharam as mãos e foram tirando, e o número caiu para Laurie.

— Quem são seus heróis? — perguntou Jo.

— Meu avô e Napoleão.

— Que moça aqui presente é a mais bonita? — quis saber Sallie.

— Margaret.

— De qual você mais gosta? — foi a vez de Fred.

— Da Jo, é claro.

— Que pergunta boba! — E Jo deu de ombros, de forma desdenhosa, enquanto o restante ria do tom trivial de Laurie.

— Vamos tentar de novo. Até que *Verdade* não é um jogo ruim — comentou Fred.

— É um jogo muito bom para você — retrucou Jo em voz baixa. Em seguida, foi a vez dela.

— Qual é seu maior defeito? — indagou Fred, como forma de testar a virtude que ele mesmo não tinha.

— Ter pavio curto.

— O que você mais deseja? — perguntou Laurie.

— Um par de cadarços de bota — respondeu Jo, chutando e anulando seu propósito.

— Não é uma resposta verdadeira. Você tem que dizer o que realmente mais quer.

— Ter um bom gênio. Você não gostaria de poder me dar isso, Laurie? — E ela sorriu às escondidas com o rosto decepcionado dele.

— Que virtudes você mais admira em um homem? — quis saber Sallie.

— A coragem e a honestidade.

— Agora é minha vez — declarou Fred quando sua mão ficou por último.

— Vamos para cima dele — sussurrou Laurie para Jo, que concordou com a cabeça e perguntou, de imediato:

— Você trapaceou no croqué, não?

— Bem, sim, um pouquinho.

— Ótimo! Você tirou sua história de *O leão-marinho*, não foi? — disse Laurie.

— Um pouco.

— Você não acha que a nação inglesa é perfeita em todos os aspectos? — perguntou Sallie.

— Eu teria vergonha de mim mesmo se não achasse.

— É um típico inglês. Agora, srta. Sallie, você pode ter uma chance sem ter que esperar para sair o seu número. Vou perturbar seus sentimentos primeiro perguntando se não se considera uma namoradeira? — comentou Laurie, enquanto Jo assentia para Fred como sinal de que a paz estava declarada.

— Seu rapaz impertinente! É claro que não — exclamou Sallie, com um ar que provava o contrário.

— O que você mais detesta? — indagou Fred.

— Aranhas e pudim de arroz.

— Do que você mais gosta? — perguntou Jo.

— De dançar e de luvas francesas.

— Bem, acho que a *Verdade* é um jogo muito bobo. Vamos fazer um jogo sensato de *Autores* para desanuviar a cabeça — propôs Jo.

Ned, Frank e as meninas menores participaram deste e, enquanto ele acontecia, os três mais velhos se sentaram separados, conversando. A srta. Kate sacou de novo o seu desenho, e Margaret a observava, enquanto o sr. Brooke se deitou na grama com um livro que não lia.

— Que maravilha, como você desenha! Quisera eu também conseguir — declarou Meg, com admiração misturada à tristeza na voz.

— Por que não aprende? Penso que você tem gosto e talento para isso — respondeu a srta. Kate de forma graciosa.

— Não tenho tempo.

— Imagino que sua mãe prefira outras habilidades. A minha também preferia, mas provei a ela que tinha talento fazendo algumas aulas em segredo, e depois ela mesma deu muito apoio para que eu fosse adiante. Será que você não consegue fazer o mesmo com a sua professora governanta?

— Não tenho professora governanta.

— Esqueci que as moças nos Estados Unidos vão mais à escola do que nós. Escolas muito boas, aliás, segundo o meu pai. Imagino que você frequente uma particular?

— Não frequento nenhuma. Eu mesma sou uma professora governanta.

— Ah, é mesmo! — manifestou a srta. Kate, mas ela poderia muito bem ter dito "Meu Deus, que horror!", pois estava implícito em seu tom, e algo em seu rosto fez Meg corar e desejar não ter sido tão franca.

O sr. Brooke olhou para cima e falou, rapidamente:

— As moças nos Estados Unidos adoram independência tanto quanto seus ancestrais adoravam, e são admiradas e respeitadas por se sustentarem sozinhas.

— Ah, sim, é claro que é muito bom e adequado da parte delas fazerem isso. Temos muitas jovens respeitáveis e valorosas que fazem o mesmo e são empregadas pela nobreza porque, sendo filhas de cavalheiros, são tanto bem-educadas quanto talentosas, sabe — externou a srta. Kate, em um tom condescendente que feriu o orgulho de Meg e fez seu trabalho parecer não só desagradável, mas também degradante.

— Gostou da canção alemã, srta. March? — perguntou o sr. Brooke, quebrando o silêncio constrangedor.

— Ah, sim! Foi algo muito meigo e devo muito a quem quer que a tenha traduzido para mim. — E o rosto abatido de Meg se iluminou enquanto falava.

— Você não lê em alemão? — indagou a srta. Kate, com ar surpreso.

— Não muito bem. Meu pai, que me ensinou, está fora, e não evoluo muito rápido sozinha, pois não tenho ninguém para corrigir minha pronúncia.

— Tente um pouco agora. Aqui está *Maria Stuart*, de Schiller, e um professor que adora ensinar. — E o sr. Brooke colocou seu livro no colo dela com um sorriso convidativo.

— É tão difícil que tenho medo de tentar — respondeu Meg, agradecida, mas acanhada na presença da jovem prendada ao seu lado.

— Vou ler um trechinho para encorajá-la. — E a srta. Kate leu uma das passagens mais bonitas de um jeito perfeitamente correto, mas perfeitamente sem expressão.

O sr. Brooke não fez nenhum comentário enquanto ela devolvia o livro a Meg, que falou de modo inocente:

— Achei que era poesia.

— Uma parte é. Tente este trecho.

Havia um estranho sorriso no rosto do sr. Brooke quando ele abriu o livro no lamento da pobre Maria.

Meg, seguindo de forma obediente a folha comprida de capim que seu novo professor usava para apontar, leu de um jeito lento e tímido, transformando inconscientemente as palavras duras em poesia com a suave entonação da sua voz musical. E lá se ia o guia verde descendo a página, e logo, esquecendo-se de quem ouvia, na beleza da cena triste, Meg leu como se estivesse sozinha, dando um pequeno toque de tragédia às palavras da rainha infeliz. Se tivesse visto os olhos castanhos naquele momento, teria parado de imediato, mas não olhou para cima, e a lição não se estragou para ela.

— Realmente muito bom! — comentou o sr. Brooke, quando ela fez uma pausa, ignorando os muitos erros e com um ar de quem de fato amava ensinar.

A srta. Kate colocou os óculos e, depois de dar uma olhada no pequeno quadro diante dela, fechou seu caderno de desenho, falando com condescendência:

— Você tem uma boa pronúncia e logo será uma hábil leitora. Aconselho que aprenda, pois o alemão é um talento valioso aos professores. Preciso procurar Grace, ela está fazendo muita farra. — E a srta. Kate se afastou, acrescentando para si mesma ao encolher os ombros: — Não vim até aqui para servir de companhia a uma professora governanta, embora ela seja jovem e bonita. Que pessoas esquisitas esses ianques. Receio que Laurie se estrague bastante no meio deles.

— Esqueci que os ingleses ficam de nariz em pé para as professoras governantas e não as tratam como nós — disse Meg, olhando para a figura que se retirava com uma expressão aborrecida.

— Os professores particulares também enfrentam maus bocados por lá, para a minha tristeza. Não há lugar como os Estados Unidos para nós trabalhadores, srta. Margaret — E o sr. Brooke pareceu tão satisfeito e animado que Meg ficou envergonhada por lamentar sua sorte difícil.

— Então, fico feliz por morar aqui. Não gosto do meu trabalho, mas consigo tirar grande satisfação dele, no fim das contas. Por isso, não vou reclamar. Só gostaria de apreciar dar aulas como o senhor.

— Acho que gostaria se tivesse Laurie como aluno. Ficarei muito triste de perdê-lo no ano que vem — lamentou-se o sr. Brooke, ocupado em furar buracos no gramado.

— Vai para a universidade, imagino? — Os lábios de Meg fizeram a pergunta, mas seus olhos acrescentaram: "E o que será do senhor?"

— Sim, já está mais do que na hora de ele ir, já está pronto e, assim que ele partir, virarei soldado.

— Fico feliz com isso! — exclamou Meg. — Creio que todos os homens jovens gostariam de ir, embora seja difícil para as mães e irmãs que ficam em casa — acrescentou ela, com tristeza.

— Não tenho nenhuma das duas, e bem poucos amigos para se importarem se estou vivo ou morto — comentou o sr. Brooke, de forma bem amarga enquanto, distraidamente, colocava a rosa morta no buraco que tinha feito e a cobria, como uma pequena sepultura.

— Laurie e o avô se importariam muito, e todos ficaríamos muito pesarosos se algum mal lhe acontecesse — disse Meg, com sinceridade.

— Obrigado, é muito bom ouvir isso — começou o sr. Brooke, parecendo animado de novo, mas, antes que conseguisse terminar sua fala, Ned, montado no velho cavalo, chegou se movendo com dificuldade para exibir suas habilidades equestres diante das moças, e não houve mais tranquilidade naquele dia.

— Você não adora cavalgar? — perguntou Grace a Amy, enquanto descansavam depois de uma corrida ao redor do campo com os outros, liderada por Ned.

— Eu amo. Minha irmã, Meg, cavalgava quando o papai era rico, mas agora não temos nenhum cavalo, exceto Ellen Árvore — acrescentou Amy, gargalhando.

— Fale-me sobre Ellen Árvore. Ela é uma jumenta? — indagou Grace, com curiosidade.

— Ora, veja bem, Jo é louca por cavalos, e eu também, mas só temos uma velha sela de senhora e nenhum cavalo. No nosso jardim há uma macieira que tem um belo galho baixo, então Jo colocou a sela nele, prendeu algumas rédeas na parte que vira para cima e nós andamos na Ellen Árvore sempre que queremos.

— Que engraçado! — disse Grace, rindo. — Tenho um pônei em casa e ando nele quase todos os dias no parque com Fred e Kate. É muito bom, pois meus amigos também vão, e a Row é cheia de damas e cavalheiros.

— Nossa, que fascinante! Espero que algum dia eu vá para o exterior, mas preferia ir para Roma a ir para Row — declarou Amy, que não fazia a menor ideia do que era Row e não perguntaria por nada no mundo.

Frank, sentado bem atrás das meninas mais novas, escutava o que elas diziam, e empurrou sua muleta para longe com um gesto impaciente enquanto assistia aos rapazes agitados fazendo todo tipo de ginástica cômica. Beth, que estava recolhendo as cartas espalhadas do jogo *Autores*, ergueu os olhos e falou, com seu jeito tímido, porém amigável:

— Acho que você está cansado. Posso ajudá-lo de alguma forma?

— Converse comigo, por favor. É chato ficar sentado sozinho — respondeu Frank, que, evidentemente, não estava acostumado a essa situação em casa.

Se tivesse pedido que ela recitasse uma oração em latim, não teria parecido uma tarefa mais impossível à tímida Beth, mas não havia para onde correr, não podia se esconder atrás de Jo naquele momento, e o pobre garoto olhou de forma tão ansiosa para ela que Beth, corajosamente, resolveu tentar.

— Sobre o que você gosta de conversar? — perguntou ela, remexendo as cartas e deixando a metade cair enquanto tentava prendê-las.

— Bem, gosto de escutar a respeito de críquete, barcos e caça — respondeu Frank, que ainda não tinha aprendido a adaptar seus divertimentos à sua força.

"Ó céus! O que devo fazer? Não sei nada sobre isso", pensou Beth e, esquecendo-se do infortúnio do garoto em seu nervosismo, falou, esperando fazê-lo conversar:

— Nunca presenciei nenhuma caçada, mas imagino que você entenda tudo a respeito.

— Eu presenciei uma vez, mas nunca mais poderei caçar, pois me feri pulando um maldito portão de cinco barras, então nada mais de cavalos e cães de caça para mim — contou Frank com um suspiro que fez Beth se odiar por sua asneira inocente.

— Os cervos de vocês são muito mais bonitos do que os nossos búfalos feios — observou ela, recorrendo às pradarias em busca de ajuda e se sentindo feliz por ter lido um dos livros de menino com os quais Jo se encantava.

Os búfalos se mostraram calmantes e satisfatórios e, em sua ansiedade para continuar entretendo-o, Beth se esqueceu de si mesma, e não tomou ciência da surpresa e do encanto de suas irmãs com o espetáculo incomum que era ela conversando com um dos garotos terríveis, contra os quais tinha implorado por proteção.

— Abençoado seja o coração dela! Ela sente pena dele, por isso é boa para o rapaz — disse Jo, sorrindo para ela do campo de croqué.

— Eu sempre disse que ela era uma pequena santa — acrescentou Meg, como se não pudesse mais haver dúvida daquilo.

— Faz muito tempo que não escuto Frank rir tanto — comentou Grace com Amy, enquanto se sentaram falando de bonecas e montando conjuntos de chá com cálices de bolotas.

— Minha irmã Beth é uma menina bastante *fastidiosa*, quando quer ser — disse Amy, muito satisfeita com o sucesso de Beth. Ela quis dizer "fascinante", mas como Grace não sabia o significado exato de nenhuma das duas palavras, fastidiosa soou bem e causou uma boa impressão.

Um circo improvisado, uma brincadeira de pique e um amistoso jogo de croqué terminaram a tarde. Ao pôr do sol, a barraca foi recolhida, as cestas, guardadas, os arcos do jogo, retirados, os barcos, carregados, e toda a festa flutuou rio abaixo, cantando a todo vapor. Ned, ao ficar sentimental, gorjeou uma serenata com o refrão pesaroso:

Sozinho, sozinho, ah! Ai, sozinho.

E os versos:

Cada um de nós é jovem, cada um de nós tem um coração,
Ah, por que devemos permanecer friamente separados então?

Olhou para Meg com uma expressão tão lânguida que ela gargalhou na mesma hora e estragou a música.

— Como pode ser tão cruel comigo? — sussurrou Ned, sob um coro animado. — Você ficou o dia inteiro perto daquela inglesa toda engomada e agora me esnoba.

— Não foi minha intenção, mas você estava tão engraçado que não consegui evitar — respondeu Meg, ignorando a primeira parte da acusação dele, pois era de fato verdade que ela o tinha evitado, quando se lembrou da festa dos Moffat e da conversa depois dela.

Ned ficou ofendido e se virou para Sallie em busca de consolo, dirigindo-se a ela de forma bem rabugenta:

— Não há nem um pouco de leveza para flertar naquela menina, hein?

— Nem um pouco, mas ela é um amor — replicou Sallie, defendendo a amiga mesmo ao confessar suas falhas.

— Ela não é um cervo assustado, afinal — comentou Ned, tentando ser espirituoso e conseguindo, como os cavalheiros muito jovens em geral fazem.

No gramado onde tinha se reunido, o grupinho se despediu com *boas-noites* e *adeuses* cordiais, pois a família Vaughn ia para o Canadá. Enquanto as quatro irmãs iam para casa pelo jardim, a srta. Kate olhou para elas e falou, sem o tom condescendente na voz:

— Apesar dos seus modos expansivos, as meninas ianques são ótimas pessoas quando as conhecemos.

— Concordo plenamente — declarou o sr. Brooke.

13

CASTELOS NO AR

Laurie se balançava suntuosamente na rede, de um lado para o outro, em uma tarde quente de setembro, perguntando-se o que as vizinhas iam fazer, mas com muita preguiça de se levantar para descobrir. Não estava de bom humor, pois o dia não fora proveitoso, tampouco satisfatório, e desejava poder vivê-lo novamente. O tempo quente o deixava indolente, e ele tinha se esquivado dos estudos, testado a paciência do sr. Brooke ao extremo, irritado o avô, tocando piano durante metade da tarde, assustado as criadas ao sugerir, de forma travessa, que um dos cachorros estava ficando com raiva e, após uma discussão com o responsável pelo estábulo a respeito de algum descuido imaginário a seu cavalo, havia se atirado na rede para se irritar pensando na estupidez geral do mundo, até que a paz do lindo dia o acalmou, apesar da própria rabugice. Olhando para a verde escuridão dos castanheiros-da-índia acima de si, teve sonhos de todos os tipos, e se imaginava pelo oceano em uma viagem ao redor do mundo quando o som de vozes o trouxe instantaneamente de volta à terra firme. Espiando pela malha da rede, viu as March saindo como se partissem em alguma expedição.

"Mas que diabos essas meninas estão aprontando?", pensou Laurie, abrindo os olhos sonolentos para dar uma boa olhada, já que havia algo bem peculiar na aparência das vizinhas. Cada uma usava um chapéu de abas largas, uma algibeira de linho marrom pendurada em um dos ombros e levava um bastão comprido. Meg estava com uma almofada, Jo, com um livro, Beth, com uma cesta, e Amy, com uma pasta. Todas andaram em silêncio pelo jardim, saíram pelo portãozinho dos fundos e começaram a subir o morro entre a casa e o rio.

"Ora, como podem", disse Laurie a si mesmo, "fazer um piquenique e não me convidar! Não podem estar indo andar de barco porque não têm a chave. Talvez tenham esquecido. Vou levá-la até elas e ver o que está acontecendo."

Embora tivesse meia dúzia de chapéus, levou algum tempo para encontrar um e depois caçou a chave, que foi enfim descoberta em seu bolso. As meninas já estavam fora de vista quando ele pulou a cerca e correu atrás delas, pegando o caminho mais curto até onde os barcos ficavam guardados. Esperou que elas aparecessem, mas não chegou ninguém, e ele subiu o morro para fazer uma observação. Um bosque de pinheiros cobria uma parte dele, e do centro de seu local verde vinha um som mais distinto do que o leve suspiro dos pinheiros ou o cricrilar sonolento dos grilos.

"Que belo cenário", pensou Laurie, espiando pelo meio dos arbustos e já se sentindo bem acordado e de bom humor.

Era de fato um lindo quadrinho, com as irmãs sentadas juntas no recanto sombreado, com sol e penumbra cintilando sobre elas, o vento aromático levantando seus cabelos e esfriando as bochechas quentes, e todo o pequeno pessoal do bosque continuando suas atividades como se elas não fossem estranhas, mas velhas amigas. Meg estava sentada na almofada, costurando delicadamente com suas mãos brancas e parecendo tão fresca e graciosa quanto uma rosa em seu vestido cor-de-rosa entre o verde. Beth separava as pinhas que formavam uma camada grossa sob a cicuta-da-europa ali perto, pois fazia coisas lindas com elas. Amy estava desenhando um grupo de samambaias e Jo tricotava enquanto lia em voz alta. Uma sombra passou pelo rosto do garoto enquanto as observava, sentindo que deveria ir embora, já que não tinha sido convidado. Ainda assim, ficou por ali porque ir para casa parecia muito solitário e essa festa silenciosa no bosque era mais atraente para seu espírito inquieto. Ficou tão imóvel que um esquilo, ocupado com sua colheita, desceu correndo de um pinheiro, bem atrás dele, viu-o de repente e pulou para trás, guinchando de forma tão aguda que Beth ergueu os olhos, avistou o rosto ansioso atrás das plantas e o chamou com um gesto e um sorriso tranquilizador.

— Posso me juntar a vocês, por favor? Ou vou incomodar? — perguntou ele, avançando devagar.

Meg ergueu as sobrancelhas, mas Jo olhou para ela de cara fechada, de um modo desafiador, e disse, de imediato:

— É claro que pode. Deveríamos ter lhe convidado antes, mas achamos que não gostaria de uma reunião de meninas como essa.

— Sempre gosto das reuniões de vocês, mas se Meg não me quer aqui, vou embora.

— Não me oponho, se você fizer algo. É contra as regras ficar ocioso por aqui — respondeu Meg de forma séria, mas simpática.

— Fico muito agradecido. Farei qualquer coisa se me permitirem ficar um pouquinho, pois lá embaixo está tão maçante quanto o deserto do Saara. Devo costurar, ler, recolher pinhas, desenhar ou fazer tudo ao mesmo tempo? Podem despejar tudo em mim. Estou preparado. — E Laurie se sentou com uma expressão submissa encantadora de se apreciar.

— Termine esta história enquanto conserto o meu salto — sugeriu Jo, enquanto lhe passava o livro.

— Sim, senhorita. — Foi a humilde resposta, enquanto iniciava a leitura, fazendo o melhor possível para provar sua gratidão por ter sido aceito na "Sociedade das Abelhas Ocupadas".

A história não era longa e, quando acabou, ele se arriscou a fazer algumas perguntas como recompensa por seu merecimento.

— Por favor, senhorita, posso perguntar se esta instituição altamente instrutiva e charmosa é nova?

— Vocês contariam a ele? — indagou Meg às irmãs.

— Ele vai rir — avisou Amy.

— E daí? — respondeu Jo.

— Acho que vai gostar — acrescentou Beth.

— É claro que vou! Dou minha palavra que não vou rir. Conte-me, Jo, e não fique com medo.

— Até parece que tenho medo de você! Bem, você sabe que brincávamos de *O peregrino*, e estamos seguindo-o com seriedade por todo o inverno e o verão.

— Sim, eu sei — observou Laurie, assentindo compreensiva-mente.

— Quem lhe contou? — exigiu saber Jo.

— Espíritos.

— Não, eu contei. Queria distraí-lo numa noite em que nenhuma de vocês estava em casa, e ele estava bem tristinho. Ele gostou, então não olhe de cara feia, Jo — contou Beth, de forma meiga.

— Você não consegue guardar segredo. Deixe para lá, economiza explicações agora.

— Continue, por favor — pediu Laurie, já que Jo ficou absorta em seu trabalho, parecendo um pouco chateada.

— Ah, ela não lhe contou a respeito desse nosso novo plano? Bem, tentamos não desperdiçar as férias, mas cada uma teve uma tarefa e trabalhou nela com vontade. As férias estão quase no fim, as tarefas estão terminadas, e estamos muito felizes por não termos perdido tempo.

— Sim, creio que sim. — E Laurie pensou com arrependimento em seus próprios dias desperdiçados.

— Mamãe gosta que fiquemos ao ar livre o máximo possível, então trazemos nossos trabalhos para cá e nos divertimos. Trazemos nossas coisas nesses sacos, só pela diversão, e usamos chapéus velhos, bastões para subir o morro, e brincamos de peregrinas, como fazíamos anos atrás. Chamamos esta colina de Montanha das Delícias, pois conseguimos olhar para bem longe e enxergar o campo onde esperamos um dia morar.

Jo apontou e Laurie se levantou para examinar, pois, por uma abertura no bosque, era possível ver, para além do rio largo e azul, os prados do outro lado, bem depois dos subúrbios da grande cidade, até as colinas verdes que se erguiam para encontrar o céu. O sol estava baixo, e o céu brilhava com o esplendor de um pôr do sol de outono. Nuvens douradas e arroxeadas pairavam no topo das montanhas, e havia picos brancos prateados que se erguiam altos na luz rosada e reluziam como as espirais etéreas de alguma Cidade Celestial.

— Que lindo! — disse Laurie, baixinho, pois era rápido em identificar e sentir qualquer tipo de beleza.

— Quase sempre é assim, e gostamos de observá-lo, pois nunca é o mesmo, mas sempre é esplêndido — respondeu Amy, desejando poder pintá-lo.

— Jo fala do campo onde esperamos um dia morar, o campo de verdade, ela quer dizer, com porcos e galinhas e feno secando. Seria ótimo, mas gostaria que o lindo campo lá em cima fosse real e pudéssemos ir até lá um dia — disse Beth, pensativa.

— Há um campo ainda mais lindo do que aquele, para onde iremos, mais tarde, se formos boas o suficiente — comentou Meg, com sua voz mais doce.

— Parece tanto tempo para esperar, tão difícil. Quero alçar voo logo, como aquelas andorinhas, e ir até aquele portal maravilhoso.

— Você vai chegar lá, Beth, mais cedo ou mais tarde, sem dúvida — afirmou Jo. — Eu sou aquela que terá de lutar e trabalhar por isso, subir e aguardar, e talvez nunca entrar, no fim das contas.

— Se servir de consolo, você me terá como companhia. Precisarei fazer muitas viagens até avistar a Cidade Celestial. Se chegar tarde, você falará algo de bom a meu respeito, certo, Beth?

• 187 •

Algo no rosto do rapaz perturbou sua amiguinha, mas ela falou, de forma animada, com os olhos tranquilos nas nuvens que se moviam:

— Se as pessoas realmente quiserem ir e se esforçarem por toda a vida, acho que conseguem entrar, pois não acredito que haja cadeados naquela porta ou guardas no portão. Sempre o imagino como é no quadro, onde os iluminados estendem as mãos para receber o pobre cristão quando ele emerge do rio.

— Não seria divertido se todos os castelos no ar que construímos pudessem virar realidade e pudéssemos viver neles? — disse Jo depois de uma pequena pausa.

— Já fiz tantos que seria difícil escolher um — declarou Laurie, estendido no chão e jogando pinhas no esquilo que o denunciara.

— Você teria que escolher o seu preferido. Qual é? — quis saber Meg.

— Se eu contar o meu, você conta o seu?

— Sim, se as meninas também contarem.

— Combinado. Vamos lá, Laurie.

— Depois que já tiver visto o tanto do mundo que quero conhecer, gostaria de me estabelecer na Alemanha e ouvir o tanto de música que quiser. Eu mesmo quero ser um músico famoso, e todos correrão para me escutar. E nunca teria de me preocupar com dinheiro ou negócios, apenas aproveitar e viver para o que gosto. Este é o meu castelo preferido. Qual é o seu, Meg?

Margaret parecia achar um pouco difícil contar o seu e agitou uma folha diante do rosto, como se para espantar mosquitos imaginários, enquanto falou lentamente:

— Gostaria de uma linda casa, cheia de todo tipo de luxo, boa comida, roupas bonitas, móveis de qualidade, pessoas agradáveis e muito dinheiro. Seria a dona da casa e a administraria como quisesse, com muitos criados, para nunca ter de trabalhar nem um pouquinho. Como gostaria disso! Porque não ficaria ociosa, mas faria coisas boas e faria todos gostarem muito de mim.

— Você não teria um Senhor no seu castelo no ar? — perguntou Laurie, de forma matreira.

— Eu disse "pessoas agradáveis", sabe. — E Meg amarrou cuidadosamente o sapato enquanto falava, para que ninguém visse seu rosto.

— Por que não diz que teria um marido maravilhoso, sábio e bom e algumas criancinhas angelicais? Sabe que seu castelo não ficaria perfeito sem isso — disse a brusca Jo, que ainda não tinha fantasias sentimentais e, de certo modo, desprezava o romance, exceto nos livros.

— Você não teria nada além de cavalos, tinteiros e romances no seu — respondeu Meg, de modo petulante.

— E não é mesmo? Teria um estábulo cheio de cavalos árabes, salas com pilhas altas de livros e escreveria com um tinteiro mágico, para que meus trabalhos fossem tão famosos quanto a música de Laurie. Quero fazer algo maravilhoso antes de ir para o meu castelo, algo heroico ou incrível que não seja esquecido depois que eu morrer. Não sei o quê, mas estou à procura e pretendo surpreender todos vocês um dia. Acho que vou escrever livros e ficar rica e famosa, isso me satisfaria, então este é *meu* sonho favorito.

— O meu é ficar em casa em segurança com o papai e a mamãe, e ajudar a tomar conta da família — declarou Beth, satisfeita.

— Não deseja algo mais? — perguntou Laurie.

— Desde que ganhei meu pianinho, estou perfeitamente satisfeita. Só quero que todos fiquemos bem e juntos, nada mais.

— Tenho tantos desejos, mas o maior deles é ser uma artista e ir para Roma, fazer belos quadros e ser a melhor artista do mundo todo. — Era o desejo modesto de Amy.

— Somos um grupo ambicioso, não somos? Todos nós, a não ser Beth, quereremos ser ricos e famosos, e grandiosos em todos os aspectos. Eu me pergunto se algum de nós, algum dia, vai alcançar seus desejos — comentou Laurie, mascando grama como um bezerro pensativo.

• 189 •

— Tenho a chave para o meu castelo no ar, mas ainda resta ver se consigo destravar a porta — observou Jo, de forma misteriosa.

— Eu tenho a chave para o meu, mas não tenho permissão para tentar. Maldita universidade! — murmurou Laurie, com um suspiro impaciente.

— Aqui está a minha! — E Amy agitou seu lápis.

— Eu não tenho nenhuma — lamentou-se Meg.

— Tem, sim — disse Laurie de pronto.

— Onde?

— No seu rosto.

— Que bobagem, isso não adianta para nada.

— Espere e veja se não lhe traz algo que valha a pena — respondeu o garoto, rindo ao pensar em um gracioso segredinho que ele achava que sabia.

Meg corou atrás da folhinha, mas não fez perguntas e olhou para o outro lado do rio com a mesma expressão de expectativa do sr. Brooke quando ele contou a história do cavaleiro.

— Se todos ainda estivermos vivos daqui a dez anos, vamos nos encontrar e ver quantos de nós conseguiram realizar seus desejos, ou o quanto estaremos mais próximos do que agora — sugeriu Jo, sempre pronta para um plano.

— Deus me abençoe! Quantos anos terei... 27! — exclamou Meg, que já se sentia adulta por ter acabado de fazer 17 anos.

— Você e eu teremos 26, mocinho; Beth, 24, e Amy, 22. Que grupo respeitável! — declarou Jo.

— Espero já ter feito algo do que me orgulhar até lá, mas sou tão preguiçoso. Temo levar uma vida ociosa, Jo.

— Você precisa de um incentivo, como diz a mamãe, e, quando encontrá-lo, ela tem certeza de que vai funcionar maravilhosamente.

— Tem mesmo? Por Júpiter, eu vou, se tiver a chance! — exclamou Laurie, sentando-se com energia súbita. — Eu deveria ficar satisfeito em agradar meu avô, e de fato tento, mas isso está indo contra a minha natureza, sabe, e é difícil. Ele quer que eu seja um negociante na Índia, como ele foi, e eu preferiria ser baleado. Odeio chá, seda, temperos e todo o tipo de porcarias que seus navios trazem, e não me importo de acabarem indo para o fundo do mar quando eu for dono deles. Ir para a universidade deveria satisfazer-lhe, pois, se eu lhe der quatro anos, ele deveria me liberar do negócio. Mas ele está decidido, e preciso fazer exatamente o que deseja, a não ser que vá embora para satisfazer a mim mesmo, como fez meu pai. Se houvesse restado alguém para ficar com o meu avô, eu faria isso amanhã mesmo.

Laurie falava de maneira entusiasmada e parecia pronto a levar sua ameaça adiante à menor provocação, pois estava crescendo muito rápido e, apesar dos modos indolentes, tinha a raiva de um homem jovem pela submissão, o desejo incansável de experimentar o mundo por ele mesmo.

— Aconselho você a zarpar em um dos seus navios e não voltar para casa até ter experimentado as coisas do seu jeito — disse Jo, cuja imaginação foi aguçada pela ideia de tal exploração intrépida, e cuja simpatia foi estimulada pelo que chamou de "Injustiças ao mocinho".

— Isso não está certo, Jo. Você não deve falar dessa maneira, e Laurie não deve seguir seu péssimo conselho. Você deve fazer exatamente o que seu avô quer, meu querido rapaz — declarou Meg, em seu tom mais maternal. — Dê o seu melhor na universidade e, quando ele vir que você tenta agradá-lo, tenho certeza de que não vai ser duro ou injusto com você. Como você mesmo diz, não há mais ninguém para ficar com ele e amá-lo, e você jamais se perdoaria se o deixasse sem a permissão dele. Não fique abatido ou aflito, mas cumpra o seu dever e receberá a sua recompensa, que será tão boa quanto a do sr. Brooke, sendo respeitado e amado.

— O que sabe a respeito dele? — perguntou Laurie, grato pelo bom conselho, mas desaprovando o sermão, e feliz por desviar a conversa dele após seu desabafo incomum.

— Só o que seu avô nos contou, como ele tomou conta da mãe até ela morrer e não foi para o exterior trabalhar como professor particular para boas pessoas porque não a deixava sozinha. E como ele sustenta uma velha senhora que cuidou da mãe dele e não conta isso a ninguém, mas é tão generoso, paciente e bondoso quanto pode.

— É mesmo, o querido velho camarada — comentou Laurie, com sinceridade, quando Meg fez uma pausa, com um ar corado e sincero com sua história. — É bem a cara do vovô descobrir tudo a respeito de Brooke sem deixá-lo saber, e contar todas as bondades dele para os outros para que gostem dele. Brooke não conseguia saber por que sua mãe era tão gentil com ele, convidando-o para sua casa comigo e o tratando com seu belo jeito amigável. Ele achou que foi simplesmente perfeita, e falou naquilo por dias e dias, e também sobre todas vocês de um jeito inflamado. Se eu algum dia realizar meu desejo, vocês vão ver o que farei por Brooke.

— Comece a fazer algo agora ao não aborrecê-lo — observou Meg, de maneira rude.

— Como sabe que eu o aborreço, senhorita?

— Sempre vejo no rosto dele quando ele se vai. Quando você se comporta bem, ele parece satisfeito e anda alegremente. Quando você o irrita, ele fica sério e anda lentamente, como se quisesse voltar e fazer um trabalho melhor.

— Ora, veja só! Então você mantém um registro das minhas notas boas e ruins pelo rosto de Brooke? Vejo-o se curvando e sorrindo quando passa pela sua janela, mas não sabia que tinham um telégrafo.

— Não temos. Não fique bravo, e ah, não diga a ele que falei algo! Foi só para mostrar que me importo em como se sai. O que é dito aqui, é dito em confidência, sabe — exclamou Meg, bastante alarmada com o que poderia se seguir ao seu discurso descuidado.

— *Eu* não conto histórias por aí — respondeu Laurie, com seu ar "todo-poderoso", como Jo chamava certa expressão que ele às vezes assumia. — Só que se Brooke vai ser um termômetro, preciso tomar cuidado e providenciar uma boa temperatura para ele mostrar.

— Por favor, não se ofenda. Eu não tinha a intenção de passar sermão, contar histórias ou ser tola. Só achei que Jo estava encorajando um sentimento do qual logo se arrependeria. Você é tão bom para nós, sentimos como se fosse nosso irmão e só falamos o que pensamos. Perdoe-me, minha intenção foi boa. — E Meg ofereceu a mão em um gesto tão carinhoso quanto tímido.

Envergonhado por seu vexame momentâneo, Laurie apertou a pequena mão gentil e falou, com franqueza:

— Sou eu que devo pedir desculpas. Estou de mau humor e fiquei incomodado o dia inteiro. Aprecio que me fale dos meus defeitos e que me trate como um irmão, então não ligue se às vezes for rabugento. Agradeço também a todas vocês.

Para mostrar que não estava ofendido, ele ficou o mais agradável possível: enrolou fio de algodão para Meg, recitou poesia para agradar Jo, balançou galhos para caírem pinhas para Beth e ajudou Amy com suas samambaias, provando ser uma pessoa adequada à "Sociedade das Abelhas Ocupadas". No meio de uma animada discussão sobre os hábitos domésticos das tartarugas (pois uma dessas afáveis criaturas tinha subido do rio), o som fraco de uma sineta os avisou de que Hannah tinha colocado o chá "em infusão" e eles teriam o tempo exato para chegar em casa a tempo do jantar.

— Posso vir de novo? — perguntou Laurie.

— Sim, se você se comportar e amar seus livros, como dizem aos menininhos que estão aprendendo a escrever — disse Meg, sorrindo.

— Vou tentar.

— Então pode vir, e vou lhe ensinar a tricotar como fazem os escoceses. Há uma demanda por meias no momento — acrescentou Jo, agitando as dela como um grande estandarte azul de lã penteada enquanto se separavam no portão.

Naquela noite, quando Beth tocou para o sr. Laurence no crepúsculo, Laurie, de pé na penumbra da cortina, escutou *Little David*, cuja melodia simples sempre acalmava seu espírito mal--humorado, e observou o velho cavalheiro, que estava sentado com a cabeça grisalha na mão, perdido em carinhosos pensamentos na criança morta que tanto amara. Lembrando-se da conversa daquela tarde, o rapaz disse a si mesmo, com a decisão de fazer o sacrifício de forma alegre: "Vou deixar o meu castelo para lá e ficar com o meu querido velho cavalheiro enquanto ele precisa de mim, já que sou tudo que ele tem."

14

Segredos

Jo estava muito ocupada no sótão, pois os dias de outubro começaram a ficar mais frios, e as tardes eram curtas. Por duas ou três horas, o sol batia na janela mais alta, revelando Jo sentada no velho sofá, escrevendo ocupadamente, os papéis espalhados em cima de um baú à sua frente, enquanto Patinhas, o ratinho de estimação, passeava pelas vigas acima, acompanhado do filho mais velho, um belo e jovem camarada, que, evidentemente, tinha muito orgulho dos seus bigodes. Muito absorta no trabalho, Jo escreveu até que a última página estivesse preenchida, quando assinou seu nome com um floreio e largou a pena, exclamando:

— Aí está, fiz o melhor que pude! Se isto não for bom, precisarei esperar até que possa fazer melhor.

Deitada no sofá, leu todo o manuscrito com cuidado, colocando travessões aqui e ali e inserindo muitos pontos de exclamação, que pareciam pequenos balões. Então ela o amarrou com uma bela fita vermelha e ficou sentada um instante, olhando para ele com uma expressão solene e pensativa que mostrava claramente o quanto seu trabalho havia sido determinado. A escrivaninha de Jo ali em cima era uma velha lata de cozinha pendurada na parede. Ali ela guardava seus papéis e alguns livros, protegidos de Patinhas de forma segura, já que, sendo ele também um fã de literatura, gostava de fazer uma biblioteca circulante dos livros deixados em seu caminho, ao comer as folhas. Do receptáculo de lata, Jo pegou outro manuscrito e, colocando ambos no bolso, arrastou-se sem fazer barulho para o andar de baixo, deixando os amigos mordiscarem as penas e provarem a tinta.

Colocou um chapéu e um casaco o mais silenciosamente possível e, indo até a janela dos fundos, saiu em cima de um telhado de uma varanda baixa, jogou-se na ladeira coberta de grama e pegou um desvio para a estrada. Uma vez lá, recompôs-se, fez sinal para um ônibus que passava e partiu para a cidade, com um ar muito feliz e misterioso.

Se alguém a estivesse observando, teria achado seus movimentos decididamente peculiares, já que, quando desceu do ônibus, andou com passos largos até chegar a certo número em uma certa rua movimentada. Depois de achar o lugar com alguma dificuldade, passou pela entrada, olhou para as escadas sujas e, após ficar completamente parada por um minuto, de repente mergulhou de volta na rua e se afastou tão rápido quanto chegou. Ela repetiu essa manobra várias vezes, para grande divertimento de um jovem cavalheiro de olhos pretos que descansava na janela de um prédio do outro lado da rua. Ao retornar pela terceira vez, Jo se deu uma sacudidela, puxou o chapéu sobre os olhos e subiu as escadas, parecendo que teria todos os dentes arrancados.

Havia a placa de um dentista, entre outras, que enfeitava a entrada e, após encarar por um instante o par de mandíbulas artificiais que se abria e se fechava lentamente para chamar atenção a um belo conjunto de dentes, o jovem cavalheiro colocou o casaco, pegou o chapéu e desceu para se posicionar na entrada oposta, falando com um sorriso e um tremor:

— É bem típico dela vir sozinha, mas, se tudo correr mal, vai precisar de alguém para ajudá-la a ir para casa.

Em dez minutos, Jo desceu as escadas correndo com o rosto muito vermelho e a aparência geral de uma pessoa que tinha acabado de passar por uma provação de alguma espécie. Quando viu o jovem cavalheiro, não pareceu nem um pouco feliz, e passou por ele com um aceno de cabeça. Mas ele seguiu atrás dela, com ar de solidariedade:

— Foi ruim lá dentro?

— Não muito.

— Foi bem rápido.

— Sim, graças a Deus!

— Por que você foi sozinha?

— Não queria que ninguém soubesse.

— Você é a camarada mais estranha que já vi. Quantos você trouxe?

Jo olhou para o amigo como se não o entendesse, e então começou a rir como se imensamente divertida com algo.

— Há dois que eu gostaria que saíssem, mas preciso esperar uma semana.

— Do que está rindo? Você está aprontando alguma, Jo — comentou Laurie, parecendo confuso.

— Você também. O que estava fazendo, senhor, lá em cima naquele salão de bilhar?

— Peço perdão, senhora, não era um salão de bilhar, mas um ginásio, e eu estava tendo uma aula de esgrima.

— Fico feliz com isso.

— Por quê?

— Você pode me ensinar e então, quando encenarmos *Hamlet*, você pode ser Laertes, e faremos uma bela cena de esgrima.

Laurie explodiu em uma gargalhada sincera que fez vários pedestres sorrirem à própria revelia.

— Vou lhe ensinar quer encenemos *Hamlet* ou não. É muito divertido e vai deixar sua postura muito mais ereta. Mas não creio que esta tenha sido sua única razão para dizer "fico feliz" daquele jeito decidido, foi?

— Não, fiquei feliz de você não estar no salão porque espero que nunca vá a esse tipo de lugar. Você costuma ir?

— Não com frequência.

— Gostaria que não fosse.

— Não é nada demais, Jo. Tenho bilhar em casa, mas não tem graça se não houver bons jogadores, por isso, já que gosto do jogo, às vezes venho disputar uma partida com Ned Moffat ou algum dos outros colegas.

— Ah, céus, sinto muito, porque você vai gostar cada vez mais, e vai desperdiçar tempo e dinheiro, e crescer como aqueles garotos horríveis. Realmente esperava que você fosse permanecer respeitável e ser uma satisfação para seus amigos — declarou Jo, balançando a cabeça.

— Será que um sujeito não pode ter um pequeno divertimento inocente de vez em quando sem perder sua respeitabilidade? — indagou Laurie, parecendo ofendido.

— Depende de como e onde ele se diverte. Não gosto de Ned e do grupo dele e gostaria que você ficasse de fora disso. A mamãe não nos deixa recebê-lo em nossa casa, embora ele queira ir. E, se você crescer como ele, ela não vai querer que nos divirtamos juntos como fazemos agora.

— Será que não? — perguntou Laurie, ansioso.

— Não, ela não suporta jovens modernos e preferiria nos trancar em chapeleiras a nos deixar andar com eles.

— Bem, ela não precisa tirar suas chapeleiras ainda. Não sou um rapaz moderno e não pretendo ser, mas gosto de brincadeiras inofensivas de vez em quando. Você não gosta?

— Sim, ninguém se importa com elas, mas não perca o controle, certo? Ou será o fim de todos os nossos bons tempos.

— Serei duplamente santo.

— Não suporto santos. Seja apenas um garoto simples, honesto, respeitável e nunca abandonaremos você. Não sei o que faria se você agisse como o filho do sr. King. Ele tinha muito dinheiro, mas não sabia como gastá-lo e passou a beber e jogar, depois fugiu e falsificou o nome do pai, creio. Foi totalmente horrendo.

— Acha provável que eu faça o mesmo? Muito obrigado.

— Não, não acho, ah, *céus*, não! Mas escuto as pessoas falando que o dinheiro é uma grande tentação, e às vezes gostaria que você fosse pobre. Então eu não teria de me preocupar.

— Você se preocupa comigo, Jo?

— Um pouco, quando você fica mal-humorado e insatisfeito, como às vezes fica, pois é tão determinado que, se alguma vez for pelo caminho errado, temo que seria difícil detê-lo.

Laurie andou em silêncio por alguns minutos e Jo o observava, desejando ter mantido a boca fechada, pois os olhos dele pareciam enfurecidos, embora os lábios sorrissem, como se por causa das advertências dela.

— Vai ficar me passando sermão durante todo o caminho para casa? — perguntou ele logo depois.

— É claro que não. Por quê?

— Porque se for, vou pegar um ônibus. Se não, gostaria de andar com você e contar algo muito interessante.

— Não vou mais fazer críticas e gostaria imensamente de ouvir as novidades.

— Muito bem, então vamos lá. É um segredo e, se eu contar, você tem de me contar o seu.

— Não tenho nenhum segredo — começou Jo, mas parou de repente, lembrando-se que tinha.

— Você sabe que tem, não consegue esconder nada, então vamos lá e confesse, ou eu não vou contar — exclamou Laurie.

— O seu segredo vale a pena?

— Ah, se vale! É sobre pessoas que você conhece e é muito divertido! Você tem de ouvi-lo e estou louco para contar já faz um tempo. Vamos, você começa.

— Você não vai falar nada sobre isso em casa, não é?

— Nem uma palavra!

— E não vai me provocar em particular?

— Nunca faço isso.

— Faz, sim. Você arranca tudo o que quer das pessoas. Não sei como faz isso, mas é um persuasivo nato.

— Obrigado. Conte tudo.

— Bem, deixei duas histórias com um jornalista e ele vai me dar uma resposta na semana que vem — sussurrou Jo, no ouvido do seu confidente.

— Vivas para a srta. March, a celebrada autora americana! — gritou Laurie, jogando o chapéu para cima e o pegando de novo, para grande encanto de dois patos, quatro gatos, cinco galinhas e meia dúzia de crianças irlandesas, pois já estavam fora da cidade agora.

— Psiu! Acho que não vai dar em nada, mas não podia descansar até que tivesse tentado, e não falei nada a respeito porque não queria que ninguém mais se desapontasse.

— Não vai dar errado. Ora, Jo, suas histórias são obras de Shakespeare comparadas à metade do lixo que é publicado todos os dias. Não será divertido vê-las impressas e não deveríamos nos sentir orgulhosos da nossa escritora?

Os olhos de Jo brilharam, pois é sempre agradável quando acreditam em nós, e o elogio de um amigo é sempre mais doce do que uma dúzia de elogios exagerados de um jornal.

— Qual é o *seu* segredo? Jogue limpo, jovem, ou nunca mais vou acreditar em você — declarou ela, tentando apagar as esperanças maravilhosas que se acenderam com as palavras de encorajamento.

— Posso me meter numa encrenca por contar, mas prometi que faria isso, então contarei, porque nunca me sinto à vontade até ter lhe contado qualquer novidade interessante que descubro. Sei onde está a luva de Meg.

— Só isso? — disse Jo, parecendo desapontada, quando Laurie assentiu e piscou os olhos com o rosto cheio de conhecimento misterioso.

— É o suficiente por enquanto, já que vai concordar quando eu lhe disser onde está.

— Conte, então.

Laurie se curvou e sussurrou três palavras no ouvido de Jo que produziram uma mudança cômica. Ela ficou parada e o encarou por um minuto, com um ar ao mesmo tempo surpreso e insatisfeito, e então seguiu em frente, falando rispidamente:

— Como sabe?

— Eu vi.

— Onde?

— No bolso.

— Todo esse tempo?

— Sim, não é romântico?

— Não, é horrível.

— Você não gosta disso?

— É claro que não. É ridículo, não será permitido. Tenha paciência! O que Meg diria?

— Você não pode contar para ninguém. Lembre-se disso.

— Eu não prometi.

— Estava subentendido, e confiei em você.

— Bem, não contarei por enquanto, de qualquer forma, mas estou ofendida com isso e gostaria que não tivesse me falado.

— Achei que iria gostar.

— Da ideia de alguém vindo levar Meg embora? Não, obrigada.

— Você se sentirá melhor a respeito quando alguém vier levar você embora.

— Gostaria de ver alguém tentar — exclamou Jo, ferozmente.

— Eu também! — E Laurie deu uma risada com a ideia.

— Acho que não combino com segredos, sinto-me confusa desde que você me falou isso — afirmou Jo, de uma forma um tanto quanto ingrata.

— Desça esta colina correndo comigo e você vai ficar bem — sugeriu Laurie.

Não havia ninguém à vista, a estrada lisa se inclinava de forma convidativa diante dela e, achando a tentação irresistível, Jo disparou, deixando chapéu e pente para trás e espalhando grampos de cabelo enquanto corria. Laurie chegou primeiro ao destino e ficou bem satisfeito com o sucesso do seu tratamento, pois sua Atalanta veio ofegando com os cabelos voando, olhos brilhantes, faces coradas e sem sinais de insatisfação no rosto.

— Gostaria de ser um cavalo, assim poderia correr por quilômetros nesse ar maravilhoso e não perder o fôlego. Foi ótimo, mas fiquei parecendo um moleque. Vá, recolha minhas coisas, como o anjo que é — pediu Jo, desabando sob um bordo que enchia a ladeira de folhas vermelhas.

Laurie partiu devagar para recuperar os objetos perdidos e Jo ajeitou as tranças, esperando que ninguém passasse até que estivesse arrumada de novo. Mas alguém passou e quem mais seria senão Meg, com uma aparência particularmente elegante em sua pompa e de traje alegre, pois estivera fazendo visitas.

— Pelo amor de Deus, o que está fazendo aqui? — perguntou ela, olhando a irmã desalinhada com polida surpresa.

— Estou recolhendo folhas — respondeu Jo, meiga, mostrando o punhado rosado que acabara de juntar.

— E grampos de cabelo — acrescentou Laurie, jogando uma meia dúzia no colo de Jo. — Eles crescem nesta estrada, Meg, assim como pentes e chapéus marrons de palha.

— Você andou correndo, Jo. Como pôde? Quando vai *parar* com esses modos travessos? — reprovou Meg, enquanto ajeitava os punhos das mangas e arrumava os cabelos, com os quais o vento tinha tomado liberdades.

• 202 •

— Nunca, até ficar dura e velha e ter de usar uma bengala. Não tente me fazer amadurecer antes da minha hora, Meg. Já é difícil o bastante ver você mudar de repente. Deixe-me ser uma menina enquanto eu puder.

Enquanto falava, Jo se curvou sobre as folhas para esconder o tremor dos lábios, pois nos últimos tempos sentira que Margaret estava se transformando em uma mulher rapidamente, e o segredo de Laurie a fez temer a separação que por certo viria e agora parecia muito próxima. Ele viu a preocupação no rosto dela e desviou a atenção de Meg ao perguntar rapidamente:

— Por onde andou, assim tão arrumada?

— Fui à casa dos Gardiners e Sallie me contou tudo a respeito do casamento de Belle Moffat. Foi magnífico, e eles foram passar o inverno em Paris. Pense só que encanto deve ser!

— Você sente inveja dela, Meg? — perguntou Laurie.

— Temo que sim.

— Fico feliz com isso! — resmungou Jo, amarrando o chapéu com um puxão.

— Por quê? — indagou Meg, parecendo surpresa.

— Porque se você se importa tanto com riqueza, nunca vai embora para se casar com um homem pobre — respondeu Jo, fazendo uma cara feia para Laurie, que a estava avisando silenciosamente para tomar cuidado com o que dizia.

— Nunca "vou embora para me casar" com ninguém — observou Meg, seguindo em frente com grande dignidade enquanto os outros iam atrás, rindo, cochichando, atirando pedras e "se comportando como crianças", como Meg disse a si mesma, embora pudesse estar tentada a se juntar a eles se não estivesse com seu melhor vestido.

Por uma semana ou duas, Jo se comportou de maneira tão esquisita que as irmãs ficaram um tanto confusas. Ela corria até a porta quando o carteiro tocava a campainha, era rude com o sr. Brooke sempre que se encontravam, sentava-se olhando para

Meg com uma cara desolada, às vezes saltando para sacudi-la e beijá-la de um jeito muito misterioso. Laurie e ela estavam sempre fazendo sinais um para o outro, e falando sobre "Águias de Asas Abertas" até as meninas declararem que ambos tinham perdido o juízo. No segundo sábado, depois de Jo sair de perto da janela, Meg, ao se sentar para costurar em sua janela, ficou escandalizada ao ver Laurie perseguindo Jo pelo jardim e enfim capturando-a no caramanchão de Amy. Meg não conseguia ver o que se passava por lá, mas gargalhadas estrepitosas eram ouvidas, seguidas de cochichos e folhas de jornal se agitando.

— O que devemos fazer com essa menina? Ela *nunca* vai se comportar como uma mocinha — suspirou Meg, enquanto observava a corrida com uma expressão desaprovadora.

— Espero que não. Ela é tão engraçada e adorável do jeito que é — declarou Beth, que jamais confessaria estar um pouco magoada de Jo guardar segredos com outra pessoa além dela.

— É muito penoso, mas nunca vamos conseguir deixá-la *comme la fo* — acrescentou Amy, que estava sentada fazendo novos adereços com babados para si mesma, com os cachos presos de um jeito muito bonito, duas coisas aprazíveis que a faziam se sentir incomumente elegante e feminina.

Em alguns minutos, Jo entrou saltitando, esparramou-se no sofá e fingiu que estava lendo.

— Há algo interessante aí? — perguntou Meg, condescendente.

— Nada além de uma história, acho que não é grande coisa — respondeu Jo, mantendo o nome do jornal cuidadosamente escondido.

— É melhor você ler em voz alta. Vai nos entreter e mantê-la longe de travessuras — disse Amy, em seu tom mais adulto.

— Qual é o nome? — quis saber Beth, perguntando-se por que Jo mantinha o rosto atrás da folha.

— Os pintores rivais.

— Parece interessante. Leia — pediu Meg.

Com um pigarro alto e uma respiração profunda, Jo começou a ler muito rápido. As meninas escutaram com interesse, pois o conto era romântico e, de certa forma, causava dó, já que a maioria dos personagens morria no final.

— Gostei daquela parte sobre o quadro maravilhoso. — Foi a observação aprovadora de Amy quando Jo fez uma pausa.

— Prefiro o trecho romântico. Viola e Angelo são dois dos nossos nomes preferidos, não é estranho? — comentou Meg, enxugando os olhos, pois a parte romântica era trágica.

— Quem escreveu isso? — indagou Beth, que tivera um vislumbre do rosto de Jo.

A leitora se sentou subitamente, afastou o jornal, exibindo uma fisionomia corada e, com uma mistura engraçada de solenidade e entusiasmo, respondeu em voz alta:

— Sua irmã!

— Você? — exclamou Meg, deixando cair seu trabalho.

— É muito bom — disse Amy, criticamente.

— Eu sabia! Eu sabia! Ah, minha Jo, estou tão orgulhosa! — E Beth correu para abraçar a irmã e se alegrar pelo maravilhoso sucesso.

Meu Deus, como todas ficaram encantadas, sem dúvida! Como Meg não acreditaria até ver as palavras "Senhorita Josephine March" de fato impressas no jornal. Como Amy criticou com graciosidade as partes artísticas da história, e ofereceu dicas para uma sequência, o que, infelizmente, não podia ser levado adiante, já que o herói e a heroína estavam mortos. Como Beth ficou animada e pulou e cantou de alegria. Como Hannah entrou para exclamar "Senhor amado, não pode sê!" com grande espanto "pelos feito dessa Jo". Como a sra. March ficou orgulhosa quando soube. Como Jo riu, com lágrimas nos olhos, quando declarou que podia muito bem virar um pavão, e como a "Águia de Asas Abertas" podia estar voando triunfantemente sobre a Casa dos March, enquanto o jornal passava de mão em mão.

• 205 •

"Conte-nos a respeito." "Quando saiu?" "Quanto ganhou por isso?" "O que o papai vai dizer?" "Laurie não vai rir?", gritou a família, toda ao mesmo tempo, enquanto se aglomerava ao redor de Jo, pois essas pessoas simples e amorosas faziam uma festa de cada pequena alegria doméstica.

— Parem de tagarelar, meninas, e vou contar tudo — disse Jo, perguntando-se se a srta. Burney se sentiu tão maravilhosa com sua Evelina como ela se sentiu com "Os pintores rivais". Depois de contar como tinha encaminhado os contos, Jo acrescentou: — E, quando fui saber a resposta, o homem disse que tinha gostado dos dois, mas não pagava os iniciantes, só os deixava publicarem em seu jornal, e divulgou as histórias. Ele disse que era bom para treinar e que quando os iniciantes melhorassem, alguém ia pagar. Então deixei-o ficar com as duas histórias e hoje isso foi mandado a mim. Laurie me pegou com o jornal e insistiu em ver, então deixei. E ele disse que era bom e que eu deveria escrever mais, e falou que vai fazer com que o próximo seja pago, e estou *tão* feliz, pois em breve talvez possa me sustentar e ajudar as meninas.

Naquele momento, Jo perdeu o fôlego e, escondendo a cabeça no jornal, orvalhou sua pequena história com algumas lágrimas naturais, pois ser independente e merecer o elogio daqueles que amava eram os desejos mais esperados de seu coração, e aquele parecia ser o primeiro passo na direção daquele final feliz.

15

UM TELEGRAMA

— Novembro é o mês mais desagradável do ano inteiro — afirmou Margaret, parada junto à janela em uma tarde nublada, contemplando o jardim gelado.

— Por isso que nasci nele — observou Jo, pensativa, nada ciente da mancha que tinha no nariz.

— Se alguma coisa muito agradável acontecesse agora, deveríamos considerá-lo um mês encantador — acrescentou Beth, que tinha um ponto de vista esperançoso sobre tudo, até mesmo novembro.

— Suponho que sim, mas nada de agradável *jamais* acontece nesta família — comentou Meg, aborrecida. — Seguimos vivendo na mesma, dia após dia, sem a menor mudança e pouquíssima diversão. Poderíamos muito bem estar em um tambor rolante.

— Santa paciência, como estamos tristes! — exclamou Jo. — Não me espanta em nada, pobre querida, pois você vê outras meninas se divertindo muitíssimo enquanto labuta e labuta, entra ano e sai ano. Ah, como eu queria poder resolver as coisas para você como faço para minhas heroínas! Você já é bela e bondosa

• 207 •

o suficiente, então eu faria com que um parente rico lhe deixasse uma fortuna inesperadamente. Aí você sairia correndo como uma herdeira, desprezando a todos que a ofenderam, iria ao exterior e voltaria para casa como "milady Alguma Coisa", num fulgor de esplendor e elegância.

— Ninguém mais recebe fortunas desse jeito hoje em dia. Os homens precisam trabalhar e as mulheres se casam por dinheiro. É um mundo terrivelmente injusto — declarou Meg, amargurada.

— Jo e eu vamos ganhar fortunas para vocês todas. Esperem dez anos e verão só — disse Amy, sentada em um canto fazendo tortas de lama, que era como Hannah chamava os pequenos modelos de barro de pássaros, frutas e rostos.

— Não posso esperar, e temo que não tenha muita fé em tinta e lama, ainda que esteja grata pelas suas boas intenções.

Meg suspirou, virando-se novamente para o jardim coberto de geada. Jo gemeu e apoiou os dois cotovelos na mesa em uma atitude de desalento, mas Amy fez um gesto enérgico, e Beth, sentada à outra janela, falou, sorrindo:

— Duas coisas agradáveis vão acontecer de imediato. Mamãezinha vem pela rua, e Laurie avança pelo jardim como se tivesse alguma coisa boa para contar.

E assim ambos chegaram, a sra. March com sua pergunta de sempre:

— Alguma carta do papai, meninas?

E Laurie falando, com seu jeito persuasivo:

— Alguma de vocês gostaria de sair para um passeio? Estive estudando matemática até minha cabeça ficar zonza e vou refrescar os miolos com uma volta rápida. O dia está nublado, mas o ar não está tão mau, e vou levar Brooke para casa, então será muito divertido lá dentro, ainda que não seja lá fora. Venha, Jo, você e Beth me acompanharão, não?

— É claro que sim.

— Muito agradecida, mas estou ocupada. — E, com isso, Meg puxou a cesta de afazeres, pois tinha concordado com a mãe que seria melhor, para ela, ao menos, não fazer passeios muito frequentes com o jovem cavalheiro.

— Posso fazer alguma coisa pela senhora, Madame Mãe? — indagou Laurie, inclinando-se sobre a poltrona da sra. March com o tom e olhar afetuosos que sempre lhe dedicava.

— Não, obrigada, exceto por uma visita ao correio, se pudesse fazer a gentileza, querido. É o nosso dia de carta, e o carteiro não passou. O papai é pontual como o sol, mas talvez tenha ocorrido algum atraso no caminho.

Uma campainha alta a interrompeu e, um minuto depois, Hannah chegou com uma carta.

— É um daqueles *negoço* horrível de telegrama, *sinhora* — anunciou ela, segurando-o como se temesse que pudesse explodir e fazer um estrago.

Com a palavra "telegrama", a sra. March o tomou, leu as duas linhas que ele continha e caiu de volta à poltrona, tão pálida quanto se o papelzinho tivesse disparado uma bala em seu coração. Laurie correu escada abaixo atrás de um copo d'água, enquanto Meg e Hannah a apoiavam, e Jo leu em voz alta, em tom assustado:

Sra. March:

Seu marido está muito doente. Venha de imediato.

S. Hale,
Hospital Blank, Washington.

Quão calmo o aposento ficou enquanto eles ouviam, de fôlego contido, o dia ficar estranhamente sombrio lá fora; o mundo inteiro pareceu se transformar subitamente, enquanto as meninas se reuniam ao redor da mãe, com a sensação de que toda a felicidade e estrutura das suas vidas estavam prestes a se perder. A sra. March voltou a si em seguida, releu a mensagem e estendeu os braços para as filhas, dizendo, em um tom que elas nunca esqueceram:

— Partirei imediatamente, mas pode ser tarde demais. Ah, filhas, filhas, me ajudem a suportar!

Por vários minutos não se ouviu nada além do som do soluçar no aposento, misturado a palavras entrecortadas de conforto e delicadas garantias de auxílio, aos sussurros esperançosos que morreram em lágrimas. A pobre Hannah foi a primeira a se recuperar e, com sabedoria inconsciente, serviu como um belo exemplo para todas as outras, pois, para ela, o trabalho era a panaceia para a maioria dos males.

— *Qui* o Senhor guarde o homem *quirido*! *Num* vou *perdê* tempo com *chororô*, mas *prepará* suas coisa para já, *sinhora* — decidiu ela, enquanto enxugava as lágrimas no avental, e apertou a mão da sra. March de forma calorosa com a própria mão calejada, saindo para trabalhar como se fosse três mulheres em uma.

— Ela tem razão, não há tempo para lágrimas agora. Acalmem-se, meninas, e me deixem pensar.

Elas tentaram ficar calmas, pobrezinhas, enquanto a mãe se sentava direito, pálida, porém firme, e punha a tristeza de lado para pensar e planejar por elas.

— Onde está Laurie? — perguntou ela por fim, depois de ter organizado os pensamentos e decidido quais seriam as primeiras tarefas.

— Aqui, senhora. Ah, deixe-me ajudar! — exclamou o rapaz, apressando-se desde a outra sala para onde tinha se retirado, ao sentir que o sofrimento delas era sagrado demais para ser visto até mesmo pelos olhos dele, de amigo.

— Mande um telegrama avisando que irei de imediato. O próximo trem parte cedo de manhã. Irei nele.

— O que mais? Os cavalos estão prontos. Posso ir a qualquer lugar, fazer qualquer coisa — afirmou Laurie, parecendo preparado para voar até os confins do mundo.

— Deixe um bilhete na casa da Tia March. Jo, passe-me aquela pena e o papel.

Jo arrancou o lado em branco de uma das páginas recém--copiadas e arrumou a mesa diante da mãe, sabendo muito bem que o dinheiro para a longa e triste jornada teria de vir de um empréstimo, e pensando o que poderia fazer para somar ao valor.

— Agora vá, querido, mas não saia por aí numa velocidade desesperada, não há necessidade disso.

A advertência da sra. March foi evidentemente ignorada, pois, cinco minutos depois, Laurie passou à toda pela janela no próprio cavalo, cavalgando como se sua vida dependesse daquilo.

— Jo, corra aos alojamentos e diga à sra. King que não poderei ir. No caminho, pegue estas coisas. Vou separá-las, elas serão necessárias, e tenho de ir preparada para cuidar do seu pai. Os hospitais nem sempre estão bem equipados. Beth, vá pedir umas duas garrafas de vinho antigo ao sr. Laurence. Não sou orgulhosa demais para mendigar pelo papai. Ele terá o melhor de tudo. Amy, diga a Hannah para descer o baú preto, e Meg, venha me ajudar a achar minhas coisas, pois estou meio atordoada.

Escrever, pensar e orientar, tudo ao mesmo tempo, realmente só podia deixar a pobre senhora atordoada, e Meg implorou para que ela se sentasse quieta no próprio quarto por um tempinho e as deixasse trabalhar. Todas se espalharam como folhas ao vento, e aquele lar quieto e feliz foi partido repentinamente, como se aquele pedaço de papel fosse um feitiço maléfico.

O sr. Laurence chegou apressado com Beth, trazendo todos os confortos que o bondoso velho cavalheiro pôde pensar para o doente, e as mais amistosas promessas de proteção para as meninas durante a ausência da mãe, o que a reconfortou muito. Não houve nada que não oferecesse, desde a própria roupa do corpo até a si mesmo como companhia. Só que isso não seria possível. A sra. March não queria saber do velho cavalheiro empreendendo a longa jornada, porém, uma expressão de alívio se fez visível quando ele mencionou o assunto, pois a ansiedade é uma péssima companheira de viagem. Ele percebeu o olhar, franziu as pesadas sobrancelhas, esfregou as mãos e saiu andando abruptamente, dizendo que voltaria em seguida. Ninguém teve tempo de pensar nele de novo até que, enquanto Meg entrava correndo, com um par de galochas em uma das mãos e uma xícara de chá na outra, ela se deparou subitamente com o sr. Brooke.

— Lamento muito pelas notícias, srta. March — declarou ele no tom gentil e suave que soava muito agradável para o espírito perturbado dela. — Vim me oferecer como acompanhante para sua mãe. O sr. Laurence tem serviços para mim em Washington, e ficarei satisfeito de verdade em ser útil a ela por lá.

As galochas foram derrubadas, e o chá quase foi em seguida, quando Meg estendeu a mão com um rosto tão cheio de gratidão que o sr. Brooke teria se sentido recompensado por um sacrifício muito maior do que aquele tão trivial de tempo e conforto que ele estava prestes a fazer.

— Como vocês todos são gentis! Mamãe vai aceitar, tenho certeza, e será um alívio tão grande saber que ela terá alguém para tomar conta dela. Muito, muito obrigada!

Meg falou com sinceridade, e se esqueceu completamente do que estava fazendo, até que alguma coisa nos olhos castanhos que a contemplavam de cima fez com que se lembrasse do chá que esfriava, e o conduziu até a sala de visitas, dizendo que chamaria a mãe.

Tudo estava resolvido quando Laurie voltou com o bilhete de Tia March, contendo o valor desejado, e algumas linhas repetindo o que ela lhes falava com frequência, que ela sempre dissera que era absurdo que March entrasse para o exército, sempre previra que nada de bom poderia sair daquilo, e que esperava que seguissem o conselho dela da próxima vez. A sra. March pôs o bilhete no fogo, o dinheiro na bolsa, e continuou com os preparativos, os lábios bem franzidos do jeito que Jo teria compreendido se estivesse presente.

A curta tarde se esgotou. Todas as outras tarefas tinham sido cumpridas, e Meg e a mãe estavam ocupadas com um pouco de costura necessária, enquanto Beth e Amy providenciavam o chá e Hannah terminava de passar roupa do jeito que ela chamava de "rápido e rasteiro", mas Jo ainda não tinha voltado. Elas começaram a ficar ansiosas, e Laurie partiu à procura dela, pois ninguém sabia que ideia estranha Jo poderia ter na cabeça. Ele acabou se desencontrando dela, porém, e Jo chegou com uma expressão muito esquisita, uma mistura de divertimento e medo, satisfação e arrependimento, confundindo a família tanto quanto o rolo de cédulas que pôs diante da mãe, dizendo, com a voz embargada:

— Esta é minha contribuição para deixar o papai confortável e trazê-lo para casa!

— Minha querida, onde arranjou o dinheiro? Vinte e cinco dólares! Jo, espero que não tenha feito nada inconsequente.

— Não, é meu honestamente. Não mendiguei, peguei emprestado ou roubei. Ganhei esse dinheiro, e não acho que você me culpará, pois só vendi o que me pertencia.

Enquanto falava, Jo tirou o chapéu-boneca, provocando um alarde geral, pois seus cabelos abundantes tinham sido cortados bem curtos.

— Seus cabelos! Seus lindos cabelos!

— Ah, Jo, como pôde! Sua única beleza.

— Minha querida menina, não havia necessidade disso.

— Ela não se parece mais com a minha Jo, mas eu a amo demais por isso!

Enquanto todos exclamavam, e Beth abraçava com carinho a cabeça tosada, Jo assumiu um ar de indiferença que não enganou ninguém nem por um instante e, bagunçando os curtos cabelos castanhos, tentando passar a impressão de que estava gostando, falou:

— Não afeta o destino da nação, então não se debulhe em lágrimas, Beth. Será bom para a minha vaidade, eu estava ficando muito orgulhosa da minha cabeleira. Vai fazer bem para o meu cérebro ficar livre daquele cabelo todo. Minha cabeça agora está deliciosamente leve e fresca, e o barbeiro disse que eu poderia logo ter um corte cacheado, que ficará igual de menino, bonito e fácil de manter. Estou satisfeita; então, por favor, aceite o dinheiro e vamos jantar.

— Conte-me tudo sobre isso, Jo. *Eu* não estou bem satisfeita, mas não posso culpá-la, pois sei como foi voluntário esse sacrifício da sua vaidade, como você chamou, ao seu amor. Mas, minha querida, não era necessário, e temo que possa se arrepender algum dia — disse a sra. March.

— Não vou, não! — retrucou Jo, decidida, sentindo-se muito aliviada que a peça que pregara não tivesse sido inteiramente condenada.

— O que a levou a fazê-lo? — indagou Amy, que teria preferido cortar a cabeça aos belos cabelos.

— Bem, estava desesperada para fazer algo para o papai — respondeu Jo, enquanto elas se reuniam ao redor da mesa, pois jovens saudáveis conseguem comer mesmo em meio a uma crise. — Odiaria pedir um empréstimo tanto quanto a mamãe, e sabia que a Tia March reclamaria, como sempre faz, se eu pedisse um tostão furado que fosse. Meg investiu todo o salário quinzenal dela no aluguel, e só consegui comprar algumas roupas com o meu, então me senti mal, e estava decidida a conseguir algum dinheiro, mesmo que precisasse vender o nariz para consegui-lo.

— Não precisava se sentir mal, minha filha! Você não tinha roupas de inverno e comprou as mais modestas com seu próprio dinheiro que deu duro para ganhar — disse a sra. March, com um olhar que aqueceu o coração de Jo.

— No início, não tive a ideia de vender o cabelo, mas conforme fui andando, fiquei pensando no que poderia fazer e sentindo que gostaria de mergulhar em uma das lojas ricas e pegar o que quisesse. Na vitrine de um barbeiro, vi rabos de cavalo com os preços marcados. Um preto, que nem era tão cheio quanto o meu, custava 40 dólares. De repente percebi que tinha algo do qual poderia tirar algum dinheiro e, sem parar para pensar, entrei, perguntei se compravam cabelo e o quanto dariam pelo meu.

— Não entendo como conseguiu fazer isso — comentou Beth, em um tom de assombro.

— Ah, ele era um homenzinho que parecia mesmo viver apenas para olear o próprio cabelo. Ele me encarou bastante, a princípio, como se não estivesse acostumado a receber garotas no seu estabelecimento pedindo-lhe para comprar os cabelos. Ele me disse que não gostava do meu, pois não tinha a cor da moda, e ele nunca pagava lá muita coisa, em primeiro lugar. O trabalho que dava não compensaria, e assim por diante. Já estava ficando tarde, e eu temia que, se não fosse feito de imediato, eu não conseguiria fazer de forma alguma, e vocês sabem que, quando começo alguma coisa, odeio desistir. Então implorei para que aceitasse, e contei a ele por que estava com tanta pressa. Foi tolice, ouso dizer, mas assim ele mudou de ideia, pois fiquei muito entusiasmada, e contei a história do meu jeito todo enrolado, e a esposa dele ouviu e disse, com muita bondade: "Aceite, Thomas, e ajude a jovem senhorita. Eu faria o mesmo pelo nosso Jimmy qualquer dia se eu tivesse uma espiral de cabelo que valesse a pena vender."

— Quem era Jimmy? — perguntou Amy, que gostava que as coisas fossem explicadas conforme se desenvolviam.

— O filho dela, foi o que ela me contou, que estava no Exército. Como essas coisas deixam os estranhos amistosos, não é? Ela tagarelou o tempo todo em que o homem cortava e me distraiu bastante.

— Você não teve uma sensação horrível quando o primeiro corte foi feito? — quis saber Meg, com um arrepio.

— Dei uma última olhada nos meus cabelos enquanto o homem preparava as coisas dele, e pronto. Não me abalo com essas trivialidades. Mas confesso que me senti estranha quando vi meus queridos cabelos estendidos na mesa, e tateei apenas as pontas ásperas na minha cabeça. Quase pareceu como se eu tivesse perdido um braço ou uma perna. A mulher notou meu olhar e escolheu uma longa mecha para que eu guardasse. Eu a darei a você, mamãezinha, só para recordar as velhas glórias, pois um corte tão curto é tão confortável que acho que nunca mais vou deixar a juba crescer de novo.

A sra. March dobrou a mecha castanha cacheada e a deitou ao lado de uma grisalha e curta em sua escrivaninha.

— Obrigada, querida — disse apenas, mas havia algo no rosto dela que fez as meninas mudarem de assunto, e conversar tão animadamente quanto possível sobre a generosidade do sr. Brooke, a possibilidade de um belo dia na manhã seguinte e os momentos felizes que elas teriam quando o pai voltasse para casa para se recuperar.

Ninguém quis ir para a cama quando, às dez horas, a sra. March pousou o último trabalho completado e disse:

— Venham, meninas.

Beth foi para o piano e tocou o hino favorito do pai. Todas começaram a cantar bravamente, mas foram desistindo uma a uma até que Beth continuou sozinha, cantando a plenos pulmões, pois, para ela, a música sempre era um doce consolo.

— Vão dormir e nada de conversa, pois temos de acordar cedo e precisaremos do máximo de descanso possível. Boa noite, minhas queridas — disse a sra. March após o fim do hino, pois ninguém se animou a começar outro.

Elas a beijaram sem palavras, e foram para a cama tão silenciosamente quanto se o querido doente estivesse no quarto ao lado. Beth e Amy logo adormeceram apesar da grande preocupação, mas Meg ficou acordada na cama, ruminando os pensamentos mais sérios que já lhe tinham ocorrido em toda a sua curta vida. Jo ficou deitada imóvel, e a irmã concluiu que ela estaria adormecida, até que um soluço contido a fez exclamar, enquanto tocava uma bochecha molhada:

— Jo, querida, o que foi? Está chorando por causa do papai?

— Não, agora não.

— Por que, então?

— Meu... meu cabelo! — confessou Jo, tentando inutilmente sufocar a emoção no travesseiro.

Aquilo não pareceu nada cômico para Meg, que beijou e afagou a heroína aflita da forma mais delicada.

— Eu não me arrependo — protestou Jo, embargada. — Faria de novo amanhã, se pudesse. É só a parte fútil de mim que inventa de chorar desse jeito tolo. Não conte a ninguém, já acabou. Achei que estivesse dormindo, então soltei só um mero gemido particular pela minha única beleza. Como pode estar acordada?

— Não consigo dormir, de tão ansiosa — explicou Meg.

— Pense em alguma coisa agradável e você logo adormecerá.

— Já tentei, mas me senti mais acordada do que nunca.

— No que pensou?

— Em belos rostos... olhos, em particular — respondeu Meg, sorrindo consigo mesma no escuro.

— Qual cor você prefere?

— Castanho... quero dizer, às vezes. Olhos azuis são lindos.

Jo riu, e Meg ordenou de maneira brusca para que não falasse, depois prometeu amistosamente cachear os cabelos dela, e adormeceu para sonhar com a vida no castelo no ar.

Os relógios soavam meia-noite e os quartos estavam muito silenciosos, enquanto um vulto se movia discretamente de cama em cama, alisando uma coberta aqui, ajeitando um travesseiro ali, e parando para contemplar longa e carinhosamente cada rosto inconsciente, para beijar cada um deles com lábios que abençoavam sem palavras, e para rezar as preces fervorosas que só as mães pronunciam. No que ela espreitou pela cortina para fitar a noite lúgubre, a lua irrompeu subitamente de trás das nuvens e a iluminou como um rosto brilhante e gentil, que parecia sussurrar no silêncio: "Reconforte-se, cara alma! Há sempre uma luz atrás das nuvens."

• 217 •

16

CARTAS

Na fria e cinzenta aurora, as irmãs acenderam o lampião e leram o capítulo com uma seriedade inédita. Pois agora a sombra de um problema real tinha chegado e os livrinhos estavam cheios de ajuda e conforto e, enquanto se vestiam, concordaram em se despedir com animação e esperança, e despachar a mãe na ansiosa jornada sem a tristeza das lágrimas ou reclamações delas. Tudo parecia muito estranho quando desceram; tão escuro e quieto lá fora, tão cheio de luz e agitação ali dentro. O café da manhã tão cedo parecia esquisito, e até o rosto familiar de Hannah parecia exótico enquanto trabalhava na cozinha com a touca de dormir. O grande baú estava pronto no salão, o manto e o chapéu-boneca aguardavam no sofá, e a própria mãe estava sentada, tentando comer, mas estava tão pálida e cansada pela falta de sono e ansiedade que as garotas tiveram dificuldade em manter a resolução. Os olhos de Meg ficavam marejando, apesar do esforço contrário, Jo teve de esconder o rosto no rolo de massa mais de uma vez, e as pequenas mantinham uma expressão pesarosa e preocupada, como se a tristeza fosse uma experiência nova para elas.

• 218 •

Ninguém falou muito, mas, conforme a hora foi chegando e elas se sentaram, aguardando a carruagem, a sra. March disse às meninas, que estavam todas se ocupando ao redor dela, uma dobrando o xale, a outra alisando os cordões do chapéu-boneca, uma terceira calçando-lhe as galochas, e uma quarta atando a bolsa de viagem:

— Meninas, deixo vocês aos cuidados de Hannah e sob a proteção do sr. Laurence. Hannah é a fidelidade encarnada, e nosso bom vizinho as guardará como se fossem filhas dele. Não temo nada quanto a vocês, porém fico preocupada que lidem bem com esta situação. Não lamentem e se preocupem enquanto eu estiver fora, ou achem que possam ficar desocupadas e se reconfortarem em ficar desocupadas para tentar esquecer. Continuem seus trabalhos como sempre, pois a labuta é um consolo abençoado. Tenham esperança e se mantenham ocupadas e, o que quer que aconteça, lembrem-se de que jamais poderão ficar sem pai.

— Sim, mamãe.

— Meg, minha querida, seja prudente, tome conta das suas irmãs, consulte Hannah e, diante de qualquer dificuldade, procure o sr. Laurence. Seja paciente, Jo, não fique desanimada ou tome atitudes impensadas, escreva-me com frequência e seja minha menina corajosa, pronta para ajudar e animar a todos. Beth, reconforte-se com sua música e seja fiel às pequenas tarefas caseiras, e você, Amy, ajude com tudo o que puder, seja obediente, e continue feliz e segura em casa.

— Nós vamos, mamãe! Nós vamos!

O chacoalhar de uma carruagem que se aproximava fez todas pararem e prestarem atenção. Aquele era um momento difícil, mas as meninas resistiram bem. Ninguém chorou, ninguém saiu correndo ou expressou lamentação, ainda que estivessem com os corações muito pesados ao mandar mensagens carinhosas ao pai, relembrando, enquanto falavam, que já poderia ser tarde demais para entregá-las. Beijaram a mãe em silêncio, abraçaram-na com carinho, e tentaram acenar com alegria enquanto ela se afastava.

Laurie e o avô vieram se despedir, e o sr. Brooke parecia tão forte, sensato e gentil que as meninas o batizaram de "Sr. Grande Coração" ali mesmo.

— Adeus, minhas queridas! Deus nos abençoe e guarde a todas! — sussurrou a sra. March, enquanto beijava um rosto querido após o outro, e se apressou em embarcar na carruagem.

Enquanto se afastava, o sol surgiu e, ao olhar para trás, a sra. March viu a luz recaindo sobre o grupo no portão como um bom presságio. Elas também viram, e sorriram e acenaram, e a última coisa que ela vislumbrou ao virar a curva foram os quatro rostos iluminados e, atrás deles, como um guarda-costas, o velho sr. Laurence, a fiel Hannah e o devotado Laurie.

— Como todos são bondosos conosco! — exclamou ela, virando-se para encontrar mais um exemplo no sorriso respeitoso no rosto do rapaz.

— Não vejo como poderiam evitar — respondeu o sr. Brooke, com uma risada tão contagiante que a sra. March não pôde deixar de sorrir. E assim a jornada começou com os bons presságios do sol, sorrisos e palavras alegres.

— Sinto-me como se tivesse havido um terremoto — comentou Jo, quando os vizinhos foram para casa tomar o café da manhã, deixando que as meninas descansassem e se refrescassem.

— Parece que metade da casa se foi — acrescentou Meg, desanimada.

Beth abriu a boca para dizer alguma coisa, mas só conseguiu apontar a pilha de meias bem cerzidas arrumada na mesa da mãe, demonstrando que, mesmo nos últimos momentos apressados, ela havia pensado nelas e trabalhado por elas. Era algo pequeno, mas lhes tocou fundo o coração e, apesar das corajosas resoluções, todas desabaram e choraram amargamente.

• 220 •

Hannah permitiu sabiamente que elas aliviassem os sentimentos e, quando o chororô demonstrou sinais de que estava para acabar, ela veio ao resgate, armada com um bule de café.

— Agora, minhas *quiridas* senhoritas, lembrem do que sua mamãezinha disse, e *num* se apoquentem. Venham todas *tomá* uma xícara de café, e vamos *botá* mãos à obra e *honrá* o nome da família.

O café estava delicioso, e Hannah demonstrou grande sensibilidade em fazê-lo naquela manhã. Ninguém poderia resistir aos acenos persuasivos dela, ou ao convite fragrante feito ao nariz pelo bule de café. Elas se sentaram à mesa, trocaram os lenços por guardanapos e, em dez minutos, tudo estava bem de novo.

— Conservem a esperança e se mantenham ocupadas, esse é o nosso lema, então vamos ver quem vai lembrar melhor. Vou à casa de Tia March, como sempre. Ah, mas como ela vai passar sermão! — comentou Jo, enquanto bebericava com animação cada vez maior.

— E eu irei até a casa da família King, ainda que preferisse muito mais ficar em casa e cuidar das coisas por aqui — disse Meg, desejando que os olhos não tivessem ficado tão vermelhos.

— Não tem problema algum. Beth e eu cuidamos da casa perfeitamente bem — declarou Amy, com ares importantes.

— Hannah vai nos dizer o que fazer, e já teremos tudo arrumado quando vocês chegarem em casa — acrescentou Beth, pegando o esfregão e a tina de louça sem demora.

— Acho que a ansiedade é muito interessante — observou Amy, comendo açúcar pensativamente.

As meninas não conseguiram deixar de rir e se sentir melhor com isso, ainda que Meg tenha balançado a cabeça para a jovem senhorita que conseguia encontrar consolo em uma tigela de açúcar.

A visão dos preparativos deixou Jo calma de novo; e, quando as duas partiram para suas tarefas diárias, olharam entristecidas para trás, para a janela onde estavam acostumadas a ver o rosto da mãe. O rosto se fora, mas Beth tinha relembrado a pequena cerimônia caseira, e lá estava ela, assentindo para elas como um mandarim de rosto rosado.

— Isso é bem a cara da minha Beth! — exclamou Jo, acenando com o chapéu, com uma expressão de gratidão. — Adeus, Meggy, espero que os King não lhe deem muito trabalho hoje. Não se preocupe com o papai, querida — acrescentou ela, quando as duas se separaram.

— E espero que Tia March não dê bronca. Seu cabelo lhe cai bem, e está bem moleque e bonito — respondeu Meg, tentando não sorrir para a cabeça encaracolada, que parecia comicamente pequena sobre os ombros da irmã alta.

— Esse é meu único conforto. — E, tocando o chapéu *à la* Laurie, lá se foi Jo, sentindo-se como uma ovelha tosquiada em um dia de inverno.

Notícias do pai reconfortavam muito as meninas, pois, ainda que perigosamente doente, a presença da melhor e mais gentil das enfermeiras já lhe fizera bem. O sr. Brooke mandava um boletim todos os dias e, como líder da família, Meg insistia em ler os despachos, que foram se tornando mais animados com o passar da semana. A princípio, todas estavam ansiosas para escrever, e gordos envelopes eram inseridos com cuidado na caixa de correio por uma das irmãs, que se sentia muito importante com sua correspondência de Washington. Como um desses pacotes continha bilhetes característicos do grupo, vamos roubar uma correspondência imaginária e lê-la...

Querida Mamãe,

É impossível expressar o quanto sua última carta nos deixou felizes, pois as notícias eram tão boas que não seguramos o riso e o choro com ela. Como o sr. Brooke é gentil, e que felicidade que os negócios do sr. Laurence o mantenham perto da senhora por tanto tempo, já que ele é tão útil a você e ao papai. Todas as meninas estão tão boas quanto ouro. Jo me ajuda com as costuras e insiste em fazer todo tipo de trabalho pesado. Eu teria medo de que ela fizesse demais, se não soubesse que seu "acesso moral" não duraria muito. Beth é tão pontual nas tarefas quanto um relógio, e nunca se esquece do que a senhora disse a ela. Ela sofre pelo papai e fica com uma aparência séria, exceto quando está em seu pianinho. Amy me obedece muito bem e tomo conta dela. Ela arruma o próprio cabelo e estou a ensinando a fazer casas de botão e consertar suas meias. Ela é muito esforçada e sei que a senhora gostará do progresso dela quando voltar. O sr. Laurence cuida de nós como uma velha galinha maternal, como diz Jo, e Laurie é muito gentil e prestativo. Ele e Jo nos mantêm animadas, pois às vezes ficamos muito tristes, sentindo-nos órfãs, com vocês tão longe. Hannah é uma verdadeira santa. Não reclama de nada e sempre me chama de srta. Margaret, o que é bem adequado, sabe, e me trata com respeito. Todas estamos bem e ocupadas, mas desejamos, dia e noite, tê-la de volta. Mande todo o meu amor ao papai e, acredite em mim, sempre sua,

Meg

Esta mensagem, belamente redigida em papel perfumado, foi de grande contraste à seguinte, rabiscada em uma grande folha de papel fino, enfeitada com manchas e todo tipo de floreios e letras curvadas:

Minha preciosa mamãezinha,

Três vivas para o querido papai! Brooke foi maravilhoso em nos telegrafar de imediato e nos informar no instante em que ele ficou melhor. Corri para o sótão quando a carta chegou e tentei agradecer a Deus por ser tão bom para nós, mas só consegui chorar e dizer "Estou feliz! Estou feliz!". Será que isso conta como uma oração normal? Pois me senti muito agradecida em meu coração. Temos muitos momentos divertidos, e agora posso aproveitá-los, pois todos são tão desesperadoramente bons; é como viver em um ninho de pombinhos. A senhora morreria de rir se visse Meg à cabeceira da mesa tentando ser maternal. Ela fica cada dia mais bonita e às vezes fico encantada com ela. As crianças são uns verdadeiros anjos e eu, bem, eu sou Jo, e nunca serei diferente. Ah, preciso lhe contar que cheguei perto de ter uma discussão com Laurie. Fui sincera no que pensava a respeito de algo tolo e ele se sentiu ofendido. Eu estava certa, mas não falei como deveria, e ele foi embora para casa, dizendo que não voltaria até que eu implorasse por perdão. Declarei que não faria isso e fiquei brava. Durou o dia inteiro. Eu me senti mal e queria muito a sua presença. Laurie e eu somos muito orgulhosos, e é difícil implorar por perdão. Mas achei que ele viria até aqui para isso, pois eu estava certa. Ele não veio, e só à noite me lembrei do que a senhora disse quando Amy caiu no rio. Li meu livrinho, me senti melhor, decidi não dormir com raiva e corri até a casa de Laurie para dizer que estava arrependida. Encontrei-o no portão, vindo pelo mesmo motivo. Demos risada, pedimos perdão um ao outro e nos sentimos bem e confortáveis de novo.

Fiz um poema ontem, enquanto ajudava Hannah a lavar a roupa, e, como o papai gosta das minhas bobagens, mando junto para diverti-lo. Dê a ele o abraço mais carinhoso que já existiu e se dê uma dúzia de beijos pela sua

Jo atrapalhada

UMA CANÇÃO DAS BOLHAS DE SABÃO

Rainha da minha tina, canto com prazer,
Enquanto a espuma branca alta crescer,
Com vigor vou lavar, enxaguar e torcer.
Coloco as roupas para secar,
Para que ao ar livre do dia possam se agitar,
Sob o céu a iluminar.

• 224 •

Dos corações e almas queria poder tirar
   As manchas dos dias que se vão.
E deixar que, com sua mágica, a água e o ar
   Nos façam puros como eles são.
Realmente haveria na terra, então,
   Um glorioso dia de lavar!

No caminho de uma vida útil
   Ervas-daninhas nunca hão de florescer.
A mente ocupada não tem tempo para crescer
   Em sofrimento, preocupação ou melancolia.
Pensamentos ansiosos se devem varrer
   Enquanto empunhamos a vassoura com ousadia.

Fico feliz que uma tarefa me seja dada,
   Para no dia a dia realizar empenhada,
Trazendo saúde, força e esperança renovada,
   E aprendo a dizer, bastante animada:
"Mente, você pode refletir,
   Coração, você pode sentir,
Mas, Mão, com seu dever sempre deve cumprir!"

Querida mamãe,

Só há espaço para enviar meu carinho e alguns amores-perfeitos
prensados da planta que tenho mantido a salvo em casa para o
papai ver. Leio todas as manhãs, tento ser boa o dia todo e canto
para mim mesma para dormir com a melodia do papai. Não consigo
cantar "Land of the Leal" no momento, pois me faz chorar. Todos
são muito gentis e estamos tão felizes quanto possível sem vocês.
Amy quer o resto da página, então preciso parar. Não esqueci
de cobrir os vasilhames e dou corda no relógio e arejo os quartos
todos os dias.

Dê um beijo na bochecha do papai que ele saiba ser meu. Ah, volte logo para a sua querida,

Bethinha

Ma chere mamma,

Estamos todas bem sempre faço minhas lições e nunca correboro as meninas. Meg diz que quero dizer contradiser então escrevo as duas palavras e a senhora pode escolher a melhor. Meg é um grande conforto para mim ela me deicha comer geleia toda noite na hora do chá a Jo fala que é bom para mim porque me deicha com o humor doce. Laurie não é tão respeitozo quanto deveria ser agora que sou quase uma adolecente, ele me chama de Criança e fere meus sentimentos falando francês muito rápido comigo quando falo Merci ou Bon jour como Hattie King faz. As mangas do meu vestido azul estavam muito gastas, e Meg trocou por novas, mas a frente não ficou boa e elas estão mais azuis do que o vestido. Eu me senti mal mas não reclamei estou suportando bem os meus problemas mas gostaria que Hannah colocasse mais goma nos meus aventais e que tivesse mingau todo dia. Será que ela não pode? Eu não fiz um bom ponto de interrigação? Meg diz que minha pontuassão e minha ortografia estão horrorozas e fico chateada mas meu Deus tenho tantas coisas para fazer, não posso parar. Adieu, envio um montão de amor ao papai.

Sua filha afetuosa,

Amy Curtis March

Quirida sra. March,

Só tô iscrevendu um poquinho pra dizê qui tamos todas bem. As minina são inteligente e resolve tudo rápido. A srta. Meg vai dá uma boa dona de casa. Ela tem gosto pra isso e pega o jeito das coisa surprendentimente rápido. A Jo faz tudo mais dipressa, mais ela num para pra pensá primero, e nunca se sabe o qui ela vai aprontá. Ela lavô uma tina de ropa na segunda, mas ela botô goma nelas antis de pindurá e manchô de azul um vestido de augodão rosa e eu achei qui ia morre de ri. A Beth é a melhor das criatura, e mim ajuda muito, ela é muito prestativa e de confiansa. Ela tenta aprendê tudo, e vai pro mercado qui nem se fosse mais velha, e tambeim faz as conta de tudo qui gasta, com a minha ajuda, uma maravilha. Nós tamo economizano bem até agora. Eu num dexo as minina tomá café todo dia, só uma vez por semana, como a sinhora mandô, e só dexo elas comê as coisa saudáveu. A Amy tá indo bem sem recramá, usano as melhor roupa dela e comeno coisa doce. O sr. Laurie tá tão traveso como sempre, e vira a casa de perna pro ar as veiz, mais ele alegra as minina, então dexo eles se diverti. O velho cavalhero manda um monte de coisa e muito nem se usa, mas ele tem boa intenssão então num posso dizê nada. Meu pão já creceu, então é isso por hora. Meus respeito pro sr. March e ispero que seja o fim da pineumonia dele.

 Sinsseramente,

Hannah Mullet

Enfermeira-chefe da ala 2,

Tudo calmo em Rappahannock, as tropas em boas condições, o departamento de provisões bem conduzido, a Guarda Interna sob o comando do Coronel Teddy sempre a postos, o Comandante Supremo General Laurence passa o Exército em revista diariamente, a Intendente Mullet mantém a ordem no acampamento e o Major Lion fica em guarda à noite. Uma salva de 24 tiros foi disparada ao recebermos as boas notícias de Washington e houve um desfile no quartel-general. O Comandante Supremo envia os melhores votos, nos quais se junta com sinceridade o

Coronel Teddy.

Querida Madame,

As menininhas estão todas bem. Beth e meu garoto dão notícias diárias. Hannah é um exemplo de criada e guarda a bela Meg como um dragão. Estou satisfeito de que o bom tempo permaneça. Espero que Brooke esteja sendo útil, e conte comigo para obter fundos se as despesas excederem o estimado. Não deixe que falte nada a seu marido. Graças a Deus ele está se recuperando.

    Seu amigo sincero e criado,

James Laurence.

17

PEQUENINA DEDICADA

Durante uma semana, a virtude naquela casa era tamanha que poderia abastecer a vizinhança toda. Era realmente incrível, pois todos pareciam se encontrar em um estado de espírito celestial, e o altruísmo estava totalmente na moda. Aliviadas da ansiedade inicial com relação ao pai, as meninas inconscientemente relaxaram um pouquinho seus esforços louváveis, e começaram a recair em velhos hábitos. Não esqueceram seu lema, mas ter esperança e se manterem ocupadas pareceu ficar mais fácil e, depois de tanta dedicação, todas acreditavam merecer uma folga por tanto empenho e tiraram umas boas férias.

Jo pegou um resfriado forte por negligenciar a proteção adequada da cabeça tosquiada, e lhe ordenaram que ficasse em casa até melhorar, pois Tia March não gostava que pessoas resfriadas lessem para ela. Jo gostou disso e, depois de uma inspeção vigorosa do sótão ao porão, afundou-se no sofá para tratar do resfriado com elixir e livros. Amy descobriu que trabalhos domésticos e arte não combinavam muito, e retornou às tortas de lama. Meg cuidava diariamente dos seus alunos e, em casa, costurava — ou achava que costurava —, mas passava muito tempo escrevendo longas cartas para a mãe, ou lendo as mensagens vindas de Washington repetidamente. Beth seguiu em frente, com ligeiras recaídas ociosas ou lamuriantes. Todas as suas pequenas tarefas eram cumpridas fielmente todos os dias, assim como muitas das obrigações de suas irmãs, considerando que elas eram esquecidas e a casa parecia um relógio cujo pêndulo fora dar um passeio. Quando seu coraçãozinho ficava apertado de saudades da mãe ou de receio pelo pai, ela se escondia em um armário, enterrava o rosto nas pregas de um velho vestido, choramingava e fazia sua pequena oração sozinha em silêncio. Ninguém sabia o que a alegrava depois de um acesso de melancolia, mas todas sabiam o quanto Beth era amável e prestativa, e adquiriram o hábito de recorrer a ela em busca de conforto ou de conselhos sobre seus afazeres.

Nenhuma tinha consciência de que essa experiência era um teste de caráter e, quando a animação inicial se esvaiu, as meninas sentiram que tinham se saído bem e mereciam elogios. E realmente mereciam, mas seu erro foi deixar de fazer tudo bem-feito, uma lição que aprenderam por meio de muita ansiedade e arrependimento.

— Meg, eu gostaria que fosse visitar a família Hummel. Você sabe que a mamãe nos disse para não nos esquecermos deles — lembrou Beth, dez dias após a partida da sra. March.

— Estou cansada demais para ir esta tarde — respondeu Meg, balançando-se confortavelmente enquanto costurava.

— Você não pode ir, Jo? — perguntou Beth.

— Está chuvoso demais para mim, com esse resfriado.

— Achei que já estivesse quase boa.

— Boa o suficiente para sair com o Laurie, mas não para ir à casa dos Hummel — retrucou Jo, rindo, mas parecendo um pouco envergonhada pela sua incoerência.

— Por que não vai você mesma? — indagou Meg.

— Fui todos os dias, mas o bebê está doente e não sei o que fazer por ele. A sra. Hummel sai para trabalhar e Lottchen cuida dele. Mas o bebê está ficando cada vez mais doente, e acho que você ou Hannah deveriam ir.

Beth falou cheia de determinação, e Meg prometeu que iria no dia seguinte.

— Peça à Hannah que prepare um lanchinho e leve para eles, Beth. Vai ser bom, para você, tomar um ar — sugeriu Jo, acrescentando com ar de desculpa: — Eu iria, mas quero terminar o que estou escrevendo.

— Estou cansada e com dor de cabeça, então pensei que talvez alguma de vocês pudesse ir — disse Beth.

— Logo a Amy chega e pode dar uma passada lá para nós — sugeriu Meg.

Então Beth se deitou no sofá, as outras retornaram às suas atividades e os Hummel foram esquecidos. Uma hora se passou. Amy não voltou para casa, Meg foi para o quarto provar um vestido novo, Jo estava absorta em sua história e Hannah dormia profundamente em frente ao fogão à lenha da cozinha quando Beth silenciosamente colocou seu capuz, encheu a cesta com uma série de coisas para as pobres crianças e saiu no ar frio com a cabeça pesada e uma expressão entristecida em seus olhos pacientes. Já era tarde quando retornou, e ninguém a viu se arrastar escada acima e se trancar no quarto da mãe. Meia hora depois, Jo foi até o "armário da mamãe" para pegar alguma coisa e lá encontrou a pequena Beth, sentada no baú dos remédios, parecendo muito solene, com olhos vermelhos e um frasco de cânfora na mão.

— Minha nossa! Qual o problema? — exclamou Jo, quando Beth estendeu a mão como que para alertá-la para se afastar.

Beth rapidamente perguntou:

— Você já teve escarlatina, não teve?

— Anos atrás, quando a Meg também teve. Por quê?

— Vou contar por quê. O bebê morreu, Jo!

— Que bebê?

— O da sra. Hummel, ele morreu no meu colo antes de ela chegar em casa — exclamou Beth com um soluço entre lágrimas.

— Minha pobrezinha, que terrível para você! Eu é quem devia ter ido — disse Jo, pegando a irmã no colo enquanto se sentava na poltrona da mãe com uma expressão arrependida.

— Não foi nada terrível, Jo, apenas muito triste! Vi na hora que ele estava pior, mas Lottchen disse que a mãe tinha ido procurar um médico, então peguei o bebê e deixei-a descansar. Parecia estar dormindo, mas, de repente, deu um gritinho, tremeu e ficou imóvel. Tentei esquentar seus pezinhos e Lotty deu a ele um pouco de leite, mas ele não se mexeu e eu soube que estava morto.

— Não chore, minha querida! O que você fez?

— Só fiquei sentada ali, segurando-o delicadamente até a sra. Hummel chegar com o médico. Ele disse que o bebê estava morto e olhou para Heinrich e Minna, que estão com dor de garganta. "Escarlatina, senhora. Devia ter me chamado antes", declarou ele de um jeito hostil. A sra. Hummel disse a ele que era pobre e que tinha tentado curar o bebê sozinha, mas já era tarde demais e ela só podia pedir que ele ajudasse os outros e confiasse que pessoas caridosas o pagariam. Então ele sorriu e foi mais gentil, mas foi muito triste e fiquei chorando com eles até o médico se virar de repente e me dizer para vir para casa e tomar beladona imediatamente para não ficar doente.

— Não, você não vai ficar doente! — exclamou Jo, abraçando-a forte, com uma expressão assustada. — Ah, Beth, se você ficar doente, eu nunca conseguirei me perdoar! O que *é* que vamos fazer?

— Não fique com medo, acho que não terei uma febre muito forte. Dei uma olhada no livro da mamãe e vi que começa com dor de cabeça, dor de garganta e sensações esquisitas, como estou sentindo, então já tomei um pouco de beladona e me sinto melhor — tranquilizou Beth, colocando as mãos geladas na testa quente e tentando parecer bem.

— Se pelo menos a mamãe estivesse em casa! — exclamou Jo, pegando o livro e sentindo que Washington ficava a uma distância imensa dali. Ela leu uma página, olhou para Beth, sentiu a temperatura da sua testa, deu uma olhada em sua garganta e então disse, gravemente: — Você esteve com o bebê e outras pessoas infectadas todos os dias por mais de uma semana, então receio que vá ficar doente, Beth. Vou chamar Hannah, ela entende tudo de doenças.

— Não deixe Amy se aproximar. Ela nunca teve, e eu odiaria que passasse para ela. Você e Meg não podem pegar de novo? — perguntou Beth, ansiosa.

— Acho que não. Não me importo de pegar. Vai ser bem feito para mim, essa porca egoísta que sou, por ter deixado você ir e ficado aqui escrevendo besteiras! — resmungou Jo enquanto ia consultar Hannah.

A boa alma estava plenamente desperta em um minuto e assumiu imediatamente as rédeas da situação, garantindo que não havia motivo para preocupação, todo mundo tinha escarlatina e, se tratada corretamente, ninguém morria. Jo acreditou em tudo que ela disse e se sentiu bem mais aliviada quando as duas subiram para chamar Meg.

— Agora, vou *dizê* o que vamos *fazê* — disse Hannah depois de examinar e conversar com Beth. — Vamos *chamá* o dr. Bangs, só *pra dá* uma olhada em você, *quirida*, e *nós faz* tudo direitinho desde o começo. Aí vou *mandá* Amy *pra* casa da Tia March por um tempo, *pra* ela *num corrê* nenhum risco, e uma de vocês pode *ficá* em casa e *cuidá* de Beth por um ou *dois dia*.

— Eu fico, claro, sou a mais velha — começou Meg, parecendo ansiosa e se sentindo culpada.

— *Eu* fico, porque sou a responsável por ela estar doente. Eu disse para mamãe que cumpriria essas tarefas e não cumpri — retrucou Jo com determinação.

— Com quem você *qué ficá*, Beth? Uma tá bom — intrometeu-se Hannah.

• 233 •

— Jo, por favor. — Beth apoiou a cabeça na irmã com uma expressão satisfeita, o que efetivamente encerrou o assunto.

— Vou contar à Amy — disse Meg, sentindo-se um pouco magoada, mas no geral um tanto aliviada, já que não gostava de bancar a enfermeira, enquanto Jo gostava.

Amy se rebelou completamente, e declarou com fervor que preferia ter escarlatina a ficar com Tia March. Meg ponderou, implorou, ordenou, tudo em vão. Amy protestou, dizendo que *não* iria, e Meg, desesperada, a deixou para perguntar à Hannah o que deveria ser feito. Antes que voltasse, Laurie entrou na sala de visitas e encontrou Amy soluçando, com a cabeça nas almofadas do sofá. Ela contou sua história, esperando ser consolada, mas Laurie apenas colocou as mãos nos bolsos e ficou andando pela sala, assobiando baixinho e franzindo as sobrancelhas, absorto em seus pensamentos. Logo ele se sentou ao lado dela e disse, em seu tom mais persuasivo:

— Agora seja uma menininha sensata e faça o que estão sugerindo. Não, não chore, mas ouça o ótimo plano que tenho em mente. Vá para a casa de Tia March que eu vou buscá-la todos os dias, de carruagem ou a pé, e vamos nos divertir muito. Não vai ser melhor do que ficar aqui se lamentando?

— Não quero que me mandem para longe, como se eu estivesse atrapalhando — começou Amy, com a voz magoada.

— Pelo amor de Deus, criança, é para manter você em segurança. Não quer ficar doente, quer?

— Não, é claro que não, mas acho que vou acabar ficando, porque estive com Beth esse tempo todo.

— É exatamente por isso que você deve partir de imediato, para que talvez consiga escapar. Uma mudança de ares e cuidados vai mantê-la bem, acho. E mesmo que não funcione completamente, você terá uma febre mais branda. Sugiro que vá o quanto antes, pois a escarlatina não é brincadeira, senhorita.

— Mas é chato lá na casa de Tia March, e ela é tão irritadiça — reclamou Amy, parecendo bastante assustada.

— Não vai ser chato comigo aparecendo por lá todos os dias para lhe contar como a Beth está e levá-la para se divertir um pouco. A velha senhora gosta de mim, e serei o mais gentil possível com ela, para que não nos dê nenhuma bronca, não importa o que façamos.

— Vai me levar para passear na carruagem a cavalo, com o Puck?

— Dou minha palavra de cavalheiro.

— E aparecer todos os dias?

— Pode apostar!

— E me trazer de volta assim que Beth ficar boa?

— No mesmo minuto.

— E me levar ao teatro, promete?

— A uma dúzia, se for o caso.

— Bem... Acho que... Eu vou — consentiu Amy.

— Boa menina! Chame a Meg e diga a ela que você resolveu ceder — disse Laurie, fazendo-lhe um afago aprovador, o que irritou Amy ainda mais do que o "resolveu ceder".

Meg e Jo desceram correndo as escadas para contemplar o milagre que tinha sido forjado, e Amy, sentindo-se muito preciosa e altruísta, prometeu ir, caso o médico dissesse que Beth ficaria doente.

— Como está minha queridinha? — perguntou Laurie, pois Beth era seu xodó e ele estava mais ansioso com relação a ela do que gostaria de demonstrar.

— Deitada na cama da mamãe e se sentindo melhor. A morte do bebê a perturbou, mas acredito que tenha apenas um resfriado. Hannah *disse* que acha isso, mas ela *parece* preocupada e isso me deixa agitada — respondeu Meg.

— Que mundo terrível, este! — exclamou Jo, arrepiando os cabelos de um jeito frenético. — Mal nos livramos de um problema e logo aparece outro. Não parece haver nada para nos apoiarmos quando mamãe não está por perto, estou totalmente perdida.

— Ora, não transforme a si mesma em um porco-espinho, não lhe cai nada bem. Ajeite sua peruca, Jo, e me diga: devo telegrafar à sua mãe ou fazer alguma outra coisa? — perguntou Laurie, que nunca se conformara com a perda da única beleza da amiga.

— É isso que me preocupa — disse Meg. — Acho que devemos contar se Beth estiver realmente doente, mas Hannah diz que não devemos, pois a mamãe não pode se afastar do papai, e só os deixaríamos ansiosos. Beth não ficará doente por muito tempo, e Hannah sabe exatamente o que fazer. Mamãe disse que deveríamos escutá-la, então acho que é isso o que devemos fazer, apesar de não me parecer totalmente certo.

— Hum, bem, não sei. Que tal perguntar ao vovô depois que o médico vier?

— Faremos isso. Jo, vá buscar o dr. Bangs imediatamente — ordenou Meg. — Não podemos decidir nada até ele examiná-la.

— Fique bem onde está, Jo. Eu sou o garoto de recados deste estabelecimento — afirmou Laurie, pegando o chapéu.

— Mas você não está ocupado? — perguntou Meg.

— Não, já fiz minhas lições do dia.

— Você estuda durante as férias? — quis saber Jo.

— Segui o bom exemplo que minhas vizinhas me deram. — Foi a resposta de Laurie, que já saía da sala.

— Tenho grandes esperanças no meu menino — comentou Jo, observando-o pular por cima da cerca com um sorriso aprovador.

— Ele se sai muito bem... para um garoto. — Foi a resposta um tanto indelicada de Meg, já que o assunto não a interessava.

O dr. Bangs veio, disse que Beth tinha os sintomas da febre, mas que achava que seria um caso leve, apesar de ter ficado muito sério ao ouvir a história dos Hummel. Amy recebeu ordens de sair dali de imediato e, depois de ter tomado algo para evitar o perigo, partiu em grande estilo, com Jo e Laurie a escoltando.

Tia March os recebeu com sua hospitalidade de sempre.

— O que querem agora? — perguntou ela, lançando um olhar penetrante por cima dos óculos enquanto o papagaio, sentado no encosto da cadeira, gritava:

— Vão embora. Garotos não são permitidos aqui.

Laurie se retirou para a janela e Jo contou toda a história.

— Nada além do esperado quando vocês ficam se misturando com gente pobre. Amy pode ficar e ajudar se não estiver doente, apesar de eu ter certeza de que vai ficar, e já parece estar. Não chore, menina, detesto ouvir gente fungando.

Amy *estava* a ponto de chorar, mas Laurie, astutamente, puxou o rabo do papagaio, o que fez a ave soltar um grasnido espantado e gritar "Deus me acuda!" de um jeito tão engraçado que ela acabou rindo.

— Que notícias temos da sua mãe? — perguntou a velha asperamente.

— Papai está bem melhor — respondeu Jo, tentando se manter séria.

— Ah, é? Bem, isso não vai durar muito, suponho. March nunca teve muita resistência. — Foi a alegre resposta.

— Rá, rá! Não desista dos teus; cheire um pouco de rapé; adeus, adeus! — guinchou Polly, o papagaio, dançando em seu poleiro e enfiando as garras no chapéu da velha, enquanto Laurie lhe puxava o rabo.

— Olhe essa boca, sua ave velha e mal-educada! E quanto a você, Jo, é melhor ir embora imediatamente. Não é adequado ficar perambulando por aí a essa hora com um garoto desmiolado como...

— Olhe essa boca, sua ave velha e mal-educada! — gritou Polly, derrubando a cadeira ao saltar e correr para bicar o menino "desmiolado", que estava tremendo de dar risada com o último sermão.

"Não acho que vou *consiguir* suportar, mas vou tentar", pensou Amy quando foi deixada sozinha com Tia March.

— Vamos logo, sua feiosa! — berrou Polly. E, com essa frase rude, Amy não conseguiu conter o choro.

18

DIAS SOMBRIOS

Beth estava mesmo com escarlatina e ficou bem mais doente do que qualquer um tinha imaginado, com exceção de Hannah e do médico. As meninas não entendiam nada da doença, e o sr. Laurence não tinha permissão para vê-la, então Hannah cuidou de tudo à sua maneira, e o atarefado dr. Bangs fez o melhor que pôde, mas deixou muitas coisas a encargo da ótima enfermeira. Meg ficou em casa para não correr o risco de infectar os King, e assumiu as tarefas domésticas, sentindo-se muito ansiosa e um pouquinho culpada quando escrevia cartas sem mencionar a doença de Beth. Ela não achava certo enganar a mãe, mas tinha prometido obedecer a Hannah, que não queria saber de "*contá pra sinhora* March e *deixá ela* preocupada com uma *bobage* dessas".

Jo se dedicava a Beth dia e noite, o que não era uma tarefa difícil, pois Beth era muito paciente e aguentava a dor sem reclamar até onde conseguia se controlar. Mas chegou um momento em que, durante os acessos de febre, ela começou a falar com uma voz rouca e fraca, a tocar na colcha como se estivesse em seu amado pianinho, e a tentar cantar com a garganta tão inflamada que não saía música alguma; não reconhecia mais os rostos familiares à sua volta, chamando-os pelos nomes errados, e gritava suplicantemente pela mãe. Então Jo ficou apavorada, Meg implorou para contar a verdade, e Hannah até chegou a dizer que "ia *pensá* no assunto, apesar de ainda não *tê* perigo". Uma carta de Washington aumentou as preocupações delas, pois o sr. March tinha sofrido uma recaída e não podia nem pensar em voltar para casa por um bom tempo.

Como os dias pareciam sombrios agora; como a casa era triste e solitária; e como os corações das irmãs estavam pesados enquanto trabalhavam e esperavam, com a morte pairando sobre o lar que um dia fora feliz! Foi então que Margaret, sentada sozinha com lágrimas caindo com frequência sobre suas tarefas, sentiu como fora rica em coisas mais preciosas do que qualquer luxo que o dinheiro pudesse comprar — no amor, na proteção, na paz e na saúde, as verdadeiras bênçãos da vida. Foi então que Jo, vivendo naquele quarto escuro, com a irmãzinha adoecida diante dos seus olhos e aquela vozinha patética ressoando em seus ouvidos, aprendeu a ver a beleza e a doçura da natureza de Beth, a sentir como ela ocupava um espaço profundo e carinhoso no coração de todos, e a reconhecer o valor da ambição desapegada característica da irmã — de viver para os outros e construir um lar feliz ao praticar aquelas virtudes simples que todos poderiam ter e deveriam valorizar mais que talento, riqueza ou beleza. E Amy, em seu exílio, ansiava avidamente por estar em casa para poder trabalhar por Beth, sentindo agora que nenhuma tarefa seria difícil ou incômoda e lembrando, com a dor do arrependimento, quantos afazeres negligenciados aquelas mãos dispostas tinham cumprido por ela. Laurie assombrava a casa como um fantasma irrequieto, e o sr. Laurence trancou o piano grande, pois não conseguia suportar ser lembrado da jovem vizinha que costumava tornar os crepúsculos tão agradáveis para ele. Todos sentiam falta de Beth. O leiteiro, o padeiro, o merceeiro e o açougueiro perguntavam como ela estava; a pobre sra. Hummel veio implorar perdão por sua negligência e para pegar uma coberta para Minna; os vizinhos enviavam todo tipo de palavras reconfortantes e de melhoras; e até mesmo aqueles que a conheciam melhor ficaram surpresos ao descobrir quantos amigos a pequena e tímida Beth fizera.

Enquanto isso, ela permanecia deitada na cama com a velha Joanna ao seu lado, pois nem mesmo em seus devaneios se esquecera da desamparada protegida. Sentia falta dos gatos, mas não queria que os levassem até ela por medo de que ficassem doentes e, em suas horas silenciosas, morria de preocupação com Jo. Enviou mensagens afetuosas para Amy, mandou as meninas dizerem à mãe que em breve escreveria para ela, e frequentemente pedia papel e lápis para tentar escrever alguma coisa, a fim de que o pai não pensasse que ela o esquecera. Mas logo até mesmo esses intervalos de consciência cessaram, e ela ficava deitada hora após hora, revirando-se na cama, com palavras incoerentes nos lábios ou imersa em um sono profundo que não a revigorava. O dr. Bangs aparecia duas vezes ao dia, Hannah ficava acordada durante a noite, Meg mantinha um telegrama prontinho na escrivaninha para despachar a qualquer minuto, e Jo nunca saía do lado de Beth.

O dia primeiro de dezembro foi um dia realmente invernal para elas, pois um vento gélido soprava, a neve caía ligeira e o ano parecia se preparar para sua morte. Quando o dr. Bangs veio naquela manhã, olhou por um bom tempo para Beth, segurou a mão quente dela entre as suas por um instante e a largou delicadamente, dizendo para Hannah, em voz baixa:

— Se a sra. March *puder* deixar o marido, é melhor chamá-la.

Hannah concordou com a cabeça, sem dizer nada, pois seus lábios tremiam nervosamente; Meg desabou em uma cadeira, pois a força pareceu se esvair de suas pernas ao ouvir aquelas palavras; e Jo, que ficara imóvel, com o rosto pálido por um minuto, correu até a sala de visitas, pegou o telegrama e, colocando suas roupas às pressas, saiu em meio à tempestade. Ela logo retornou e, enquanto tirava a capa silenciosamente, Laurie chegou com uma carta, que dizia que o sr. March estava novamente se recuperando. Jo a leu dando graças, mas o peso intenso não desapareceu do seu coração, e seu rosto estava tão marcado pela tristeza que o menino rapidamente perguntou:

— O que foi? Beth piorou?

— Mandei um telegrama para que a mamãe volte — respondeu Jo, puxando as galochas com uma expressão trágica.

— Que bom para você, Jo! Fez isso por conta própria? — perguntou Laurie, enquanto a sentava na cadeira do saguão e tirava as botas rebeldes, vendo como as mãos dela tremiam.

— Não. O médico que mandou.

— Ah, Jo, não é tão grave assim, é? — exclamou Laurie, com uma expressão alarmada.

— É, sim. Ela não nos reconhece, nem sequer tem falado dos bandos de pombos verdes, como chama as folhas de parreira nas paredes. Não parece a minha Beth e não há ninguém para nos ajudar a suportar isso. Tanto mamãe quanto papai estão longe, e Deus parece tão distante que não consigo encontrá-Lo.

À medida que lágrimas escorriam pelas bochechas da pobre Jo, ela estendeu a mão de um jeito desamparado, como se tateasse a escuridão, e Laurie a segurou entre as suas, sussurrando o melhor que conseguia com um nó na garganta:

— Estou aqui. Agarre-se a mim, Jo, querida!

Ela não conseguia falar, mas realmente se "agarrou", e o aperto caloroso daquela mão humana amigável consolou seu coração dolorido e pareceu levá-la para mais perto do abraço Divino que, sozinho, poderia apoiá-la em suas dificuldades.

Laurie queria dizer algo carinhoso e reconfortante, mas nenhuma palavra adequada lhe ocorreu, então permaneceu em silêncio, afetuosamente acariciando a cabeça baixa de Jo, como a mãe dela costumava fazer. Foi a melhor coisa que ele poderia ter feito, bem mais alentador do que qualquer palavra eloquente, pois Jo sentia a empatia não verbalizada e, em silêncio, percebeu o doce consolo que o afeto provê à dor. Logo ela secou as lágrimas que a tinham aliviado e ergueu os olhos com uma expressão agradecida.

— Obrigada, Teddy, estou melhor agora. Não me sinto tão desamparada e vou tentar suportar se a hora chegar.

— Continue esperando o melhor, isso vai ajudá-la, Jo. Logo sua mãe estará aqui e aí tudo vai ficar bem.

— Estou tão contente por papai estar melhor. Agora ela não vai se sentir tão mal por deixá-lo. Oh, céus! Realmente parece que todos os problemas vieram de uma só vez e que eu estou carregando a parte mais pesada nos ombros — suspirou Jo, abrindo o lenço molhado em cima dos joelhos para secar.

— Meg não se esforça o suficiente? — indagou Laurie, parecendo indignado.

— Ah, sim, ela tenta, mas não pode amar Bethinha como eu amo, e não vai sentir falta dela como eu. Beth é minha consciência e não posso deixá-la partir. Não posso! Não posso!

O rosto de Jo desabou no lenço molhado e ela chorou desesperadamente, pois tinha se mantido firme até então, sem derramar uma lágrima sequer. Laurie pôs a mão nos olhos, mas não conseguiu falar até engolir a sensação esganadora em sua garganta e firmar os lábios. Podia não ser nada másculo, mas ele não conseguiu segurar, e ela ficou feliz com isso. Eventualmente, quando os soluços de Jo silenciaram, Laurie falou, cheio de esperança:

— Não acho que ela vá morrer. Ela é tão boa, e todos a amamos tanto que não acredito que Deus vá levá-la agora.

— As pessoas boas e queridas sempre acabam morrendo — murmurou Jo, mas parou de chorar, pois as palavras do amigo a animaram, apesar das suas próprias dúvidas e medos.

— Pobrezinha, você está esgotada. Não é do seu feitio se sentir desamparada. Pare um pouquinho. Vou alegrá-la em um minuto.

Laurie subiu, saltando dois degraus por vez, e Jo repousou a cabeça sobre o pequeno capuz marrom de Beth, que ninguém tinha pensado em tirar da mesa, onde ela o tinha deixado. O objeto devia ter alguma propriedade mágica, pois o espírito dócil da sua gentil dona pareceu penetrar Jo e, quando Laurie desceu as escadas correndo com uma taça de vinho, ela se pegou com um sorriso e declarou, cheia de coragem:

— Eu bebo... à saúde da minha Beth! Você é um bom médico, Teddy, e um amigo *muito* consolador. Como poderei recompensá-lo um dia? — acrescentou ela, enquanto o vinho revigorava seu corpo, do mesmo jeito que as palavras gentis tinham feito com sua mente perturbada.

— Vou mandar a conta em breve, e esta noite vou dar a você uma coisa que vai aquecer as profundezas do seu coração mais do que uma taça de vinho — garantiu Laurie, abrindo um sorriso largo para ela, com uma expressão de satisfação suprimida por algo.

— O que é? — exclamou Jo, esquecendo seus pesares por um instante em sua curiosidade.

— Mandei um telegrama para sua mãe ontem, e Brooke disse que ela viria imediatamente, então a sra. March chegará esta noite e tudo vai ficar bem. Não está feliz por eu ter feito isso?

Laurie falou muito rápido e, na mesma hora, ficou vermelho e animado, pois tinha mantido seu plano em segredo, por medo de decepcionar as meninas ou prejudicar Beth. Jo ficou totalmente branca, pulou da cadeira e, no momento em que ele parou de falar, eletrizou-o ao enrolar os braços em seu pescoço, gritando de alegria:

— Ah, Laurie! Ah, mamãe! Estou *tão* feliz!

Ela não voltou a chorar; em vez disso, começou a rir histericamente e a tremer, a se agarrar ao amigo como se estivesse um tanto estupefata com a notícia repentina.

Laurie, embora decididamente encantado, comportou-se com enorme presença de espírito. Deu batidinhas nas costas dela de um jeito alentador e, ao perceber que ela estava se recuperando, procedeu com um ou dois beijinhos encabulados, o que fez Jo voltar imediatamente a si. Segurando-se no corrimão, ela o afastou delicadamente, dizendo, sem fôlego:

— Não faça isso! Não foi minha intenção, foi horrível da minha parte, mas você foi tão maravilhoso ao ir lá e mandar o telegrama, mesmo Hannah sendo contra, que não consegui evitar me jogar nos seus braços. Conte-me como foi e não me dê mais vinho, é ele que me faz agir dessa forma.

— Não me importo — respondeu Laurie, rindo, enquanto ajeitava a gravata. — Ora, fiquei agitado, sabe, e o vovô também. Achamos que Hannah estava abusando da sua figura de autoridade e que sua mãe deveria saber. Ela nunca nos perdoaria se Beth... Bem, se algo acontecesse, sabe. Então fiz vovô dizer que já havia passado da hora de tomarmos uma atitude e fui até o correio ontem, porque o médico estava com um ar sombrio e Hannah quase arrancou minha cabeça fora quando propus enviarmos um telegrama. *Jamais* consigo tolerar ser comandado, então tomei minha decisão e fui até o fim. Sua mãe virá, já sei, e o trem noturno chega às duas da manhã. Vou buscá-la, e você só precisa se recompor e manter Beth quietinha até aquela abençoada senhora chegar.

— Laurie, você é um anjo! Como poderei agradecer-lhe?

— Jogue-se nos meus braços de novo. Gostei bastante — brincou Laurie, com um ar maroto que ele não exibia havia duas semanas.

— Não, obrigada. Farei isso por tabela, quando seu avô vier. Não provoque, vá para casa e descanse, pois você terá de levantar no meio da noite. Que Deus o abençoe, Teddy! Que Deus o abençoe!

Jo tinha recuado em um canto e, assim que terminou seu agradecimento, desapareceu precipitadamente cozinha adentro, onde se sentou em uma cômoda e contou aos gatos ali reunidos que estava "feliz, ah, *tão* feliz!", enquanto Laurie ia embora, sentindo ter feito a coisa certa.

— Esse é o *muleque* mais intrometido que eu já vi na vida, mas perdoo ele e espero que a sra. March *esteje* vindo agorinha mesmo — disse Hannah, com um ar de alívio quando Jo contou a boa-nova.

Meg teve um êxtase silencioso e ficou refletindo sobre a carta, enquanto Jo arrumava o quarto-enfermaria e Hannah preparava *"umas tortinha pro* caso de *aparecê* alguma visita inesperada". Um sopro de ar fresco pareceu se espalhar pela casa e algo melhor do que a luz do sol iluminou os quartos silenciosos. Tudo parecia sentir a mudança esperançosa. O pássaro de Beth começou a piar novamente, e uma rosa semiaberta foi descoberta do vaso de Amy na janela. Os fogos pareciam queimar com uma vivacidade incomum, e toda vez que as meninas se encontravam, seus rostos pálidos se abriam em sorrisos enquanto se abraçavam, sussurrando encorajadoramente:

— Mamãe está vindo, querida! A mamãe está vindo!

Todo mundo se alegrou, menos Beth. Ela permaneceu deitada naquele estupor profundo, igualmente inconsciente de esperança e alegria, dúvida e medo. Era uma imagem pesarosa — aquele rostinho um dia rosado tão mudado e inexpressivo, aquelas mãos um dia atarefadas tão fracas e inúteis, os lábios que um dia sorriram emudecidos, e os cabelos um dia belos e bem-cuidados esparramados bagunçadamente e embaraçados sobre o travesseiro. O dia todo ela ficou assim, apenas se erguendo de vez em quando para murmurar "água", com os lábios tão ressecados que elas mal conseguiam distinguir o formato da palavra. O dia todo Jo e Meg ficaram ao lado dela, observando, esperando, torcendo e confiando em Deus e em sua mãe, e o dia todo a neve caiu, o vento gélido silvou, e as horas se arrastaram lentamente. Mas a noite finalmente chegou e, cada vez que o relógio batia, as irmãs, ainda sentadas de cada lado da cama, olhavam uma para a outra com os olhos brilhando, pois a cada hora passada a ajuda estava mais perto. O médico tinha visitado para dizer que qualquer mudança, para melhor ou pior, provavelmente aconteceria por volta da meia-noite, horário em que ele voltaria.

Hannah, bastante esgotada, deitou-se no sofá ao pé da cama e adormeceu rapidamente; o sr. Laurence marchava para a frente e para trás na sala de visitas, sentindo que preferiria levar uma surra a ver a expressão no rosto da sra. March quando ela entrasse. Laurie estava deitado no tapete, fingindo descansar, mas olhando para o fogo com aquela expressão pensativa que deixava seus olhos negros lindamente tranquilos e límpidos.

As meninas nunca esqueceram aquela noite, pois o sono não veio para nenhuma delas enquanto mantiveram vigília, com aquela sensação horrível de impotência que nos assola em momentos como esse.

— Se Deus salvar Beth, eu nunca mais vou reclamar de novo — sussurrou Meg com sinceridade.

— Se Deus salvar Beth, vou tentar amá-Lo e servi-Lo toda a minha vida — retrucou Jo, com o mesmo fervor.

— Eu gostaria de não ter coração, pois dói demais — lamentou-se Meg após uma pausa.

— Se a vida costuma ser difícil desse jeito, não sei como conseguiremos sobreviver — acrescentou a irmã, desanimadamente.

Nesse instante, o relógio bateu meia-noite, e ambas se esqueceram de si mesmas ao observar Beth, pois acharam ter visto uma mudança passar por seu rosto pálido. A casa estava em um silêncio mortal, e nada além do gemido do vento quebrava a quietude profunda. A exausta Hannah continuava dormindo, e ninguém além das duas irmãs viu a sombra pálida que pareceu recair sobre a pequena cama. Uma hora se passou e nada aconteceu além da partida silenciosa de Laurie para a estação de trem. Outra hora, ninguém apareceu, e os medos ansiosos de um atraso por causa da tempestade, ou de acidentes no caminho, ou, pior de tudo, luto em Washington, assombravam as meninas.

Já havia passado das duas quando Jo, que estava parada ao lado da janela, pensando em como o mundo parecia sombrio com seu lençol de neve, ouviu um movimento perto da cama e, ao se virar rapidamente, viu Meg ajoelhada em frente à poltrona da mãe com o rosto escondido. Um medo terrível a assolou friamente e ela pensou: "Beth morreu, e Meg está com medo de me contar."

Voltou ao seu posto em um instante, e para seus olhos emocionados, uma grande mudança parecia ter acontecido. O rubor da febre e a expressão de dor tinham desaparecido, e aquele rostinho amado parecia tão pálido e em paz para seu repouso final que Jo não sentiu desejo algum de chorar ou lamentar. Abaixando-se até a mais querida das suas irmãs, ela beijou sua testa molhada com o coração nos lábios e sussurrou baixinho:

— Adeus, minha Beth. Adeus!

Como se tivesse sido desperta por essa movimentação, Hannah acordou, correu até a cama, olhou para Beth, pegou em suas mãos, ouviu seus lábios e então, jogando o avental por cima da cabeça, sentou-se para se balançar para a frente e para trás, exclamando aos suspiros:

— A febre *baixô*, ela *tá dormino* naturalmente, a pele *tá* molhada e ela *tá respirano* com facilidade. Deus seja louvado! Ah, minha Nossa Senhora!

Antes que as meninas pudessem acreditar na feliz verdade, o médico veio confirmá-la. Ele era um homem bruto, mas elas acharam seu rosto divino quando sorriu e lhes disse, com uma expressão paternal:

— Sim, minhas queridas, acho que a pequena vai se recuperar dessa vez. Mantenham a casa silenciosa, deixem-na dormir e, quando ela acordar, deem...

O que ele mandou dar, nenhuma delas ouviu, pois ambas se arrastaram até o saguão escuro e, sentando-se nas escadas, abraçaram-se apertado, regozijando-se com o coração repleto demais para palavras. Quando voltaram para serem beijadas e acarinhadas pela leal Hannah, encontraram Beth deitada, como de costume, com a bochecha apoiada na mão, a palidez horrorosa desaparecera, e ela respirava tranquilamente, como se tivesse acabado de pegar no sono.

— Quem dera mamãe chegasse agora! — exclamou Jo, enquanto a noite invernal começava a se apaziguar.

— Olhe — disse Meg, aparecendo com uma rosa branca entreaberta. — Achei que esta flor ainda não estaria aberta para ser colocada na mão de Beth amanhã se ela... nos deixasse. Mas desabrochou durante a noite e agora quero colocá-la em meu vaso aqui, para que, quando nossa menina acordar, a primeira coisa que ela veja seja a pequena rosa e o rosto da mamãe.

Nunca o sol nascera tão bonito e o mundo jamais parecera tão adorável quanto parecia aos olhos cansados de Meg e Jo ao olharem pela janela cedo naquela manhã, finda a longa e triste vigília.

— Parece um mundo de conto de fadas — disse Meg, sorrindo para si mesma, parada atrás da cortina, observando a imagem deslumbrante.

— Ouça! — gritou Jo, levantando-se de supetão.

Sim, os sinos da porta lá embaixo soaram, um grito de Hannah e, então, a voz de Laurie dizendo, em um sussurro contente:

— Meninas, ela chegou! Ela chegou!

19

O TESTAMENTO DE AMY

Enquanto tudo isso acontecia na casa, as coisas estavam difíceis para Amy na residência da Tia March. Ela sofria muito em seu exílio e, pela primeira vez na vida, percebeu o quanto era amada e paparicada em casa. Tia March nunca paparicava ninguém; não era uma prática que aprovava, embora quisesse ser gentil, pois a comportada menininha a agradava muito, e Tia March tinha um lugarzinho mole em seu velho coração para as filhas do seu sobrinho, apesar de não achar apropriado confessar isso. Ela realmente fazia o que podia para deixar Amy feliz, mas, meu Senhor, como cometia erros! Algumas pessoas idosas mantêm seus espíritos jovens; a despeito das rugas e dos cabelos brancos, conseguem ter empatia pelas pequenas preocupações e alegrias das crianças, fazê-las se sentir à vontade, e conseguem disfarçar lições de sabedoria em brincadeiras divertidas, dando e recebendo amizade da maneira mais linda. Mas Tia March não tinha esse dom e vivia alarmando Amy com regras e ordens, seu jeito empertigado e seus sermões longos e prosaicos. Ao perceber que a menina era mais dócil e amigável do que a irmã, a velha senhora sentiu

• 249 •

a obrigação de tentar se opor, na medida do possível, aos efeitos ruins da liberdade e da indulgência que tinha em casa. Então tratou de ensinar Amy da mesma forma que a tinham ensinado sessenta anos antes — um processo que desalentou a alma de Amy e a fez se sentir como uma mosca na teia de uma aranha muito rigorosa.

Ela precisava lavar as xícaras todas as manhãs e polir as colheres antiquadas, a gorda chaleira de prata, e os copos até ficarem brilhando. Depois devia tirar a poeira da sala — uma tarefa extremamente enfadonha. Nem um único grão de pó escapava aos olhos da Tia March, e todos os móveis tinham pernas em forma de garras e muito entalhadas, que nunca eram espanadas a contento. E Polly tinha de ser alimentado; o cachorro, penteado; e uma dúzia de viagens escada acima e escada abaixo eram necessárias para buscar coisas ou dar ordens, pois a velha senhora era muito manca e raramente saía da sua poltrona. Depois desses afazeres desgastantes, Amy precisava fazer suas lições, o que era um verdadeiro teste diário de todas as virtudes que possuía. Então a menina tinha permissão para se exercitar ou brincar por uma hora, que aproveitava ao máximo.

Laurie aparecia todos os dias e persuadia Tia March até Amy ter permissão para sair com ele. Então eles caminhavam, andavam de carruagem e se divertiam tremendamente. Depois do almoço, Amy tinha de ler em voz alta e ficar sentada quietinha enquanto a velha senhora dormia, o que geralmente durava uma hora, visto que adormecia logo na primeira página. Em seguida, apareciam retalhos ou toalhas para costurar, e Amy os cerzia com uma meiguice apenas exterior, enquanto, por dentro, revolvia-se em rebeldia, até o sol se pôr, quando podia fazer o que bem entendesse até a hora do chá. As noites eram a pior parte, pois Tia March adquiriu o hábito de contar longas histórias sobre sua juventude, que eram tão indescritivelmente enfadonhas que Amy estava sempre pronta para ir para a cama, com a intenção de chorar por seu destino cruel, mas geralmente pegava no sono antes de derramar mais do que uma ou duas lágrimas.

Se não fosse por Laurie e pela velha Esther, a empregada, ela nunca teria conseguido suportar aquele período horrível. Só o papagaio já era suficiente para irritá-la, pois o bicho logo sentiu que Amy não gostava dele, e se vingou sendo o mais travesso possível. Puxava seu cabelo quando ela se aproximava, derrubava o pão e o leite para atormentá-la quando ela acabava de limpar a gaiola, fazia Esfregão latir ao bicá-lo enquanto a Madame cochilava, xingava-a na frente de outras pessoas e se comportava, em todos os sentidos, como uma ave velha e insolente. Ela também não suportava o cachorro, um monstrengo gordo e rabugento que rosnava e latia para Amy quando ela limpava suas necessidades e ficava deitado de barriga para cima, com todas as patas para o ar, com a expressão mais idiota possível, sempre que queria alguma coisa para comer, o que acontecia uma dúzia de vezes por dia. A cozinheira era mal-humorada, o velho cocheiro era surdo e Esther era a única que reparava na jovem.

Esther era uma francesa que morava com "Madame", como chamava sua patroa, havia muitos anos e que praticamente tiranizava a velha senhora, que não conseguia se virar sem ela. Seu verdadeiro nome era Estelle, mas Tia March ordenou que o mudasse, e ela obedeceu, sob a condição de que nunca pedisse para mudar de religião. Esther se afeiçoou à *mademoiselle* e a entretinha muito com histórias peculiares da sua vida na França, quando Amy ficava sentada a seu lado enquanto ela cuidava das rendas da Madame. Esther também permitia que a menina perambulasse pela casa e examinasse as coisas curiosas e bonitas guardadas nos grandes guarda-roupas e baús antigos, pois Tia March era uma verdadeira acumuladora. O maior deleite de Amy era um armário indiano cheio de gavetas estranhas, pequenos escaninhos, e espaços secretos onde todos os tipos de ornamentos eram guardados, alguns preciosos, outros meramente peculiares, todos mais ou menos antigos. Examinar e organizar essas coisas dava a Amy uma satisfação enorme, especialmente as caixas de joias, dentro das quais os acessórios que tinham enfeitado uma beldade quarenta anos antes repousavam sobre almofadas de veludo. Havia o conjunto de pedras *granada* que Tia March usou quando debutou na sociedade; as pérolas que o pai tinha lhe dado no dia do seu casamento; os diamantes presenteados por seu amado; os anéis e broches de azeviche que ela usava quando estava em luto; os medalhões esquisitos, com retratos de amigos mortos e salgueiros feitos com cabelo por dentro; as pulseirinhas de bebê que sua única filha usara; o grande relógio de tio March, com o brasão vermelho com o qual tantas crianças haviam brincado; e, em uma caixinha exclusiva, a aliança de casamento de Tia March, pequena demais agora para seu dedo gordo, mas cuidadosamente guardada ali como a joia mais preciosa de todas.

— Qual *mademoiselle* escolheria, se pudesse? — perguntou Esther, que sempre ficava por perto para supervisioná-la e trancar as preciosidades.

— Gosto mais dos diamantes, mas não tem nenhum colar, e gosto de colares, são tão bonitos. Eu escolheria este aqui, se pudesse — respondeu Amy, olhando com grande admiração para uma corrente de ouro com contas de ébano na qual estava pendurada uma pesada cruz do mesmo material.

— Também cobiço esse, mas não como colar. Ah, não! Para mim, é um rosário e é assim que eu o usaria, como uma boa católica — confessou Esther, observando a bela peça melancolicamente.

— É para ser usado da mesma forma que você usa a corrente com as contas cheirosas de madeira que estão penduradas em cima do seu espelho? — indagou Amy.

— Sim, isso mesmo, é para rezar. Os santos ficariam contentes se alguém rezasse com um belo rosário como este em vez de usá-lo como uma bijuteria, por vaidade.

— Você parece encontrar muito conforto em suas orações, Esther, e sempre desce parecendo tranquila e satisfeita. Gostaria de conseguir, também.

— Se *mademoiselle* fosse católica, encontraria o verdadeiro conforto, mas como não é, seria bom se você se isolasse todos os dias para meditar e rezar, como fazia a boa patroa a quem eu servia antes da Madame. Ela tinha uma pequena capela e nela encontrava consolo para muitas dificuldades.

— Seria certo se eu fizesse isso? — quis saber Amy, que, em sua solidão, sentia a necessidade de algum tipo de ajuda e descobriu que estava quase esquecendo seu livrinho, já que Beth não estava ali para lembrá-la dele.

— Seria excelente e encantador, e ficarei feliz em preparar o pequeno quarto de vestir para a senhorita, se quiser. Não diga nada à Madame, mas, quando ela dormir, você pode ir ficar sozinha um tempo para pensar em coisas boas e rezar para que o amado Deus salve sua irmã.

Esther era verdadeiramente devota e foi bastante sincera em seu conselho, pois tinha um coração afetuoso e compadecia-se das irmãs em aflição. Amy gostou da ideia e deu a ela autorização para arrumar o pequeno closet ao lado do seu quarto, torcendo para que aquilo lhe fizesse bem.

— Eu gostaria de saber para onde todas essas coisas lindas vão quando Tia March morrer — expressou ela, enquanto recolocava lentamente o rosário brilhante no lugar e fechava todas as caixas de joias.

— Para você e suas irmãs. Eu sei, Madame me confidenciou. Fui testemunha do testamento dela e é assim que vai ser — sussurrou Esther, sorrindo.

— Que maravilha! Mas eu gostaria que ela nos deixasse ter esses enfeites agora. A procrastinação não é apropriada — observou Amy, dando uma última longa olhada nos diamantes.

— Ainda é cedo demais para as mocinhas usarem estas coisas. A primeira que ficar noiva ganhará as pérolas, Madame disse, e acredito que o pequeno anel turquesa será dado a você quando for embora, pois Madame aprova o seu bom comportamento e seus modos encantadores.

— Você acha? Ah, serei um cordeirinho se puder ter aquele lindo anel! É tão mais bonito que o de Kitty Bryant. Eu gosto de Tia March, no fim das contas. — E Amy provou o anel azul com uma expressão maravilhada, firmemente determinada a merecê-lo.

Daquele dia em diante, ela foi um modelo de obediência e a velha senhora ficou presunçosamente satisfeita com o sucesso do seu treinamento. Esther equipou o closet com uma mesinha, colocou um escabelo à sua frente e, em cima, uma imagem retirada de um dos quartos trancados. Ela achava que não tinha grande valor, mas, por ser apropriada, emprestou-a, sabendo muito bem que Madame jamais saberia, e nem se importaria se soubesse. Era, contudo, um exemplar muito valioso de uma das pinturas mais famosas do mundo, e os olhos de Amy, sempre amantes da beleza, nunca se cansavam de olhar para a face doce da Divina Mãe, enquanto seu coração ficava repleto de pensamentos carinhosos. Na mesa, ela colocou seu pequeno testamento e um livro de hinos, além de um vaso sempre cheio com as melhores flores que Laurie trazia, e vinha todos os dias "ficar sozinha", pensando em coisas boas e rezando para o amado Deus salvar sua irmã. Esther tinha lhe dado um rosário de contas pretas com uma cruz de prata, mas Amy o pendurou e nunca usou, sentindo-se duvidosa quanto à sua adequação às orações protestantes.

A pequena sempre foi sincera com relação a tudo isso, pois por ter sido deixada sozinha longe do ninho seguro do seu lar, sentia uma necessidade tão aguda de alguma mão na qual pudesse segurar que instintivamente se voltou para o forte e terno Amigo, cujo amor paternal se aproxima mais de Suas pequenas crianças. Sentia falta da ajuda da mãe para compreender e regrar a si mesma, mas, depois que a ensinaram para onde olhar, Amy fazia seu melhor para encontrar o caminho e percorrê-lo com confiança. Mas era uma jovem peregrina e, neste momento, seu fardo parecia muito pesado. Tentou se esquecer de si mesma, continuar alegre e satisfeita por estar fazendo a coisa certa, apesar de ninguém ver ou elogiá-la por isso. Em seu primeiro esforço para ser muito, muito boa, Amy decidiu fazer um testamento, assim como Tia March tinha feito, para que, se acabasse ficando doente e morrendo, seus pertences fossem divididos de forma justa e generosa. Causava-lhe dor só de pensar em abrir mão dos pequenos tesouros que, aos seus olhos, eram tão preciosos quanto as joias da velha senhora.

Durante uma das suas horas de recreação, ela redigiu o importante documento da melhor maneira que pôde, com alguma ajuda de Esther com relação a certos termos legais; quando a bondosa francesa assinou seu nome, Amy sentiu-se aliviada e guardou o documento para mostrar a Laurie, que ela queria como segunda testemunha. Como o dia estava chuvoso, ela foi até o andar de cima para se divertir em um dos cômodos amplos e levou Polly junto para lhe fazer companhia. Nesse quarto havia um guarda-roupa cheio de fantasias antigas com as quais Esther permitia que ela brincasse, e se emperiquitar com os brocados desbotados e desfilar de um lado para o outro em frente ao longo espelho, fazendo reverências formais e arrastando sua cauda com um farfalhar que lhe deleitava os ouvidos era seu passatempo preferido. Estava tão ocupada com a brincadeira nesse dia que não ouviu Laurie tocar a campainha nem viu seu rosto a espiando enquanto marchava com seriedade para lá e para cá, abanando o leque e virando a cabeça, na qual usava um enorme turbante cor-de-rosa, contrastando estranhamente com seu vestido de brocado azul e a anágua amarela acolchoada. Era obrigada a caminhar com cuidado, pois estava usando sapatos de salto alto e, como Laurie contou a Jo depois, era cômico vê-la se requebrando com o traje festivo, com Polly andando logo atrás dela, todo empertigado, imitando-a da melhor maneira possível e ocasionalmente parando para rir ou exclamar:

— Não estamos elegantes? Vá andando, sua feiosa! Olhe essa boca! Dê-me um beijo, querida! Rá! Rá!

Sentindo dificuldades em conter uma explosão de risadas, com medo de ofender Sua Majestade, Laurie bateu à porta e foi recebido com graciosidade.

— Sente-se e descanse enquanto guardo estas coisas. Depois quero consultar você sobre um assunto muito sério — disse Amy, depois de ter exibido seu esplendor e colocado Polly em um canto. — Esse pássaro é a maior provação da minha vida — continuou ela, tirando a montanha cor-de-rosa da cabeça enquanto Laurie se acomodava em uma cadeira. — Ontem, enquanto titia estava dormindo e eu estava tentando ficar quieta como uma árvore, Polly começou a berrar e se debater na gaiola, então fui até lá para soltá-lo e encontrei uma aranha enorme. Eu a cutuquei, e ela correu para baixo da estante. Polly foi direto atrás dela, abaixou-se e espiou debaixo da estante, dizendo, de um jeito engraçado e piscando um olho: "Venha dar uma volta, minha querida!". Não consegui não dar risada, o que fez Polly falar um palavrão, e titia acordou e deu uma bronca em nós dois.

— A dona aranha aceitou o convite do velho pássaro? — perguntou Laurie, bocejando.

— Sim, ela saiu de lá e Polly fugiu correndo, morrendo de medo, e subiu todo estabanado na cadeira de titia, gritando "Pega! Pega! Pega!" enquanto eu perseguia a aranha.

— Isso é mentira! Oh, meu Deus! — gritou o papagaio, bicando os dedos dos pés de Laurie.

— Eu torceria seu pescoço se você fosse meu, sua velha praga — gritou Laurie, sacudindo o punho para o pássaro, que inclinou a cabeça para o lado e grunhiu seriamente:

— Aleluia! Que Deus o abençoe, querido!

— Agora estou pronta — anunciou Amy, fechando o guarda-roupa e tirando um pedaço de papel do bolso. — Quero que leia isto, por favor, e me diga se está tudo dentro da lei e correto. Senti que precisava fazer isso, pois a vida é incerta e não quero nenhum sentimento ruim rondando meu túmulo.

Laurie mordeu o lábio e, dando as costas levemente para a pensativa oradora, leu o seguinte documento, com uma seriedade louvável, considerando os erros de ortografia:

MINHAS ÚLTIMAS VONTADES E TESTAMENTO

Eu, Amy Curtis March, em pleno gozo de minhas faculdades mentais, desejo doar e legar todos os meus pertensses terrenos, a saber:

A meu pai, minhas melhores pinturas, rascunhos, mapas e obras de arte, incluindo molduras. E também meus $100, para que fassa o que bem entender.

A minha mãe, todas as minhas roupas, com ecessão do avental azul com bolsos, e também meu retrato e minha medalha, com muito amor.

A minha querida irmã Margaret, deixo meu anel turqueza (se eu ganhar), e também minha caixa verde com as pombas, meu pedaço de renda de verdade para usar em seu pescoço, e o desenho que fiz dela como uma lembrança de sua "menininha".

A Jo eu deixo meu broxe, aquele que foi consertado com cera de lacrar, e também meu tinteiro de bronze (ela perdeu a tampa) e meu coelho de gesso mais bonito, porque sinto muito por ter queimado a história dela.

A Beth (se ela viver mais do que eu), dou minhas bonecas e a pequena escrivaninha, meu leque, minhas golas de linho e meus novos chinelos, se ela puder usá-los, estando magra, ao ficar bem. E por meio deste também declaro meu arrependimento por um dia ter tirado sarro da velha Joanna.

A meu amigo e vizinho Theodore Laurence eu lego minha pasta de papel machê, minha escultura de cavalo de barro, apesar dele ter dito que o bicho não tinha pescoço. Também como retribuição por sua enorme bondade no momento de aflição, qualquer um dos meus trabalhos artísticos que ele gostar, Noter Dame é o melhor.

A nosso venerável benfeitor, sr. Laurence, deixo minha caixa roxa com o espelho na tampa, que será útil para suas canetas e o lembrará

*da garota que partiu e que o agradece pelos favores à sua família,
especialmente a Beth.*

*Desejo que minha companheira de brincadeiras preferida, Kitty
Bryant, fique com o avental azul de seda e meu anel de contas de
couro, com um beijo.*

*A Hannah, deixo a caixa de chapéu que ela queria e todos os reta-
lhos, esperando que ela "se lembre de mim quando os vir".*

*E agora, após ter destinado meus pertences mais valiosos, espero
que todos fiquem satisfeitos e não culpem a morta por nada. Perdoo a
todos e confio que poderemos nos encontrar quando soar a trombeta.
Amém.*

*A estas últimas vontades e testamento, acino meu nome e lacro
neste dia 20 de novembro, anni domino 1861.*

Amy Curtis March

Testemunhas: Estelle Valnor, Theodore Laurence.

O último nome estava escrito a lápis e Amy explicou que ele
precisava escrever com tinta e lacrar para ela adequadamente.

— O que fez você pensar nisso? Alguém lhe disse algo sobre
Beth estar legando suas coisas? — perguntou Laurie, muito sério,
enquanto Amy colocava um pedaço de fita vermelha, cera para
lacrar, um círio e um tinteiro à sua frente.

Ela explicou e então perguntou, ansiosa:

— E Beth?

— Desculpe ter tocado no assunto, mas já que o fiz, vou contar
a você. Ela estava se sentindo tão doente um dia que disse a Jo
que queria dar o piano a Meg, os gatos a você e a velha e pobre
boneca a Jo, que a amaria em seu lugar. Ela lamentou ter tão
pouco para dividir e deixou cachos do seu cabelo para o restante
de nós, e todo o seu amor para o vovô. Ela nunca pensou em
fazer um testamento.

Laurie estava assinando e lacrando o documento enquanto falava, e não ergueu os olhos até que uma lágrima pesada caiu sobre o papel. O rosto de Amy estava cheio de preocupação, mas ela apenas disse:

— As pessoas não inserem uma espécie de posfácio nos testamentos às vezes?

— Sim, são chamados "codicilos".

— Coloque um no meu, então, dizendo que quero que todos os meus cachos sejam cortados e distribuídos aos meus amigos. Eu esqueci, mas desejo que seja feito, embora vá arruinar a minha aparência.

Laurie acrescentou, sorrindo com o sacrifício final e mais grandioso de Amy. Então ele a entreteve por uma hora e ficou muito interessado em todas as suas aflições. Mas, quando chegou a hora de ir, Amy o puxou de volta para sussurrar, com lábios trêmulos:

— Beth está mesmo em perigo?

— Receio que sim, mas precisamos esperar o melhor, então não chore, querida. — E Laurie colocou o braço em torno dela com um gesto fraternal que era muito reconfortante.

Quando ele foi embora, Amy foi até sua pequena capela e, sentada no crepúsculo, rezou por Beth, com lágrimas escorrendo pelo seu rosto e o coração apertado, sentindo que nem um milhão de anéis turquesa poderiam consolá-la pela perda da sua querida irmãzinha.

20

CONFIDENCIAL

Não acho que existam palavras para contar como foi o encontro da mãe com as meninas. Momentos assim são lindos de viver, mas muito difíceis de descrever, então deixarei para a imaginação dos meus leitores, limitando-me a dizer que a casa ficou repleta de uma felicidade genuína, e que a esperança afetuosa de Meg se concretizou, pois quando Beth acordou daquele sono longo e recuperador, as primeiras coisas que seus olhos avistaram foram a pequena rosa e o rosto da mãe. Fraca demais para fazer qualquer pergunta, ela apenas sorriu e se aninhou nos braços afáveis que a envolveram, sentindo que aquela saudade faminta estava, por fim, satisfeita. Então ela dormiu de novo, e as meninas ficaram esperando pela mãe, pois Beth não largava a mão magra que segurava a sua durante o sono.

Hannah tinha preparado um café da manhã maravilhoso para a viajante, achando impossível extravasar toda a sua animação de qualquer outra forma, e Meg e Jo alimentaram a mãe como duas jovens cegonhas diligentes, enquanto a ouviam sussurrar um relato sobre o estado do seu pai, sobre a promessa do sr. Brooke de ficar lá e cuidar dele, os atrasos na viagem para casa provocados pela tempestade, e o alento indescritível que o rosto esperançoso de Laurie lhe deu quando ela chegou, exausta de fadiga, ansiedade e frio.

Que dia estranho, mas agradável, foi aquele! Tão radiante e alegre do lado de fora, pois todo mundo parecia ter saído de casa para dar as boas-vindas à primeira neve do ano. Tão silencioso e sereno do lado de dentro, pois todas dormiam, exauridas da vigília, e uma quietude sabática reinava na casa, enquanto Hannah montava guarda na porta. Com uma sensação abençoada de que os fardos haviam sido removidos, Meg e Jo fecharam os olhos fatigados e descansaram, como barcos judiados pela tempestade ancorados em um porto tranquilo. A sra. March não saiu do lado de Beth, e repousou na grande poltrona, acordando frequentemente para olhar, tocar e afagar a filha, como um avarento guardando um tesouro recuperado.

Enquanto isso, Laurie foi correndo confortar Amy e contou a história tão bem que a própria Tia March acabou "fungando" e não disse, nem uma vez sequer, "eu avisei". Amy se mostrou tão forte nessa ocasião que, imagino eu, os pensamentos positivos na pequena capela realmente começaram a dar frutos. Ela secou as lágrimas rapidamente, conteve a ansiedade de ver a mãe, e nem sequer pensou no anel turquesa quando a velha concordou veementemente com a opinião de Laurie de que ela se comportara "como uma menininha espetacular". Até mesmo Polly pareceu impressionado, pois a chamou de "boa menina", pediu a Deus que a abençoasse e implorou para ir "dar uma volta, querida" em seu tom mais amável. Ela teria saído para aproveitar o clima invernal ensolarado, mas ao perceber que Laurie estava caindo de sono, apesar dos seus másculos esforços para esconder o fato, ela o persuadiu a descansar no sofá enquanto escrevia um bilhete para a mãe. Amy levou um bom tempo escrevendo e, quando retornou, ele estava estendido no sofá com os dois braços debaixo da cabeça, dormindo profundamente, enquanto Tia March, que tinha fechado as cortinas, estava sentada imóvel, em um acesso incomum de bondade.

Depois de um tempo, elas começaram a achar que ele não acordaria até a noite, e não tenho certeza se não iria mesmo, caso não tivesse sido despertado pelo grito de alegria de Amy ao ver sua mãe. Provavelmente havia muitas menininhas felizes na cidade e nos arredores naquele dia, mas, na minha opinião, Amy era a mais feliz de todas ao se sentar no colo da mãe e contar suas aflições, recebendo consolo e compensação em forma de sorrisos aprovadores e carinhos afáveis. Elas estavam sozinhas na capela, à qual a sra. March não se opôs depois que seu propósito foi explicado a ela.

— Pelo contrário; gosto muito, minha querida — comentou ela, olhando do rosário empoeirado para o livrinho bastante gasto, até a bela pintura, com sua grinalda de sempre-vivas. — Ter um lugar onde podemos ficar em paz quando as coisas nos atormentam ou entristecem é um plano excelente. Há muitos momentos difíceis em nossas vidas, mas sempre podemos suportá-los se pedirmos ajuda da maneira certa. Acho que minha menininha está aprendendo isso.

— Sim, mamãe, e, quando eu for para casa, pretendo ter um cantinho no closet grande para colocar meus livros e a cópia dessa pintura que eu tentei fazer. O rosto da mulher não ficou bom, é lindo demais para eu desenhar, mas o bebê ficou melhor, e eu adorei muito, muito. Gosto de pensar que Ele também foi criança um dia, porque assim não pareço tão distante, e isso me ajuda.

Quando Amy apontou para o bebê Jesus sorridente no joelho da mãe, a sra. March viu algo na mão erguida que a fez sorrir. Ela não disse nada, mas Amy compreendeu aquele olhar, e, após uma pausa, acrescentou, em tom sério:

— Eu queria conversar com a senhora sobre isso, mas esqueci. Titia me deu o anel hoje. Ela me chamou, me deu um beijo e o colocou no meu dedo, dizendo que estava satisfeita comigo e que gostaria de sempre me ter por perto. Ela deu aquela proteção esquisita para que o anel de turquesa não escorregue, já que é grande demais. Eu gostaria de usá-los, mamãe, posso?

— São muito bonitos, mas acho que você é nova demais para esses enfeites, Amy — disse a sra. March, olhando para aquela mãozinha roliça com o anel de pedras azul-celeste no dedo indicador e a curiosa proteção formada por duas pequenas mãozinhas de ouro agarradas uma à outra.

— Vou tentar não ser vaidosa — implorou Amy. — Não acho que gosto só porque são muito bonitos, mas quero usar como a menina da história usava aquela pulseira, para me lembrar de algo.

— Está falando de lembrar de Tia March? — perguntou sua mãe, rindo.

— Não, para me lembrar de não ser egoísta. — Amy parecia tão séria e sincera com relação àquilo que a mãe parou de rir e ouviu o pequeno plano da filha respeitosamente.

— Pensei muito nesses últimos dias sobre minhas "travessuras", e ser egoísta é a maior delas, então vou me esforçar para mudar isso, se puder. Beth não é egoísta, e é por isso que todos a amam e se sentem tão mal só de pensar em perdê-la. As pessoas não se sentiriam tão mal assim se fosse eu que estivesse doente, e não mereço que elas se sintam, mas gostaria de ser amada e que minha ausência fosse sentida por muitos amigos, então vou tentar ao máximo ser parecida com Beth. Tenho inclinação a me esquecer das minhas resoluções, mas, se eu tivesse sempre comigo algo que me lembrasse delas, acho que me sairia melhor. Podemos tentar assim?

— Sim, mas tenho mais fé no seu cantinho no closet grande. Use seu anel, querida, e faça o seu melhor. Acho que vai se sair bem, pois o desejo sincero de ser uma boa pessoa é metade do caminho andado. Agora preciso voltar para Beth. Mantenha seu coração no lugar, filhinha, e logo teremos você em casa de volta.

Naquela noite, enquanto Meg escrevia para o pai para reportar a chegada sã e salva da viajante, Jo escapuliu para o quarto de Beth no andar de cima e, ao encontrar a mãe em seu local de costume, ficou parada por um instante, enrolando os dedos nos cabelos com um gesto preocupado e uma expressão indecisa.

— O que foi, querida? — perguntou a sra. March, estendendo a mão com uma expressão que estimulava a confiança.

— Quero contar uma coisa, mamãe.

— Sobre Meg?

— Como você adivinhou rápido! Sim, é sobre ela. Apesar de ser algo pequeno, tem me deixado inquieta.

— Beth está dormindo. Fale baixo e me conte tudo. O tal do Moffat não andou passando por aqui, espero? — indagou a sra. March, em um tom um tanto áspero.

— Não. Eu teria fechado a porta na cara dele se tivesse aparecido — respondeu Jo, acomodando-se no chão aos pés da mãe. — No verão passado, Meg deixou um par de luvas na casa dos Laurence e apenas uma foi devolvida. Não pensamos mais nisso até Teddy me contar que o sr. Brooke confessou que gostava de Meg, mas não ousava tornar isso público porque ela era jovem demais, e ele, pobre demais. Essa não é uma situação *terrível*?

— Acha que Meg gosta dele? — perguntou a sra. March, com uma expressão ansiosa.

— Deus me livre! Não sei de nada sobre amor e essas besteiras! — exclamou Jo, com uma mistura engraçada de interesse e desprezo. — Nos romances, as moças demonstram ficando coradas, desmaiando, ficando mais magras e agindo feito tolas. Mas Meg não faz nada do tipo. Ela come, bebe e dorme como uma criatura sensata, olha bem nos meus olhos quando converso com ela sobre aquele homem e só cora um pouquinho quando Teddy faz piadinhas sobre namorados. Eu o proibi, mas ele não me obedece como deveria.

— Então você acha que Meg *não* está interessada em John?

— Quem? — perguntou Jo, encarando a mãe.

— No sr. Brooke. Eu o chamo de "John" agora. Adquiri esse hábito lá no hospital, e ele gosta.

— Ah, não! Eu sabia que você tomaria o partido dele. Ele tem sido bom para o papai e você não vai mandá-lo embora, vai deixar Meg se casar com ele, se ela quiser. Que maldade! Cuidar do papai e ajudar você só para fazê-la gostar dele. — E Jo puxou os cabelos de novo, furiosamente.

— Minha querida, não fique brava, vou contar como aconteceu. John foi comigo a pedido do sr. Laurence, e foi tão devotado ao seu pobre pai que não conseguimos evitar nos afeiçoar a ele. Foi perfeitamente aberto e honrado com relação a Meg, pois nos contou que a amava, mas que arranjaria uma casa confortável antes de pedi-la em casamento. Ele só queria nossa permissão para amá-la e trabalhar por ela, e o direito de fazer com que ela o amasse, se conseguisse. Ele realmente é um jovem excelente, e não podíamos nos recusar a ouvi-lo, mas não vou permitir que Meg fique noiva tão jovem.

— É claro que não. Seria estúpido! Sabia que havia alguma brincadeira de mau gosto acontecendo. Eu sentia, e agora é pior do que eu imaginava. Gostaria de eu mesma poder me casar com Meg para mantê-la em segurança na família.

Essa solução estranha fez a sra. March sorrir, mas ela respondeu, em tom sério:

— Jo, confio em você e não quero que conte nada a Meg ainda. Quando John voltar e eu vir os dois juntos, poderei julgar melhor os sentimentos dela por ele.

— Ela vai ver aqueles olhos bonitos de que vive falando e aí vai ser consumida. Ela tem um coração tão mole, vai derreter que nem manteiga sob o sol se alguém lhe lançar um olhar afetuoso. Ela lia os relatos curtos que ele mandava mais do que as suas cartas, e me beliscava quando eu tocava no assunto, e gosta de olhos castanhos, e não acha que "John" é um nome feio, e vai se apaixonar por ele, e vai ser o fim da paz e da diversão e dos momentos agradáveis juntas. Já estou vendo tudo! Eles vão ficar namorando pela casa e nós vamos ter que evitá-los. Meg ficará distraída e não será boa para mim. Brooke juntará uma fortuna de alguma forma, vai levá-la para longe e criar um buraco na família, e eu ficarei com o coração partido e tudo será abominavelmente incômodo. Ai, Deus! Por que não nascemos todos meninos? Assim, não haveria nenhuma preocupação.

Jo apoiou o queixo nos joelhos em um gesto desconsolado e sacudiu o punho para o repudiável John. A sra. March suspirou, e Jo a fitou com um ar de alívio.

— A senhora também não gosta disso, mamãe? Fico feliz. Vamos mandá-lo seguir seu caminho, não contar nada a Meg, e continuar felizes juntas como sempre fomos.

— Fiz errado em suspirar, Jo. É natural e correto que todas vocês tenham suas próprias casas quando for a hora, mas eu quero, sim, ficar com minhas meninas pelo máximo de tempo possível e lamento que isso tenha acontecido tão cedo, pois Meg tem apenas dezessete anos e vai levar algum tempo até que John consiga montar uma casa para ela. Seu pai e eu concordamos que ela não deve assumir nenhum compromisso, nem se casar, antes dos vinte anos. Se Meg e John se amam, podem esperar e testar seu amor ao fazer isso. Ela é consciente e não tenho medo de que vá tratá-lo de forma rude. Minha menina linda, com um coração de ouro! Espero que ela seja feliz.

— A senhora não prefere que ela se case com um homem rico? — perguntou Jo quando a voz da mãe vacilou um pouquinho com aquelas últimas palavras.

— Dinheiro é uma coisa boa e útil, Jo, e espero que minhas meninas nunca passem muita necessidade pela falta dele, nem fiquem tentadas pela abundância. Eu gostaria de ter certeza de que John está estavelmente estabelecido em algum bom negócio, que garanta a ele renda suficiente para permanecer sem dívidas e deixar Meg em uma posição confortável. Não tenho a ambição de uma fortuna esplêndida, de uma posição de prestígio ou de um nome de peso para minhas meninas. Se o *status* e o dinheiro vierem com o amor e a virtude, também vou aceitá-los de bom grado e aproveitar nossa boa sorte, mas sei, por experiência, como é possível ter a felicidade genuína em uma casinha simples, onde o pão diário é conquistado e algumas privações conferem valor aos poucos prazeres. Fico contente ao ver Meg começando com humildade, pois, se não estou enganada, ela será rica por ter o coração de um homem bom, e isso é melhor do que uma fortuna.

— Eu entendo, mamãe, e até concordo, mas fico decepcionada por Meg, pois tinha planejado que ela se casasse com Teddy eventualmente e desfrutasse do luxo pelo resto de seus dias. Não seria ótimo? — sugeriu Jo, olhando para a mãe com uma expressão mais animada.

— Ele é mais novo que ela, você sabe — começou a sra. March, mas Jo a interrompeu.

— Só um pouquinho. Ele é maduro para a idade que tem, e alto, e pode se comportar como um adulto, se assim quiser. Além disso, é rico, generoso e bom, e ama a todas nós, e *eu* acho uma pena que meu plano seja arruinado.

— Receio que Laurie não seja maduro o suficiente para Meg e, no geral, é instável demais para que qualquer pessoa dependa dele. Não faça planos, Jo; deixe que o tempo e seus próprios corações unam os seus amigos. Não podemos nos intrometer de maneira segura nesses assuntos e é melhor não enfiarmos essas "baboseiras românticas", como você diz, em nossas cabeças para não arriscarmos comprometer nossas amizades.

— Bem, não farei isso, mas odeio ver as coisas saindo às avessas e ficando bagunçadas, sabendo que um empurrãozinho aqui e ali resolveria tudo. Queria que passar um ferro em nossas cabeças nos impedisse de crescer! Mas botões se transformam em rosas; e filhotes, em gatos adultos... Isso é ainda mais lamentável!

— Que história é essa sobre ferros e gatos? — quis saber Meg, entrando no quarto com a carta finalizada em mãos.

— Só mais um dos meus discursos idiotas. Vou para a cama. Venha, Peggy — disse Jo, desdobrando-se como um quebra-cabeça animado.

— Bastante precisa e lindamente escrita. Por favor, acrescente que estou mandando um grande abraço para John — disse a sra. March enquanto dava uma olhada na carta e a devolvia.

— Você o chama de "John"? — indagou Meg, sorrindo, com seus olhos inocentes fitando os da sua mãe.

— Sim, ele tem sido como um filho para nós e gostamos muito dele — respondeu a sra. March, retribuindo o olhar com uma expressão atenta.

— Fico feliz por isso, ele é tão solitário. Boa noite, querida mamãe. É inexprimivelmente reconfortante ter a senhora aqui. — Foi a resposta de Meg.

O beijo que sua mãe lhe deu foi carinhoso e, enquanto ela saía, a sra. March concluiu, com um misto de satisfação e arrependimento:

— Ela ainda não ama John, mas logo vai aprender a amar.

• 268 •

21

LAURIE FAZ UMA TRAVESSURA, E JO FAZ AS PAZES

O rosto de Jo estava compenetrado no dia seguinte, pois o segredo pesava bastante sobre ela, que achava difícil não parecer misteriosa e importante. Meg percebeu, mas não se deu ao trabalho de fazer questionamentos, pois aprendera que a melhor maneira de lidar com Jo era seguindo a lei dos contrários, então Meg tinha certeza de que ficaria sabendo de tudo se não perguntasse nada. Ficou bastante surpresa, portanto, quando o silêncio permaneceu intacto e Jo assumiu um ar condescendente, que certamente irritou Meg; ela, por sua vez, adotou um ar dignamente reservado e se devotou à mãe. Isso deixou Jo livre para seus próprios planos, pois a sra. March tinha assumido seu lugar como enfermeira e a instruiu a descansar, se exercitar e se divertir depois do longo tempo de confinamento. Com Amy longe, Laurie era seu único refúgio e, por mais que gostasse da companhia dele, detestava-o no momento, pois o menino era um provocador incorrigível e ela temia que ele lhe extraísse o segredo.

Jo tinha mesmo razão, pois, assim que suspeitou do mistério, o rapaz, que adorava uma travessura, pôs-se a tentar descobrir do que se tratava e fez Jo passar por maus bocados por causa disso. Ele a bajulou, chantageou, ridicularizou, ameaçou e repreendeu; fingiu indiferença para ver se a surpreendia e descobria a verdade; declarou que já sabia e que não se importava; e, por fim, como resultado da perseverança, ficou satisfeito em saber que o segredo era sobre Meg e o sr. Brooke. Sentindo-se indignado por não ter sido honrado com a confiança do seu professor, Laurie começou a maquinar uma retaliação adequada pela desconsideração.

Enquanto isso, Meg aparentemente tinha esquecido o assunto e estava absorta nas preparações para o regresso do pai; porém, de repente, uma mudança pareceu assolá-la e, por um ou dois dias, ela era outra pessoa. Assustava-se quando falavam com ela, corava quando a olhavam, permaneceu bem quieta e ficava sentada costurando, com uma expressão tímida e preocupada no rosto. Aos questionamentos da mãe, respondeu que estava bem, e a Jo, implorava que a deixasse sozinha.

— Ela sente no ar o amor; quero dizer, está se deixando levar muito rápido. Apresenta a maior parte dos sintomas. Está nervosa e irritada, não come, fica deitada com os olhos abertos e choraminga pelos cantos. Já a peguei cantarolando aquela música que ele deu para ela, e uma vez disse "John", como a senhora faz, e ficou vermelha como uma papoula. O que vamos fazer? — desesperou-se Jo, parecendo pronta para tomar uma atitude, independentemente de quão violenta fosse.

— Nada além de esperar. Deixe-a sozinha, seja gentil e paciente que seu pai virá ajeitar tudo — respondeu a mãe.

— Aqui tem um bilhete para você, Meg, todo lacrado. Que estranho! Teddy nunca lacra os meus — disse Jo no dia seguinte, enquanto distribuía o conteúdo do pequeno correio.

A sra. March e Jo estavam compenetradas em seus próprios afazeres quando um ruído emitido por Meg as fez erguerem os olhos e ver que ela estava olhando fixamente para o bilhete com uma expressão apavorada.

— O que foi, minha filha? — questionou a mãe, correndo até ela, enquanto Jo tentava lhe tomar o papel que a tinha sobressaltado.

— Isso é tudo um equívoco... Não foi ele quem enviou. Oh, Jo, como você pôde? — E Meg escondeu o rosto nas mãos, chorando como se seu coração realmente estivesse partido.

— Eu?! Eu não fiz nada! Do que ela está falando? — gritou Jo, desnorteada.

Os olhos tranquilos de Meg estavam inflamados de fúria quando ela arrancou um bilhete amassado do bolso e o jogou em Jo, alegando em tom reprovador:

— Você escreveu, e aquele garoto a ajudou. Como pôde ser tão rude, tão má e tão cruel com nós dois?

Jo mal a ouviu, pois ela e a mãe estavam lendo o bilhete, que tinha sido escrito com uma caligrafia peculiar.

Minha queridíssima Margaret,

Não posso mais conter minha paixão e preciso saber de meu destino antes de retornar. Ainda não ouso contar aos seus pais, mas acho que eles permitiriam se soubessem que nos adoramos. O sr. Laurence vai me ajudar com um bom lugar e, então, minha doce menina, você me fará feliz. Imploro que não diga nada à sua família ainda, mas que envie uma resposta esperançosa por Laurie a

Seu devotado John.

— Aquele patife! Foi assim que me pagou por ter mantido a promessa que fiz à mamãe. Vou lhe dar uma bronca enorme e trazê-lo aqui para implorar por perdão — berrou Jo, ardendo para fazer justiça imediatamente.

Sua mãe, contudo, a conteve e disse, com uma expressão que quase nunca trazia no rosto:

• 271 •

— Pare, Jo, primeiro você precisa se confessar. Você já fez tantas brincadeiras que receio que tenha tido algo a ver com isto.

— Dou minha palavra, mamãe, não tive! Nunca vi esse bilhete antes e não sei de nada sobre ele, juro pela minha vida! — garantiu Jo, com tanta determinação que as duas acreditaram nela. — Se eu *tivesse* participado disso, teria feito um trabalho muito melhor e escrito um bilhete sensível. Suponho que saiba que o sr. Brooke não escreveria coisas desse tipo — acrescentou ela, jogando fora o papel, cheia de desprezo.

— Parece a letra dele — confessou Meg, comparando com o bilhete em sua mão.

— Ah, Meg, você respondeu? — exclamou rapidamente a sra. March.

— Sim, respondi! — E Meg escondeu o rosto de novo, assolada pela vergonha.

— Que situação! Deixem-me trazer aquele garoto perverso aqui para se explicar e levar uma bronca. Não vou descansar até botar as mãos nele. — E Jo começou a seguir novamente na direção da porta.

— Silêncio! Deixe que eu cuido disso, pois é pior do que eu imaginava. Margaret, conte-me a história toda — ordenou a sra. March, sentando-se ao lado de Meg, mas ainda segurando Jo, caso ela tentasse escapar.

— Recebi a primeira carta por meio de Laurie, que não parecia saber de nada sobre isso — começou Meg, sem erguer os olhos. — Fiquei preocupada no começo e pensei em contar à senhora, mas aí me lembrei de como a senhora gostava do sr. Brooke, então achei que não se importaria se eu guardasse meu segredinho por alguns dias. Sou tão boba que gostei de pensar que ninguém sabia e, enquanto estava decidindo o que responder, me senti como as moças nos livros, que têm esse tipo de coisa para fazer. Perdoe-me, mamãe, paguei por minha estupidez. Nunca mais poderei olhar no rosto dele de novo.

— O que disse a ele? — perguntou a sra. March.

— Só disse que ainda sou jovem demais para tomar qualquer atitude relacionada a isso, que não queria guardar segredos de você e que ele precisava falar com o papai. Falei que ficava agradecida pela cordialidade dele e que seria sua amiga, mas nada além disso, por um bom tempo.

A sra. March sorriu, como se estivesse satisfeita, e Jo apertou as mãos uma na outra, exclamando, com uma risada:

— Você é quase igual à Caroline Percy, que era um modelo de prudência. Continue, Meg. O que ele respondeu?

— Respondeu de um jeito totalmente diferente, me dizendo que nunca mandou nenhuma carta de amor e que lamentava muito que minha irmã travessa Jo tomasse liberdades com nossos nomes. Foi muito gentil e respeitoso, mas imaginem que horrível para mim!

Meg se apoiou na mãe, parecendo a encarnação do desespero, e Jo saiu pisando duro pelo quarto, xingando Laurie. De repente, ela parou, pegou os dois bilhetes e, depois de examiná-los cuidadosamente, disse com convicção:

— Acho que Brooke não viu nenhuma dessas cartas. Teddy escreveu as duas, e está com as suas também para tripudiar em cima de mim porque eu não quis contar meu segredo a ele.

— Não guarde segredos, Jo. Conte para a mamãe e se mantenha longe de confusão, como eu deveria ter feito — alertou Meg.

— Pelo amor de Deus, menina! Foi a mamãe que pediu!

— Chega, Jo. Vou alentar Meg enquanto você vai buscar Laurie. Vou examinar essa questão a fundo e dar um basta nessas brincadeiras de uma vez por todas.

Lá se foi Jo, enquanto a sra. March contava a Meg sobre os verdadeiros sentimentos do sr. Brooke.

— Agora, minha querida, o que você sente? Você o ama o suficiente para esperar até ele conseguir montar uma casa para vocês, ou vai se manter livre, por enquanto?

— Fiquei tão assustada e preocupada que não quero saber de namorados por um bom tempo, possivelmente nunca mais — respondeu Meg, de forma petulante. — Se John *não* souber de nada sobre essa besteira, não conte a ele, e faça Jo e Laurie ficarem de bico fechado. Não serei enganada, ludibriada e feita de boba... Que vergonha!

Ao ver que o temperamento geralmente tranquilo de Meg estava inflamado e seu orgulho, ferido por essa brincadeira travessa, a sra. March a acalentou prometendo total silêncio e discrição no futuro. No instante em que os passos de Laurie foram ouvidos no saguão, Meg fugiu correndo para o quarto de estudos e a sra. March recebeu o réu sozinha. Jo não tinha dito por que sua presença era requerida, com medo de que ele se recusasse a vir; mas o rapaz soube no instante em que viu o rosto da sra. March e ficou mexendo no chapéu com um ar culpado que o condenou na hora. Jo foi dispensada, mas optou por ficar marchando de um lado para outro do saguão como uma sentinela, com um pouco de medo de que o prisioneiro pudesse fugir. O som das vozes na sala de visitas subiu e desceu por meia hora, mas o que aconteceu durante o interrogatório, as meninas nunca ficaram sabendo.

Quando foram chamadas para entrar, Laurie estava parado ao lado da sra. March com uma expressão tão penitente que Jo o perdoou na hora; todavia achou que não seria prudente demonstrar isso. Meg aceitou o humilde pedido de desculpas dele e ficou muito aliviada pela garantia de que Brooke não sabia nada sobre a brincadeira.

— Nunca vou contar a ele em toda a minha vida; nem cavalos selvagens podem me obrigar, então, por favor, me perdoe, Meg, e farei qualquer coisa para mostrar o quanto lamento tudo isso — acrescentou ele, parecendo muito envergonhado de si mesmo.

— Vou tentar, mas foi uma atitude nada cavalheiresca da sua parte. Eu não sabia que você podia ser tão dissimulado e malicioso, Laurie — respondeu Meg, tentando esconder sua confusão ingênua sob uma postura serenamente reprovadora.

— Foi realmente abominável, e não mereço que falem comigo por um mês; mas vocês vão falar, não vão? — E Laurie juntou as mãos em um gesto tão suplicante, enquanto falava com seu tom irresistivelmente persuasivo, que era impossível continuar zangada com ele a despeito do seu péssimo comportamento.

Meg o perdoou, e a expressão grave da sra. March relaxou, apesar de todo o esforço para se manter séria quando ela o ouviu declarar que se redimiria por seus pecados com todos os tipos de penitência existentes e se humilharia como um verme diante da donzela ofendida.

Enquanto isso, Jo permaneceu indiferente, tentando enrijecer o coração contra ele, mas só conseguiu contorcer o rosto em uma expressão de total desaprovação. Laurie olhou para ela uma ou duas vezes, mas, como ela não demonstrou sinais de que cederia, ele se sentiu magoado e lhe deu as costas até que as outras duas terminassem o que tinham a dizer; então fez uma reverência e foi embora sem dizer uma só palavra.

Assim que ele saiu, Jo desejou ter sido mais clemente e, quando Meg e sua mãe subiram, ela se sentiu sozinha e com saudades de Teddy. Depois de resistir por um tempo, cedeu ao impulso e, armada com um livro para devolver, foi até o casarão.

— O sr. Laurence está? — perguntou Jo para uma criada que descia as escadas.

— Sim, senhorita, mas não acredito que ele esteja em condições de ver ninguém agora.

— Por quê? Ele está doente?

— Não, senhorita, mas teve uma discussão com o sr. Laurie, que estava tendo uma de suas explosões de raiva por causa de alguma coisa, o que incomodou o sr. Laurence, então eu não iria atrás dele.

— Onde está Laurie?

— Trancado no quarto, e não atende à porta, apesar de eu já ter batido. Não sei o que fazer com o jantar, porque está pronto, mas não há ninguém para comer.

— Vou ver qual é o problema. Não tenho medo de nenhum dos dois.

Lá foi Jo escada acima. Ela bateu com força à porta do pequeno escritório de Laurie.

— Pare com isso ou vou abrir a porta e fazê-la parar à força! — berrou o jovem cavalheiro, em um tom ameaçador.

Jo imediatamente bateu de novo. A porta se escancarou e Jo foi logo entrando, antes que Laurie pudesse se recuperar da surpresa. Ao ver que ele estava realmente fora de si, Jo, que sabia como lidar com ele, assumiu uma expressão arrependida e, ajoelhando-se dramaticamente, disse com uma voz dócil:

— Por favor, me perdoe por ter sido tão rude. Vim para me redimir e não posso ir embora até você me perdoar.

— Está tudo bem. Levante-se e não seja tola, Jo. — Foi a resposta do cavalheiro ao seu pedido.

— Obrigada, vou levantar. Posso perguntar qual é o problema? Você não parece exatamente tranquilo.

— Levei uma sacudida e não suporto isso! — rosnou Laurie, indignado.

— Quem fez isso? — quis saber Jo.

— Vovô. Se tivesse sido qualquer outra pessoa, eu teria...

E o jovem magoado finalizou sua frase com um gesto enérgico com o braço direito.

— Isso não é nada. Dou umas sacudidas em você o tempo todo e você não se importa — argumentou Jo, em tom calmante.

— Ora! Você é menina e é divertido, mas não vou permitir que homem nenhum faça isso comigo!

— Não acho que alguém iria querer se arriscar se você estivesse tão tempestuoso quanto está agora. Por que ele o ameaçou dessa forma?

— Só porque eu não quis dizer a ele o que sua mãe queria comigo. Eu prometi não contar e é claro que não ia quebrar minha promessa.

— Você não poderia satisfazer a curiosidade do seu avô de outra maneira?

— Não, ele *queria* a verdade, toda a verdade, e nada além da verdade. Eu teria contado a minha participação na confusão, se pudesse manter Meg fora disso. Como não podia, fiquei de bico fechado e aguentei a reprimenda até o sr. Laurence me pegar pelo colarinho. Aí saí correndo, por medo de perder a cabeça.

— Isso não foi decente, mas ele está arrependido, eu sei, então desça e faça as pazes. Ajudo você.

— De jeito nenhum! Não vou ouvir sermão e ser agredido por todo mundo só por causa de uma simples brincadeira. Sinto muito pela Meg e já pedi perdão como um homem, mas não vou fazer de novo, não quando não fiz nada de errado.

— Ele não sabe disso.

— Deveria confiar em mim, e não agir como se eu fosse um bebê. Não adianta, Jo, ele tem de aprender que sou capaz de cuidar de mim mesmo e que não preciso me agarrar à barra da saia de ninguém.

— Que cabeça dura você é! — disse Jo, suspirando. — Como pretende resolver essa questão?

— Bem, ele precisa pedir perdão e acreditar em mim quando digo que não posso contar o motivo de algum alvoroço.

— Que Deus o acuda! Ele não vai fazer isso.

— Não vou descer até que ele o faça.

— Ora, Teddy, seja sensato. Deixe para lá e permita que eu explique o que puder. Você não pode ficar aqui para sempre, então de que adianta ser tão melodramático?

— Não pretendo ficar aqui por muito tempo, de qualquer forma. Vou sair de fininho e fazer uma viagem para algum lugar e, quando vovô sentir minha falta, vai correr atrás de mim.

— Desculpe dizer, mas você não deveria preocupá-lo.

— Não me venha com sermão. Vou para Washington ver Brooke. É animado por lá e vou me divertir depois dessa confusão.

• 277 •

— Você se divertiria muito! Gostaria de poder fugir também — comentou Jo, esquecendo-se do seu papel de mentora, perdendo-se em visões da vida militar na capital.

— Então vamos! Por que não? Você vai surpreender seu pai e eu vou perturbar o velho Brooke um pouquinho. Seria uma piada e tanto. Vamos fazer isso, Jo. Deixamos uma carta avisando que estamos bem e pegamos a estrada imediatamente. Tenho dinheiro suficiente. Vai fazer bem para você e não há nada de mal nisso, já que você vai ver seu pai.

Por um momento, pareceu que Jo ia concordar, pois, por mais maluco que o plano fosse, seria muito bom para ela. Estava cansada de preocupações e confinamento, ansiava por uma mudança, e pensamentos sobre seu pai se misturaram tentadoramente aos charmes inusitados dos acampamentos e hospitais, da liberdade e da diversão. Seus olhos brilharam quando ela se virou pensativamente na direção da janela, mas recaíram sobre a velha casa do outro lado, e ela balançou a cabeça com uma determinação desgostosa.

— Se eu fosse um rapaz, poderíamos fugir juntos e eu me divertiria muito, mas, como sou uma pobre garota, preciso ser correta e ficar em casa. Não me tente, Teddy, pois é um plano maluco.

— Aí é que está a graça — começou Laurie, que estava em um acesso de teimosia e louco para se libertar das amarras de algum jeito.

— Feche essa boca! — gritou Jo, cobrindo os ouvidos. — A vida doméstica é a minha sina, e é melhor eu enfiar isso na cabeça de uma vez por todas. Vim aqui para moralizar, não para ouvir coisas que me fazem pular só de pensar.

— Sei que Meg recusaria uma proposta dessas na mesma hora, mas achei que você fosse mais corajosa — começou Laurie, provocativamente.

— Garoto mau, cale a boca! Sente-se e pense nos seus próprios pecados, não me faça aumentar a lista dos meus. Se eu conseguir fazer seu avô se desculpar por ter sacudido você, você desiste de fugir? — perguntou Jo, em tom sério.

— Sim, mas você não vai conseguir — duvidou Laurie, que queria fazer as pazes, mas sentia que sua dignidade ultrajada precisava ser apaziguada primeiro.

— Se consigo lidar com o mais novo, posso lidar com o mais velho — murmurou Jo, enquanto saía do quarto, deixando Laurie debruçado sobre um mapa rodoviário e com a cabeça apoiada nas duas mãos.

— Entre! — A voz do sr. Laurence parecia mais áspera do que de costume quando Jo bateu à sua porta.

— Sou eu, sr. Laurence, vim devolver um livro — disse ela, suavemente, enquanto entrava.

— Quer algo mais? — perguntou o velho cavalheiro, parecendo soturno e irritado, mas tentando não demonstrar.

— Sim, por favor. Gosto tanto do velho Sam que acho que vou tentar o segundo volume — respondeu Jo, torcendo para conseguir se aproximar dele ao aceitar uma segunda dose da vida de Samuel Johnson, de James Boswell, já que havia sido ele quem recomendara aquela obra tão dinâmica.

As sobrancelhas desgrenhadas do velho relaxaram um pouco enquanto ele empurrava a escada na direção da prateleira onde a literatura Johnsoniana estava guardada. Jo subiu aos pulos e, sentando-se no último degrau, fingiu estar procurando o livro, mas estava, na verdade, pensando em como tocar no delicado assunto da sua visita. O sr. Laurence pareceu suspeitar que algum pensamento fervilhava em sua cabeça, pois, depois de ter dado várias voltas rápidas pela sala, virou-se para ela, falando tão abruptamente que um livro de Rasselas despencou no chão.

— O que aquele moleque andou aprontando? Não tente protegê-lo. Sei que ele se meteu em alguma encrenca pela maneira como estava agindo quando chegou em casa. Não consegui arrancar nenhuma palavra dele e, quando ameacei sacudi-lo até que falasse, ele subiu as escadas correndo e se trancou no quarto.

— Ele errou, mas nós o perdoamos e todos prometemos não dizer nada a mais ninguém — começou Jo, de forma relutante.

— Isso não basta. Ele não deve se resguardar por trás de uma promessa de vocês, meninas de coração mole. Se fez algo errado, precisa confessar, pedir perdão e ser punido. Conte-me, Jo. Não esconda as coisas de mim.

O sr. Laurence parecia tão assustado e falou com tanta rudeza que Jo gostaria de sair correndo, mas estava empoleirada no topo da escada, e ele, parado ao lado dela no chão, um leão no caminho, então a garota precisava ficar e enfrentá-lo.

— Realmente não posso contar, senhor. Mamãe proibiu. Laurie confessou, pediu perdão e foi punido o suficiente. Não vamos ficar caladas para protegê-lo, mas para proteger a outra pessoa e, se o senhor interferir, só vai criar ainda mais confusão. Por favor, não faça isso. Foi, em parte, culpa minha, mas está tudo bem agora. Então vamos esquecer tudo isso e conversar sobre *The Rambler*, ou algum outro tópico agradável.

— Esqueça o *Rambler*! Desça aqui e me prometa que esse moleque irresponsável não fez nada ingrato ou impertinente. Se fez, depois de toda a bondade de vocês com ele, vou surrá-lo com minhas próprias mãos!

A ameaça parecia horrível, mas não alarmou Jo, pois ela sabia que o velho e irascível cavalheiro jamais levantaria um dedo contra o neto, não importava que ele dissesse o contrário. Ela, obedientemente, desceu e fez a brincadeira parecer o mais inocente possível, sem trair Meg ou faltar com a verdade.

— Hum, ah, bom, se o menino ficou de bico calado porque prometeu, e não por teimosia, eu o perdoo. Ele é um rapaz teimoso e difícil de lidar — disse o sr. Laurence, passando as mãos pelos cabelos até que parecessem ter enfrentado uma tremenda ventania, e relaxando as rugas da testa com um ar de alívio.

— Eu também sou, mas uma palavra gentil consegue me dobrar quando nem mesmo todos os cavalos e cavaleiros do rei conseguiriam — disse Jo, tentando proteger o amigo, que parecia sair de uma enrascada só para cair em outra.

— Acha que não sou gentil com ele, então? — Foi a resposta ríspida.

— Ah, é claro que não, senhor. O senhor é gentil até demais, às vezes, mas só um pouquinho precipitado quando ele abusa da sua paciência. O senhor não acha que é?

Jo estava decidida a resolver tudo naquele momento e tentou parecer bastante calma, apesar de estar tremendo um pouquinho depois do audacioso discurso. Para seu imenso alívio e surpresa, o velho cavalheiro apenas jogou os óculos na mesa de forma barulhenta e exclamou com franqueza:

— Você está certa, menina, sou mesmo! Amo aquele garoto, mas ele abusa da minha paciência além do limite, e não sei onde vamos acabar se continuarmos assim.

— Eu lhe digo: ele vai fugir. — Jo lamentou ter dito aquilo no segundo em que proferiu aquelas palavras. Pretendia apenas alertá-lo de que Laurie não toleraria muitas restrições, e torcia para que o velho fosse mais tolerante com o rapaz.

O rosto corado do sr. Laurence mudou subitamente e ele se sentou, dando uma olhada perturbada para a imagem de um homem bonito pendurada acima da sua mesa. Era o pai de Laurie, que tinha fugido quando jovem e se casado contra a imperiosa vontade do velho. Jo percebeu que ele se lembrou do passado com arrependimento e desejou ter ficado de boca fechada.

— Ele não vai fugir a não ser que esteja tremendamente aborrecido, e só ameaça fazer isso de vez em quando, quando fica cansado de estudar. Volta e meia penso que gostaria de fazer o mesmo, especialmente depois que meu cabelo foi cortado; então, se um dia o senhor der por nossa falta, pode redigir um anúncio procurando por dois garotos e procurar nos navios que têm a Índia como destino.

Ela ria enquanto falava, e o sr. Laurence parecia aliviado, evidentemente tomando aquilo tudo como uma brincadeira.

— Sua menina levada, como ousa falar dessa forma? Onde está seu respeito por mim e sua boa educação? Deus abençoe esses meninos e meninas! São verdadeiros tormentos, mas o que seria de nós sem eles? — exclamou ele, beliscando as bochechas de Jo de um jeito bem-humorado. — Vá buscar aquele garoto para jantar, diga a ele que está tudo bem e o aconselhe a não ser melodramático com seu avô. Não tolerarei isso.

— Ele não vai descer, senhor. Ele se sente mal porque o senhor não acreditou quando ele disse que não podia contar. Acho que a sacudida magoou profundamente os sentimentos dele.

Jo tentou parecer cheia de dó, mas deve ter fracassado, pois o sr. Laurence começou a rir, e ela soube que a causa estava ganha.

— Lamento por isso e suponho que precise agradecer por *ele* não me dar uma sacudida. Que diabos espera aquele sujeito?

O velho cavalheiro parecia um tanto envergonhado da sua própria impaciência.

— Se eu fosse o senhor, escreveria um pedido de desculpas. Ele diz que não vai descer até receber um, e fala em ir para Washington e outros absurdos. Um pedido de desculpas formal o fará enxergar como ele está sendo tolo e o trará aqui para baixo bastante amigavelmente. Tente. Ele gosta de se divertir, e essa maneira é melhor do que falando. Eu levo o bilhete lá para cima e o faço cumprir com sua obrigação.

O sr. Laurence lançou a ela uma olhar penetrante e colocou os óculos, dizendo lentamente:

— Você é uma garota astuta, mas não me importo em ser comandado por você e por Beth. Dê-me um pedaço de papel e vamos acabar logo com essa insanidade.

O bilhete foi escrito com palavras que um cavalheiro usaria com outro após tê-lo insultado gravemente. Jo deu um beijo na cabeça calva do sr. Laurence e subiu as escadas correndo para enfiar o pedido de desculpas por baixo da porta de Laurie, aconselhando-o, pelo buraco da fechadura, a ser obediente, digno e algumas outras impossibilidades agradáveis. Ao encontrar a porta trancada novamente, deixou que o bilhete falasse por si só, e ia saindo em silêncio quando o jovem cavalheiro passou escorregando pelo corrimão e a esperou no andar de baixo, dizendo, com sua expressão facial mais virtuosa:

— Mas que bom sujeito você é, Jo! Levou alguma bronca? — perguntou ele, rindo.

— Não, ele foi bastante tranquilo, no geral.

— Ah! Foi em mim que todo mundo descarregou. Até você me rejeitou lá na sua casa, e eu senti que logo, logo me mandariam para o inferno — começou ele, em tom de desculpas.

— Não fale assim, vire a página e comece de novo, Teddy, meu jovem.

— Continuo virando as páginas e as arruinando, como costumava estragar meus cadernos, e tenho tantos recomeços que nunca haverá um fim — alegou ele, desconsolado.

— Vá jantar, vai se sentir melhor depois de comer. Homens sempre ficam ranzinzas quando estão com fome — disse Jo, escapulindo pela porta da frente em seguida.

— Isso é *geralizar* todo o *secto* masculino — respondeu Laurie, imitando as trapalhadas linguísticas de Amy, enquanto se encaminhava obedientemente para partilhar uma torta com o avô, cujo temperamento permaneceu bastante angelical e extremamente respeitoso pelo resto do dia.

Todos achavam que o problema tinha acabado e que a pequena nuvem tempestuosa tinha sido soprada para longe, mas o mal tinha sido feito e, apesar de os outros terem esquecido, Meg se lembrava. Ela nunca mencionava certa pessoa, mas pensava muito nele e sonhava com ele mais do que nunca. Uma vez, Jo, revirando a escrivaninha da irmã em busca de selos, encontrou um pedaço de papel rabiscado com as palavras "sr. John Brooke", para as quais suspirou tragicamente e as jogou no fogo, sentindo que a brincadeira de Laurie tinha apressado um final indesejado para ela.

22

PRADOS AGRADÁVEIS

As semanas tranquilas que se sucederam foram como a luz do sol após uma tempestade. Os doentes melhoraram rapidamente, e o sr. March começou a falar em retornar no início do novo ano. Beth logo conseguia passar o dia todo deitada no sofá do quarto de estudos, entretendo-se com seus amados gatos em um primeiro momento e, depois, com as costuras para as bonecas, que tinham ficado lamentavelmente atrasadas. Suas pernas antes ativas estavam tão rígidas e fracas que Jo a levava para tomar ar pela casa todos os dias em seus braços fortes. Meg queimava e escurecia animadamente as mãos brancas cozinhando pratos delicados para "a queridinha", enquanto Amy, servente leal do anel, comemorou seu retorno doando todos os tesouros que conseguiu convencer as irmãs a aceitarem.

À medida que o Natal se aproximava, os mistérios habituais começaram a assombrar a casa e, com frequência, Jo deixava toda a família agitada ao propor celebrações totalmente impossíveis ou suntuosamente absurdas em homenagem àquele Natal incomumente feliz. Laurie também estava impossível e, se tivesse feito tudo à sua maneira, teria providenciado fogueiras, fogos de artifício e arcos do triunfo. Após muitas discussões e reprimendas, o ambicioso par foi considerado eficazmente dominado e os dois ficavam andando de um lado para o outro com expressões desesperançosas, que volta e meia eram interrompidas por explosões de risadas quando eles se juntavam.

Vários dias de um tempo estranhamente agradável culminaram em um Natal esplêndido. Hannah tinha "sentido nos ossos" que ia fazer um dia atipicamente bonito, e se provou uma verdadeira profetisa, pois tudo e todos pareciam destinados a serem bem-sucedidos. Para começar, o sr. March escreveu avisando que logo estaria com elas; Beth estava se sentindo extraordinariamente bem-disposta naquela manhã e, depois de ter sido vestida com o presente da sua mãe — um roupão macio de merino carmesim —, foi conduzida em triunfo até a janela para assistir à oferenda de Jo e Laurie. *Os Insaciáveis* tinham feito seu melhor para honrar o título, pois, como verdadeiros duendes, trabalharam durante a noite e prepararam uma surpresa cômica. Havia uma majestosa donzela de neve coroada com azevinho no jardim, carregando uma cesta de frutas e flores em uma das mãos, um grande rolo de partituras na outra, um xale que era um verdadeiro arco-íris nos ombros gelados, e ela cantava uma canção natalina que saía de seus lábios em uma flâmula de papel cor-de-rosa:

DE JUNGFRAU PARA BETH

Deus a abençoe, querida Rainha!
Que nada na vida a desespere,
Nenhum problema ou ladainha,
E a saúde, no Natal, a espere.

Trago frutas para a abelha operária
  E flores para seu olfato.
Música um tanto visionária,
  E manta para cobrir-lhe o tato.

Um retrato de Joanna, veja
  Feito por Raphael Segundo,
Que trabalhou como quem almeja
  Fazer a melhor pintura do mundo.

Aceite o laço vermelho, por favor,
  Para o rabo de Madame Ronrom.
Sorvete que Peg fez com amor,
  Para se deleitar sob o edredom.

O amor de meus criadores culmina
  Em meu peito sob o xale de tricô.
Aceite os presentes e esta donzela alpina
  Do seu Laurie e da sua Jo.

Como Beth riu ao ver aquilo; como Laurie correu para cima e para baixo para levar os presentes; e como foram ridículos os discursos que Jo fez ao entregá-los.

— Estou tão imensamente feliz que, se papai estivesse aqui, eu não conseguiria mais segurar o choro — exclamou Beth, suspirando de contentamento enquanto Jo a levava ao quarto de estudos para descansar depois de toda aquela agitação, e para se deleitar com as deliciosas uvas que a "Jungfrau" havia mandado para ela.

— Eu também — afirmou Jo, dando umas palmadinhas no bolso no qual guardara o tão desejado exemplar de *Undine e Sintram*.

— Eu certamente também estou — ecoou Amy, analisando a cópia impressa da *Madona e seu Filho* que a mãe tinha lhe dado em uma bela moldura.

— E eu, é claro! — gritou Meg, alisando as dobras prateadas do seu primeiro vestido de seda que o sr. Laurence tinha insistido em lhe dar.

— Como é que *eu* poderia me sentir diferente? — disse a sra. March, com gratidão, enquanto seus olhos migravam da carta do marido para o rosto sorridente de Beth, e sua mão acariciava o broche feito de cabelos grisalhos, louros, castanhos claros e escuros que as meninas tinham acabado de prender em seu peito.

De vez em quando, neste mundo prosaico, as coisas realmente acontecem da mesma maneira deliciosa dos livros de histórias, e como é bom quando isso ocorre! Meia hora depois de todas terem afirmado faltar muito pouco para caírem no choro de felicidade, chegou a gota de água. Laurie abriu a porta da sala de visitas e enfiou a cabeça por ela no maior silêncio. Ele podia ter dado um salto mortal e soltado um grito de guerra indígena que teria dado na mesma, pois seu rosto estava tão marcado por uma animação suprimida, e sua voz, tão traiçoeiramente alegre, que todas deram um pulo, apesar de ele ter se limitado a dizer, em uma voz esquisita, como se estivesse sem fôlego:

— Aqui está outro presente de Natal para a família March.

Antes que as palavras tivessem saído plenamente de sua boca, ele foi, de alguma forma, arrancado dali e, em seu lugar, apareceu um homem alto, coberto até os olhos, apoiado no braço de outro homem alto, que tentou dizer alguma coisa, mas não conseguiu. É claro que a correria foi geral e, por vários minutos, todos pareceram perder os sentidos, pois as coisas mais estranhas foram feitas e ninguém disse absolutamente nada.

O sr. March ficou invisível em meio ao abraço de quatro pares de braços afetuosos. Jo envergonhou a si mesma ao quase desmaiar, e teve de ser acudida por Laurie no armário de louças. O sr. Brooke deu um beijo em Meg totalmente por engano, como explicou, de forma um tanto incoerente. E Amy, a digna, tropeçou em um banco e, sem se preocupar em levantar, abraçou e chorou sobre as botas do pai da maneira mais tocante possível. A sra. March foi a primeira a se recuperar e ergueu a mão em um aviso:

— Silêncio! Lembrem-se de Beth.

Mas era tarde demais. A porta do quarto de estudos se escancarou e o pequeno roupão carmesim apareceu — a alegria havia conferido força a suas pernas —, e Beth correu direto para os braços do pai. Não importa o que aconteceu logo depois disso, pois aqueles corações repletos estavam transbordando, lavando toda a amargura do passado e deixando apenas a doçura do presente.

Não foi propriamente romântico, mas uma risada calorosa fez todos caírem em si, pois Hannah foi descoberta atrás da porta, soluçando em cima do peru gordo que ela tinha se esquecido de largar quando saiu correndo da cozinha. Quando o riso aquietou, a sra. March começou a agradecer ao sr. Brooke seus cuidados fiéis para com seu marido, ao que sr. Brooke subitamente lembrou que o sr. March precisava de descanso e, convocando Laurie, retirou-se precipitadamente. Então, os dois doentes receberam ordens de repousar, o que fizeram ao se sentarem juntos em uma poltrona grande e conversarem sem parar.

O sr. March contou que queria surpreendê-las havia tempos e, quando o clima melhorou, ele obteve permissão do médico para aproveitá-lo; como Brooke tinha sido dedicado e era, no geral, um jovem respeitável e correto! Por que o sr. March fez uma pausa logo após dizer isso e depois deu uma olhada rápida para Meg, que revolvia a lenha do fogo com violência, olhou para a esposa e ergueu as sobrancelhas questionadoramente, deixo para que você mesmo imagine. E também por que a sra. March fez um leve sinal afirmativo com a cabeça e perguntou, de forma um tanto abrupta, se ele não gostaria de algo para comer. Jo viu e entendeu o olhar, afastando-se, com tristeza, para pegar vinho e caldo de carne, resmungando para si mesma ao bater a porta:

— Odeio jovens respeitáveis com olhos castanhos!

Nunca houve um jantar de Natal como aquele. O gordo peru era uma visão a se admirar quando Hannah o enviou ao andar de cima, recheado, dourado e decorado. Igualmente fantástico estava o pudim de ameixa, que derretia na boca, bem como as geleias, com as quais Amy se deliciava como uma mosca em um pote de mel. Tudo correu bem, o que era uma bênção, segundo Hannah, que complementou:

— Porque a minha cabeça *tava* tão *atrapaiada*, *sinhora*, que é um milagre eu não *tê* assado o pudim ou recheado o peru com uva-
-passa ou com um pano de prato.

O sr. Laurence e seu neto jantaram com eles, além do sr. Brooke, a quem Jo encarava de um jeito sombrio, para imensa diversão de Laurie. Duas poltronas foram colocadas lado a lado à cabeceira da mesa, nas quais se sentaram Beth e seu pai, que se alimentaram moderadamente de frango e algumas frutas. Eles brindaram, contaram histórias, entoaram canções, "trocaram reminiscências", como dizem os mais velhos, e tiveram um almoço maravilhoso. Um passeio de trenó tinha sido programado, mas as meninas não queriam sair do lado do pai, então os convidados foram embora cedo e, à medida que o crepúsculo se aproximava, a família feliz se reuniu ao redor do fogo.

— Apenas um ano atrás, estávamos lamentando o Natal terrível que achávamos que íamos ter. Vocês lembram? — perguntou Jo, interrompendo uma pausa curta após uma longa conversa sobre muitas coisas.

— Foi um ano bastante agradável, no geral! — concluiu Meg, sorrindo para o fogo e parabenizando a si mesma por ter tratado o sr. Brooke com dignidade.

— Achei que foi um ano bem difícil — ponderou Amy, observando a luz brilhar em seu anel com olhos pensativos.

— Fico feliz por ter acabado, pois agora temos o senhor de volta — sussurrou Beth, que estava sentada no colo do pai.

— Foi uma estrada bastante tortuosa, essa que vocês percorre-
ram, minhas pequenas peregrinas, especialmente a última parte. Mas vocês seguiram com bravura e acho que seus fardos estão bem

perto de serem aliviados — disse o sr. March, olhando com um orgulho paternal para os quatro jovens rostos reunidos ao seu redor.

— Como o senhor sabe? A mamãe lhe contou? — quis saber Jo.

— Não muito. Os detalhes mostram as mudanças que aconteceram, e fiz várias descobertas hoje.

— Ah, conte para nós! — pediu Meg, que estava sentada ao lado dele.

— Aqui vai uma.

Levantando a mão que estava apoiada no braço da poltrona, o sr. March apontou para o dedo indicador caloso, uma queimadura nas costas da mão e dois ou três pontos endurecidos na palma.

— Lembro-me de uma época em que esta mão era branca e macia e sua primeira preocupação era mantê-la assim. Eu a achava muito bonita, mas, para mim, está bem mais bonita agora, pois nesses aparentes defeitos eu enxergo uma pequena história. Esta queimadura representa uma negação à vaidade, essa palma calosa ganhou algo mais que meras bolhas, e tenho certeza de que as costuras feitas por esses dedos espetados durarão muito tempo, visto que muita boa vontade foi empregada em seus pontos. Meg, minha querida, eu valorizo a habilidade feminina que mantém um lar feliz mais do que mãos branquinhas ou demonstrações de elegância. Tenho orgulho de apertar esta boa pequena mão trabalhadora e espero que não a peçam em casamento tão cedo.

Se Meg queria uma recompensa pelas horas de trabalho dedicado, ela a recebeu na pressão calorosa da mão do pai e no sorriso aprovador que ele lhe deu.

— E quanto a Jo? Por favor, diga algo bonito, pois ela se esforçou muito e tem sido muito, muito boa comigo — disse Beth no ouvido do pai.

Ele riu e olhou para a menina alta que estava sentada do outro lado, com uma expressão atipicamente plácida no rosto.

— Apesar dos cabelos curtos e cacheados, não vejo mais o "filho Jo" que deixei um ano atrás — confessou o sr. March. — Vejo uma jovem que abotoa a gola do vestido, amarra as botas direitinho e não assovia, fala gírias, nem fica deitada no tapete, como costumava fazer. Seu rosto está um tanto magro e pálido neste momento, observador e ansioso, mas gosto de olhar para ele, pois ficou mais suave, e sua voz, mais amena. Ela não saltita, mas se move silenciosamente, e cuida de uma pessoinha de um jeito maternal que me encanta. Até que sinto falta da minha garota travessa, mas, se ganhar uma mulher forte, prestativa e afetuosa em seu lugar, ficarei bastante satisfeito. Não sei se a tosquia pacificou nossa ovelha negra, mas sei que não conseguiria encontrar, em toda a cidade de Washington, nada bonito o suficiente para comprar com os 25 dólares que a minha linda menina me mandou.

Os olhos penetrantes de Jo ficaram um tanto embaçados por um instante e seu rosto magro ficou corado sob a luz do fogo enquanto ela recebia o elogio do pai, sentindo que realmente merecia ouvi-lo, ao menos em parte.

— Agora, Beth — solicitou Amy, ansiando por sua vez, mas determinada a esperar.

— Ela está tão magrinha que tenho até medo de dizer alguma coisa que a faça sumir de vez, apesar de não ser mais tão tímida quanto antes — começou seu pai, alegremente. Mas, ao se lembrar de quão perto ficou de perdê-la, ele a abraçou com força, dizendo carinhosamente, com a bochecha colada na dela: — Você está segura comigo, Beth, e vou mantê-la assim, se Deus quiser.

Após um minuto de silêncio, ele olhou para Amy, que estava sentada no banquinho a seus pés, e disse, acariciando seu cabelo brilhante:

— Percebi que Amy comeu coxas de frango no almoço, ajudou a mamãe a tarde toda, cedeu seu lugar a Meg esta noite, e esperou por todo mundo com paciência e bom humor. Também percebi que não se agita muito nem fica se olhando no espelho, e nunca sequer mencionou o belíssimo anel que está usando, então concluo que aprendeu a pensar mais nas outras pessoas e menos em si mesma, e decidiu tentar moldar sua personalidade com o mesmo cuidado com que molda suas pequenas esculturas de barro. Fico feliz por isso, pois, embora devesse me sentir muito orgulhoso de uma estatuazinha graciosa feita por ela, ficarei infinitamente mais orgulhoso de uma filha adorável com o dom de tornar linda a vida dela mesma e de outras pessoas.

— No que você está pensando, Beth? — indagou Jo depois que Amy agradeceu ao pai e contou sobre o anel.

— Li hoje, em *O peregrino*, como, depois de muitos problemas, o Cristão e a Esperança chegaram a um belo prado verde onde lírios desabrochavam o ano todo, e lá eles descansaram felizes, como estamos fazendo agora, antes de continuarem para o fim da sua jornada — respondeu Beth, acrescentando, enquanto saía dos braços do pai e se encaminhava para seu instrumento: — É hora de cantar agora, e quero estar no meu antigo lugar. Vou tentar cantar a canção do menino pastor que os peregrinos escutaram. Fiz a canção para o papai, porque ele gosta dos versos.

Então, sentada em seu amado pianinho, Beth tocou suavemente nas teclas e, com a voz doce que eles acharam que nunca mais fossem ouvir de novo, cantou enquanto tocava o gracioso hino, que era uma canção especialmente adequada para ela.

> *Aquele que está tombado não deve temer cair,*
>   *Aquele que está por baixo não deve se orgulhar.*
> *Aquele que é humilde deve sempre insistir*
>   *Em ter Deus ao seu lado para o guiar.*
>
> *Sou feliz pelo que tenho,*
>   *Seja pouco, ou seja muito.*
> *E, Deus! Felicidade não desdenho*
>   *Pois sei que esse é Teu intuito.*
>
> *A plenitude, para eles, é um fardo,*
>   *Fruto dessa peregrinação.*
> *Mas no futuro haverá um resguardo*
>   *Dessa bênção que novos dias trarão!*

23

TIA MARCH RESOLVE A QUESTÃO

Como abelhas rondando sua rainha, mãe e filhas ficaram rodeando o sr. March no dia seguinte, negligenciando tudo o mais para olhar, servir e ouvir o novo doente da casa, que estava quase sendo sufocado por tanta gentileza. Enquanto descansava em uma poltrona ao lado do sofá de Beth, com as outras três meninas por perto e Hannah aparecendo volta e meia para "*dá* uma olhadinha naquele homem *quirido*", nada parecia faltar para completar sua felicidade. Mas algo era, sim, necessário, e os mais velhos sentiam, apesar de ninguém confessá-lo. O sr. e a sra. March se entreolhavam com uma expressão ansiosa enquanto seus olhos acompanhavam Meg. Jo tinha acessos repentinos de raiva e foi vista sacudindo o punho para o guarda-chuva do sr. Brooke, que havia sido esquecido no saguão. Meg andava distraída, tímida e calada, assustava-se quando a campainha tocava e corava quando o nome de John era mencionado. Amy disse que "todos pareciam esperar por alguma coisa e não conseguiam se aquietar, o que era esquisito, visto que papai estava em casa, em segurança", e Beth, inocentemente, perguntava-se por que os vizinhos não os visitavam como de costume.

Laurie apareceu naquela tarde e, ao ver Meg à janela, aparentou repentinamente ser possuído por um acesso melodramático, pois ajoelhou-se de imediato na neve, bateu no peito, puxou os cabelos e uniu as mãos de forma suplicante, como que implorando por alguma dádiva. E quando Meg disse a ele que se comportasse e fosse embora, ele secou lágrimas imaginárias com o lenço e dobrou a esquina cambaleando, como que em total desespero.

— O que esse palhaço está querendo dizer? — perguntou Meg, rindo e tentando parecer alheia.

— Está mostrando a você o que o seu John fará em breve. Emocionante, não é? — respondeu Jo com desdém.

— Não diga *meu John*, não é adequado nem verdadeiro — repreendeu Meg, embora sua voz tenha se demorado naquelas palavras como se soassem agradáveis aos seus ouvidos. — Por favor, não me aborreça, Jo, já disse a você que não me importo muito com ele, e não há coisa alguma a ser dita. Todos devemos ser amigos e continuar como antes.

— Não podemos, pois alguma coisa já foi dita e a brincadeira de Laurie afastou você de mim. Eu enxergo e mamãe também. Você não é nem um pouquinho como a antiga Meg e parece cada vez mais distante de mim. Não é minha intenção aborrecê-la e vou suportar tudo como um homem, mas realmente gostaria que as coisas já estivessem resolvidas. Detesto esperar, então, se vocês um dia pretenderem seguir adiante, agilizem e acabem com isso de uma vez por todas — disse Jo, irritada.

— Não posso dizer nada até ele se pronunciar, e ele não fará isso, pois papai já disse que sou jovem demais — começou Meg, debruçando-se sobre seu trabalho com um sorrisinho afetado, que sugeria que ela não concordava inteiramente com o pai nessa questão.

— Se ele se pronunciasse, você não saberia o que dizer; ia chorar ou corar, ou permitir que as coisas acontecessem do jeito dele, em vez de responder um belo e decidido "não".

— Não sou tão boba e fraca quanto você pensa. Sei exatamente o que deveria dizer, pois já planejei tudo para não precisar ser pega de surpresa. Não há como saber o que pode acontecer, e eu gostaria de estar preparada.

Jo não conseguiu evitar um sorriso ao ver o ar importante que Meg tinha, sem perceber, assumido e que era tão gracioso quanto o belo rubor que subia às suas bochechas.

— Você se importa em me contar o que diria? — perguntou Jo, mais respeitosamente.

— De maneira alguma. Você está com dezesseis anos agora, já tem idade suficiente para ser minha confidente, e minha experiência poderá ser útil para você em breve, quando passar por esse tipo de situação.

— Não pretendo passar por nada assim. É engraçado ver outras pessoas namorarem, mas eu me sentiria tola ao fazer isso — alegou Jo, parecendo alarmada só de pensar naquilo.

— Acho que não, se você gostasse muito de alguém e ele também gostasse de você.

Meg falou aquilo como que para si mesma, e deu uma olhada para fora da janela, para a ruela onde frequentemente via namorados caminhando juntos sob o crepúsculo do verão.

— Achei que fosse me contar o que diria àquele homem — lembrou Jo, interrompendo com rudeza o pequeno devaneio da irmã.

— Ah, eu apenas diria, com muita calma e determinação: "Obrigada, sr. Brooke, o senhor é muito gentil, mas concordo com papai que sou jovem demais para assumir qualquer compromisso no momento, então, por favor, não diga mais nada, vamos apenas continuar amigos como sempre fomos."

— Hum, isso é formal e frio o suficiente! Não acredito que um dia você vá dizê-lo e sei que ele não ficará satisfeito se disser. Se ele agir como os apaixonados rejeitados dos livros, você vai acabar cedendo para não magoar os sentimentos dele.

— Não, não vou. Direi a ele que já tomei minha decisão e sairei do recinto com dignidade.

Meg se levantou enquanto falava e estava prestes a ensaiar sua saída digna quando passos no saguão a fizeram voltar correndo à sua cadeira e começar a costurar como se sua vida dependesse de terminar aquela costura em particular num tempo limitado. Jo conteve uma risada com a mudança repentina e quando alguém bateu de leve à porta, abriu-a com uma expressão soturna que não tinha nada de hospitaleira.

— Boa tarde. Vim buscar meu guarda-chuva... Quero dizer, ver como seu pai está hoje — disse o sr. Brooke, ficando um pouquinho confuso à medida que seus olhos migravam de um rosto intrigado para o outro.

— Está muito bem, está na prateleira. Vou chamá-lo e avisar que está aqui.

E, após ter misturado o guarda-chuva e seu pai na resposta, Jo saiu da sala para dar a Meg a chance de fazer seu discurso e exibir sua dignidade. Mas, no instante em que ela desapareceu, Meg começou a caminhar desajeitadamente na direção da porta:

— Mamãe vai gostar de vê-lo. Por favor, sente-se, vou chamá-la.

— Não vá. Tem medo de mim, Margaret?

O sr. Brooke parecia tão magoado que Meg pensou ter feito algo muito rude. Ela corou até os cachinhos da testa, pois ele nunca a tinha chamado de "Margaret" antes, e ficou surpresa por perceber como parecia doce e natural ouvi-lo dizer aquilo. Ansiosa para parecer amigável e à vontade, ergueu a mão com um gesto confiante e disse com delicadeza:

— Como eu poderia ter medo quando o senhor foi tão bom com papai? Só gostaria de poder agradecer-lhe isso.

— Devo lhe dizer como? — perguntou o sr. Brooke, segurando a pequena mão com força entre as suas e olhando para Meg com tanto amor em seus olhos castanhos que o coração da jovem começou a bater mais forte e ela desejou tanto sair correndo quanto ficar e ouvi-lo.

— Oh, não, por favor... É melhor não — disse ela, tentando recolher a mão e parecendo apavorada, apesar de ter dito o contrário.

— Não vou incomodá-la. Só quero saber se você gosta um pouquinho de mim, Meg. Eu a amo tanto, minha querida — acrescentou o sr. Brooke com carinho.

Este era o momento para o discurso calmo e adequado, mas Meg não o fez. Ela se esqueceu de todas as palavras, inclinou a cabeça e respondeu:

— Não sei. — Tão baixinho que John teve de se abaixar para ouvir a tola resposta.

Ele pareceu achar que o esforço valia a pena, pois sorriu para si mesmo como se estivesse bastante satisfeito, apertou a mão gorducha, cheio de gratidão, e falou, em seu tom mais persuasivo:

— Será que pode tentar descobrir? Quero muito saber, pois não consigo mais trabalhar direito até saber se terei minha recompensa no fim ou não.

— Sou jovem demais — balbuciou Meg, perguntando-se por que estava tão nervosa, mas, ao mesmo tempo, gostando daquilo tudo.

— Eu espero. E, nesse tempo, você pode aprender a gostar de mim. Seria uma lição tão difícil assim, minha querida?

— Não se eu optar por aprendê-la, mas...

— Por favor, escolha aprender, Meg. Amo ensinar, e isso é mais fácil que aprender alemão — interrompeu John, pegando a outra mão de Meg para que ela não pudesse esconder o rosto quando ele se inclinou para fitá-la.

O tom de voz dele era convenientemente suplicante, mas, ao dar uma espiada tímida em seu rosto, Meg viu que os olhos dele estavam tanto contentes quanto afetuosos, e que trazia nos lábios o sorriso satisfeito de alguém que não tem dúvidas sobre seu sucesso. Isso a irritou. As lições tolas de flerte de Annie Moffat vieram à sua mente, e o amor ao poder, que se encontra adormecido no peito das melhores menininhas, despertou subitamente e se apossou dela. Meg se sentiu animada e estranha e, sem saber o que mais fazer, cedeu a um impulso caprichoso e, recolhendo as mãos, respondeu de forma petulante:

— Escolho *não* aprender. Por favor, vá embora e me deixe em paz!

Pobre sr. Brooke. Parecia que seu lindo sonho estava desmoronando diante dos seus olhos, pois ele nunca tinha visto Meg se comportar daquele jeito antes, e aquilo o chocou.

— Está realmente falando sério? — indagou ele, ansioso, seguindo-a enquanto ela se afastava.

— Estou, sim. Não quero me preocupar com esse tipo de coisa. Papai diz que não preciso, é cedo demais, e prefiro que seja assim.

— Posso esperar que mude de ideia daqui a algum tempo? Vou esperar e não direi nada até você ter tido mais tempo. Não brinque comigo, Meg. Nunca pensei que você fosse assim.

— Simplesmente não pense em mim. Prefiro que não pense — retrucou Meg, sentindo-se perversamente satisfeita ao pôr a paciência do seu pretendente e seu próprio poder à prova.

O sr. Brooke ficou sério e pálido, e decerto se parecia ainda mais com os heróis dos romances que ela admirava, mas ele não deu tapas na própria testa nem saiu pisando firme pela sala, como eles costumam fazer. Simplesmente ficou parado, encarando-a com tanta tristeza e ternura que Meg sentiu seu coração abrandar, à sua própria revelia. Não posso dizer o que teria acontecido a seguir se Tia March não tivesse entrado de supetão nesse momento peculiar.

A velha senhora não conseguiu resistir à vontade de ver o sobrinho, pois tinha encontrado Laurie enquanto fazia seu passeio e, ao ficar sabendo da chegada do sr. March, foi diretamente vê-lo. Toda a família estava ocupada na parte dos fundos da casa, e ela havia entrado em silêncio, querendo surpreendê-los. Ela realmente surpreendeu duas pessoas a tal ponto que Meg se assustou como se tivesse visto um fantasma, e o sr. Brooke sumiu dentro do quarto de estudos.

— Deus do céu, o que é tudo isso? — gritou a velha senhora, batendo a bengala enquanto dividia seus olhares entre o pálido jovem cavalheiro e a moça ruborizada.

— É um amigo do papai. Estou *tão* surpresa por vê-la! — gaguejou Meg, sentindo que estava prestes a ouvir um sermão.

— Isso é evidente — retrucou Tia March, sentando-se. — Mas o que o amigo do seu pai estava dizendo para deixá-la vermelha como uma peônia? Há alguma travessura acontecendo aqui e insisto em saber do que se trata — exigiu Tia March, batendo novamente com a bengala.

— Só estávamos conversando. O sr. Brooke veio buscar seu guarda-chuva — começou Meg, torcendo para que o sr. Brooke e seu guarda-chuva já estivessem em segurança fora da casa.

— Brooke? O professor daquele garoto? Ah! Estou entendendo agora. Já sei de tudo com relação a isso. Jo encontrou uma mensagem errada no meio das cartas de seu pai, e eu a obriguei a me contar. Você não o aceitou, não é, menina? — gritou Tia March, parecendo escandalizada.

— Fale baixo! Ele vai escutar. Devo chamar mamãe? — sugeriu Meg, extremamente preocupada.

— Ainda não. Tenho algo a lhe dizer, e preciso aliviar minha mente de uma vez. Conte-me, você pretende se casar com esse *Cook*? Se pretende, nem um centavo do meu dinheiro irá para você. Lembre-se disso e seja uma garota sensata — disse a velha senhora, em um tom de voz imponente.

Ora, Tia March era perita na arte de fazer florescer o espírito de oposição até na pessoa mais doce, e gostava disso. Os melhores de nós têm uma pitada de perversidade dentro de si, em especial quando somos jovens e apaixonados. Se Tia March tivesse implorado a Meg para aceitar John Brooke, ela provavelmente declararia que sequer poderia cogitar a questão, mas, como havia sido peremptoriamente comandada a não gostar dele, decidiu de imediato que gostava. A inclinação, bem como a perversidade, tornara a decisão fácil, e por já estar muito agitada, Meg se opôs à velha senhora com um vigor atípico.

— Vou me casar com quem bem entender, Tia March, e a senhora pode deixar seu dinheiro para quem quiser — determinou ela, balançando a cabeça afirmativamente com ar resoluto.

— Sua garota insolente! É assim que recebe meu conselho, senhorita? Vai se arrepender disso com o tempo, depois de tentar viver o amor em um casebre e descobrir como é ruim.

— Não pode ser pior do que aquilo que algumas pessoas descobrem em casas enormes — retrucou Meg.

Tia March colocou os óculos e examinou a menina, pois não a reconhecia com esse novo comportamento. A própria Meg mal se reconhecia; sentia-se bastante corajosa e independente, tremendamente feliz por defender John e assegurar seu direito de amá-lo, se quisesse. Tia March viu que tinha começado com o pé esquerdo e, após uma breve pausa, fez uma nova tentativa, dizendo com o máximo de delicadeza possível:

— Meg, minha querida, seja racional e aceite meu conselho. Minha intenção é boa, e não quero que prejudique toda a sua vida ao cometer um erro logo no início. Você deve se casar bem e ajudar sua família. É sua obrigação arranjar um marido rico, isso deveria ter sido incutido em você.

— Papai e mamãe não pensam assim. Eles gostam de John, apesar de ele ser pobre.

— Seus pais, minha cara, não têm mais sabedoria do que dois bebês.

— Fico feliz por isso — exclamou Meg com firmeza.

Tia March sequer reparou e continuou com seu sermão.

— Esse *Rook* é pobre e não tem nenhum parente rico, tem?

— Não, mas tem muitos bons amigos.

— Não se pode contar com os amigos; experimente e verá como eles se tornarão frios. Ele não tem nenhum negócio, tem?

— Ainda não. O sr. Laurence vai ajudá-lo.

— Isso não durará muito tempo. James Laurence é um velho rabugento de quem não se pode depender. Então você pretende se casar com um homem sem dinheiro, posição ou negócio e continuar trabalhando ainda mais do que você já trabalha, sendo que poderia viver o resto dos seus dias confortavelmente se me desse ouvidos e conseguisse coisa melhor? Achei que tivesse mais juízo, Meg.

— Jamais conseguiria coisa melhor, nem que esperasse metade da minha vida! John é bom e inteligente, é extremamente talentoso, não tem medo do trabalho e com certeza seguirá adiante, pois é muito enérgico e corajoso. Todos gostam dele e o respeitam, e fico orgulhosa por pensar que ele gosta de mim, apesar de eu ser tão pobre, jovem e tola — respondeu Meg, mais linda do que nunca assim, com sua sinceridade.

— Ele sabe que você tem parentes ricos, menina. Suspeito que esse seja o segredo do amor dele.

— Tia March, como a senhora ousa dizer algo assim? John está acima de tanta mesquinharia e não ouvirei mais nem um minuto do que a senhora tem a dizer se continuar a falar assim — gritou Meg, indignada, esquecendo-se de tudo que não fosse a injustiça das suspeitas da velha senhora. — Meu John não se casaria por dinheiro tanto quanto eu. Estamos dispostos a trabalhar e pretendemos esperar. Não tenho medo de ser pobre, pois fui feliz até agora, e sei que serei feliz com ele porque ele me ama e eu...

Meg parou por aí, lembrando-se subitamente que ainda não tinha tomado uma decisão, que tinha dito para "seu John" ir embora e que ele poderia estar ouvindo seus comentários incoerentes.

Tia March estava muito zangada, pois já havia decidido que a sobrinha se casaria com um bom partido, e algo no rosto feliz da garota fez a velha solitária se sentir tanto triste quanto amarga.

— Bem, lavo minhas mãos quanto a tudo isso! Você é uma garota obstinada e já perdeu mais do que imagina com essa tolice. Não, não vou parar. Estou decepcionada com você e não tenho

• 301 •

condições de ver seu pai agora. Não espere nada de mim quando se casar. Os amigos do seu sr. Brooke devem cuidar de você. Não quero vê-la nunca mais.

E, batendo a porta na cara de Meg, Tia March foi embora furiosa. Pareceu levar a coragem da garota embora consigo, pois, quando ficou sozinha, Meg ficou parada por um instante, sem saber se ria ou chorava. Antes que pudesse se decidir, o sr. Brooke tomou posse dela, dizendo, em um só fôlego:

— Não pude evitar ouvir, Meg. Obrigado por me defender e obrigado à Tia March por provar que você gosta um pouquinho de mim, *sim*.

— Eu não sabia o quanto até ela ofendê-lo — começou Meg.

— E não preciso ir embora, não é? Posso ficar aqui e ser feliz, minha querida?

Ali estava outra chance para Meg fazer seu discurso assolador e sua saída triunfal, mas ela nem pensou em fazer nada disso, e se desmoralizou aos olhos de Jo ao sussurrar fracamente:

— Sim, John.

E escondeu o rosto no colete do sr. Brooke.

Quinze minutos depois que Tia March se foi, Jo desceu as escadas silenciosamente, parando um instante na porta da sala de visitas e, quando não ouviu nenhum barulho, disse a si mesma:

— Ela o mandou embora como planejamos, e essa questão está resolvida. Vou entrar para ouvir essa história divertida e dar umas boas risadas.

Mas a pobre Jo não pôde dar as risadas que queria, já que ficou petrificada na porta ao ver a cena que se desenrolava lá dentro, a boca quase tão escancarada quanto seus olhos estavam arregalados. Ao entrar para exultar a queda do inimigo e enaltecer a irmã de personalidade forte pelo banimento de um namorado indesejável, certamente *foi* um choque contemplar o tal inimigo sentado de forma serena no sofá, com sua resoluta irmã cerimoniosamente ao lado dele com uma expressão da mais miserável submissão.

Jo soltou uma espécie de arquejo, como se uma tina de água fria tivesse sido jogada de repente em sua cabeça, pois uma reviravolta tão inesperada como aquela realmente a deixou sem ar. Ao ouvir aquele ruído estranho, os pombinhos se viraram e a viram. Meg se ergueu em um pulo, parecendo tanto orgulhosa quanto encabulada, mas "aquele homem", como Jo o chamava, riu e disse calmamente, enquanto dava um beijo na perplexa recém-chegada:

— Irmã Jo, parabenize-nos!

Aquilo passou dos limites, foi demais! Gesticulando enlouquecidamente com as mãos, Jo desapareceu sem dizer uma única palavra. Correndo para o andar de cima, assustou os doentes ao exclamar de forma trágica quando entrou como um furacão no quarto:

— Oh, alguém *vá* lá para baixo, rápido! John Brooke está se comportando de um jeito terrível, e Meg está gostando!

O sr. e a sra. March saíram apressados do quarto e, jogando-se na cama, Jo chorou e xingou tempestuosamente enquanto contava as terríveis notícias a Beth e Amy. As meninas, contudo, consideraram o acontecimento agradável e interessante, e Jo não obteve muito alento com elas, então foi se refugiar no sótão e confidenciar seus infortúnios aos ratos.

Ninguém nunca soube o que aconteceu na sala de visitas naquela tarde, mas houve muita conversa e o quieto sr. Brooke surpreendeu seus amigos com a eloquência e a vivacidade com que defendeu sua causa, contou seus planos e os persuadiu a organizar tudo exatamente como ele queria.

A sineta do chá soou antes que ele tivesse terminado de descrever o paraíso que pretendia ganhar para Meg, e ele a acompanhou cheio de orgulho para o jantar. Ambos pareciam tão felizes que Jo não teve coragem de se sentir ciumenta ou triste. Amy ficou muito impressionada com a devoção de John e a dignidade de Meg; Beth sorria para os dois de longe; enquanto o sr. e a sra. March analisavam o jovem casal com tamanha satisfação afetuosa que ficou perfeitamente evidente que Tia March tinha razão ao dizer que tinham tão "pouca sabedoria quanto um par de bebês". Ninguém comeu muito, mas todos pareciam bastante felizes, e a velha sala pareceu ficar incrivelmente iluminada quando o primeiro romance da família ali se iniciou.

— Agora você não pode dizer que nada de bom acontece, não é, Meg? — provocou Amy, tentando decidir como desenharia o casal em uma pintura que planejava fazer.

— Não, com certeza não posso! Quantas coisas aconteceram desde que eu disse aquilo! Parece ter sido um ano atrás — respondeu Meg, que estava vivendo um sonho de felicidade, muito acima de coisas comuns como pão e manteiga.

— As alegrias, dessa vez, vieram logo depois das tristezas, e acho que as mudanças começaram a acontecer — ponderou a sra. March. — Na maioria das famílias, volta e meia chega um ano cheio de acontecimentos. Esse foi um deles, mas que acabou bem, no fim das contas.

— Espero que o próximo termine melhor — resmungou Jo, que tinha muita dificuldade em ver Meg absorvida por um estranho, pois Jo amava muito poucas pessoas e morria de medo de que seu afeto fosse perdido ou diminuído de alguma forma.

— Espero que o terceiro ano a partir deste termine melhor. Quero dizer, deve terminar, se eu viver para prosseguir com os meus planos — disse o sr. Brooke, sorrindo para Meg como se tudo tivesse se tornado possível para ele agora.

— Não parece muito tempo para esperar? — perguntou Amy, que estava ansiosa pelo casamento.

— Tenho muito que aprender antes de estar pronta; para mim, parece pouco tempo — respondeu Meg, com uma seriedade doce nunca antes vista em seu rosto.

— Você só precisa esperar, sou eu quem trabalhará — disse John, começando por recolher o guardanapo de Meg do chão, com uma expressão que fez Jo menear a cabeça, e então dizer a si mesma, com um ar aliviado, quando bateram à porta da frente:

— Aí vem Laurie. Agora poderemos ter uma conversa sensata.

Mas Jo estava enganada, pois Laurie entrou como um pavão, transbordando alegria, trazendo um lindo buquê de noiva para a "sra. John Brooke" e evidentemente agindo com a ilusão de que tudo aquilo tinha sido provocado por suas excelentes intervenções.

— Eu sabia que Brooke conseguiria o que queria, ele sempre consegue, porque quando enfia alguma coisa na cabeça, já é algo tão certo quanto a noite que cai todos os dias — disse Laurie ao entregar sua oferenda e parabenizá-los.

— Muito obrigado pela recomendação. Recebo-a como um bom presságio para o futuro e o convido agora mesmo para o meu casamento — respondeu o sr. Brooke, que se sentia em paz com toda a humanidade, até mesmo com seu travesso pupilo.

— Irei mesmo que esteja no fim do mundo, pois ver a expressão no rosto de Jo nessa ocasião valerá a longa viagem. Você não parece festiva, madame, qual o problema? — perguntou Laurie, seguindo-a até o canto da sala de visitas, para onde todos tinham se deslocado para cumprimentar o sr. Laurence.

— Não aprovo o casamento, mas já estou decidida a tolerá-lo e não direi nenhuma palavra contrária — declarou Jo solenemente.
— Você não sabe como é difícil para mim abrir mão de Meg — continuou ela, com a voz levemente embargada.

— Você não vai "abrir mão" dela. Só vai dividi-la com outra pessoa — ponderou Laurie, consolando-a.

— Nunca mais será o mesmo. Perdi minha amiga mais querida — lamentou Jo, em um suspiro.

— Você tem a mim, de qualquer forma. Sei que não sirvo para muita coisa, mas ficarei ao seu lado, Jo, todos os dias da minha vida. Dou minha palavra!

E Laurie falava sério.

— Sei disso e fico agradecida. Você é sempre um grande alento para mim, Teddy — respondeu Jo, apertando a mão do amigo com gratidão.

— Bem, então não fique triste, ele é um bom rapaz. Vai ficar tudo bem, você vai ver. Meg está feliz, Brooke vai dar um jeito de se aprumar imediatamente, vovô vai auxiliá-lo, e será a maior alegria ver Meg em sua própria casinha. Vamos nos divertir muito depois que ela partir, pois terei terminado a faculdade rapidinho e aí partiremos em alguma viagem para o exterior, ou algo assim. Isso não a consolaria?

— Acredito que sim, mas não temos como saber o que acontecerá em três anos — ponderou Jo, pensativa.

— Isso é verdade. Você não gostaria de poder dar uma espiada no futuro e ver como todos estarão? Eu gostaria — confessou Laurie.

— Acho que não, já que poderia ver algo triste, e todo mundo parece tão feliz agora que não acho que as coisas poderiam melhorar ainda mais.

Os olhos de Jo passearam lentamente pela sala, iluminando-se com o que viam, pois a perspectiva era positiva.

Papai e mamãe estavam sentados juntos, revivendo silenciosamente o primeiro capítulo do romance que, para eles, havia começado vinte anos atrás. Amy estava desenhando os namorados, que estavam sentados, afastados em seu lindo mundo particular no qual a luz tocava seus rostos com uma delicadeza que a pequena artista não conseguia copiar. Beth estava deitada em seu sofá, conversando de forma alegre com seu velho amigo, o sr. Laurence, que segurava sua pequena mão como se achasse que possuía o poder de guiá-lo pelo mesmo caminho pacífico que a menina percorria. Jo repousava em sua cadeira baixa preferida, com a expressão séria e tranquila que melhor lhe caía, e Laurie, apoiado nas costas da sua cadeira, o queixo alinhado com seus cabelos encaracolados, sorria do seu jeito mais amigável, e acenava positivamente com a cabeça para ela pelo espelho longo que refletia os dois.

Assim caem as cortinas sobre Meg, Jo, Beth e Amy. Se vão subir novamente, depende da recepção do primeiro ato do drama doméstico intitulado *Mulherzinhas*.

Este livro foi composto na tipografia Palatino
LT Std, em corpo 11/16, e impresso em
papel off-white no Sistema Cameron da
Divisão Gráfica da Distribuidora Record.